Berufswerk

für B.

Manfred Baehr
Fronhof 1
53520 Reifferscheid

Bibliografische Informationen der Deutschen Nationalbibliothek:
Die Deutsche Nationalbibliothek verzeichnet diese Publikation in der Deutschen
Nationalbibliografie; detaillierte bibliografische Daten
sind im Internet über http://dnb.dnb.de abrufbar.

Herstellung und Verlag:
BoD – Books on Demand, Norderstedt

ISBN: 9783734710278

Inhaltsverzeichnis

Vorwort

Allen, die dem *ganz normalen* Arbeitsalltagshorror noch nicht begegnet sind.

Aber auch denjenigen, die manch alltägliche Situation nur schwer ertragen.

Als Hinweis und Warnung!

Statt einem Vorwort folgender Apéritif:
Karl Gustav war es doch tatsächlich gelungen, in kürzester Zeit einen gut lesbaren, kurzweiligen Roman zu schreiben. Niemand, wirklich niemand, geschweige denn er selbst, hatte ihm diese Fähigkeit zugetraut. Die Scham vor Dilettantismus ließ ihn vorsichtshalber schweigend arbeiten. Um keinen Preis mochte er sich dem möglichen Spott und Hohn einer Leserschaft aussetzen. Nach Fertigstellung und mehrfacher Durchsicht wuchs der Wunsch nach Lesern allerdings mächtig an. Schließlich fiel die Wahl auf seinen besten Freund. Dessen verblüfft begeisternde Anteilnahme ermutigte Karl Gustav, ein Exposé an verschiedene Verlage zu senden. Zu diesem Zweck holte er sich die Datei von seinem Freund zurück.
Die freundlichen Reaktionen der Verlage machten Karl Gustav zu einem glücklichen Menschen, konnte er doch zwischen verschiedenen Angeboten frei wählen. Zufriedenstellend waren alle. Noch am selben Abend wollte er seine geliebte Anna mit dieser großen Neuigkeit überraschen.
Anna begrüßte ihn an der Haustür mit den Worten: „Ich musste heute deinen Rechner benutzen, da ich dringende Bestellungen zu erledigen hatte. Dabei öffnete sich wieder und wieder ein und dieselbe Datei. Auch nachdem ich sie geschlossen habe, tauchte sie automatisch sofort wieder auf." Karl Gustav verstand nichts von den Funktionen eines Schreibprogramms oder Computers. Also konnte er jenes automatische Öffnen der Datei nicht verhindern und hatte sich auch nicht um eine notwendige Sicherung bemüht.
„Normalerweise spioniere ich ja nicht", fuhr Anna fort. „Aber da

es sich um einen ganz offensichtlich völlig belanglosen Text oder langweilige Fortsetzung handelt und ich meine Bestellung so dringend erledigen musste, blieb mir nichts anderes übrig, als diese Datei zu löschen. Es war hoffentlich nichts bedeutendes. Du bist mir deswegen doch nicht böse, mein Schatz?"

Nachtschicht

Jeden Abend dieselbe Mühle. Pünktlich um zweiundzwanzig Uhr am Tor des Instituts. Keine Minute früher. Aber auch keine Minute später. Sonst gab es Ärger mit dem Kollegen. Der erwartete P. mit fertig gepacktem Köfferchen an der Tür. Kurzer Gruß und weg war der Herr Kollege. P. betrat die Pforte, sah sich um, legte sein Zeugs auf den dafür vorgesehenen Platz und setzte sich in den Stuhl. Die Rückenlehne berührte ihn kühl durch sein Hemd. Verweilen. Die Zeit baute sich in übersteigerter Dimension vor ihm auf. Eine ganze Nacht. Unendlich lange von dieser Minute an betrachtet. Drohende Langeweile.

„Hoffentlich kann ich heute Nacht einige Seiten lesen und damit die Zeit vertreiben. Ja: Ich möchte sie vertreiben - die Zeit. Sie ist mein Feind. Die nächsten neun Stunden. Fünfhundert vierzig Minuten. Zweiunddreißigtausendvierhundert Sekunden. Eine Sekunde ist allerdings nichts. Sieben vergehen während ich diesen Satz denke. Es sind demnach gut viertausend sechshundert Gedanken nötig um diese Nacht hinter sich zu bringen. Zu viele, um nicht zu ermüden. Dabei ist mir eine gedankenlose Zeit zuwider. Vielleicht lenken mich die Kontrollgänge ab. Auf jeden Fall werde ich vorschriftsmäßig und aufmerksam durch die Gänge wandeln. Alles kontrollieren. Das kostet Zeit. Bringt mich dem Dienstschluss also auch ein gutes Stück näher." Der erste Blick zur Uhr.

„Dabei habe ich mir untersagt, auf die Uhr zu schauen. Höchstens einmal die Stunde. Oder vielleicht doch besser einmal jede halbe Stunde. Schaffe es nicht, eine ganze Stunde lang nicht hinzuschauen. Bloß nicht zu viel Druck aufbauen. Einmal jede halbe Stunde. Den ersten Blick habe ich gerade getan. Also darf ich den nächsten nicht vor zweiundzwanzig Uhr dreißig riskieren. Und schaue ich aus Versehen früher, darf ich erst wieder nach dreiundzwanzig Uhr schauen. Damit unterdrücke ich den Wunsch, meinen Blick auf das runde Ding zu heften."

P. packt seine vorbereiteten Sachen aus. Kaffee. Etwas zu essen. Allerdings keine großen Mengen, um keine Mahlzeitmüdigkeit zu riskieren. Auch nicht zu viel Kaffee. Damit der Magen nicht rebelliert. Er muss auf die Nahrungsaufnahme achten. Denn ein langer Toilettengang ist während seiner Dienstzeit nicht vorgesehen. Alles kontrolliert. Alles im Gleichgewicht. Um diese Nacht gut zu überstehen. Um sich auf die freie Zeit zu freuen. Vielmehr: befreit sein von der nutzlosen Last einer verlorenen Nacht.

Zwei Klicks und die beiden Monitore zeigen ihr Schwarzweißbild. Eines an der Schranke zur Einfahrt. Eines am Hintereingang. Nutzlos. Denn diese beiden Flecken werden in der Nacht von niemanden aufgesucht, außer vielleicht von den Wesen der Nacht. Es besteht die geringe Hoffnung, einen Fuchs zu beobachten. Oder ein Wiesel. Oder welches lebendige Nachtwesen auch immer. Diese Erwartung hatte P. schon einmal vor den Bildschirmen einschlafen lassen. Geweckt wurde er von der Warnglocke, die ihn auf den Pflichtrundgang alle drei Stunden aufmerksam machte. In der Zeit danach unterließ es P. unbeweglich auf die Monitore zu starren. Seufzend bediente P. einige Schalter, die Beleuchtung, die Heizungsanlage und Zentralverriegelung betreffend. Danach wieder Platz nehmen.

„Darf ich schon ein weiteres Mal auf die Uhr schauen? Bestimmt ist noch keine halbe Stunde vergangen. Lieber nicht. Ich wäre enttäuscht, wie langsam die Zeit vorüber kriecht. Also verzichten, verschieben, abwarten." Ein Licht an der Telefonzentrale leuchtet.

„Welcher Idiot ruft denn um (nein - ich schaue nicht auf die Uhr) ... so spät im Institut an?! Muss doch klar sein, dass jetzt niemand mehr an seinem Platz sitzt. Der Konferenzraum ist ebenfalls dunkel und abgeschlossen. Außer mir wird niemand im Gebäude sein." P. zögert. Dann hebt er ab, betätigt den erleuchteten Knopf und meldet sich: „Hier P.M.. Wen bitte wünschen Sie um diese Zeit zu sprechen?" Er hoffte, den beabsichtigt ironischen Ton getroffen zu haben.

„Hallo! Wer ist da? Wen wünschen Sie zu sprechen?" Ein Knistern antwortet. Falls der Gegenüber bereits aufgelegt hat, so hat P. diesen Klick nicht wahrgenommen. Es scheint, dass da noch jemand am Apparat ist. Allerdings irritiert dieses laute Knistern. Vielleicht eine fehlerhafte Verbindung aus dem Ausland? „Hello? Yout want to speak with someone? Please answer!", versucht es P. in einer anderen Landessprache. Nichts, nur jenes Knistern. P. verharrt noch eine kleine Weile. Dann legt er den Hörer auf. „Dieses Ereignis hat mir mehr als vier oder fünf Sätze an Zeit gewonnen. Vielleicht muss ich nur Suchen und auf Kleinigkeiten achten, um mir die Zeit im Gebäude zu vertreiben. Diesen Gedanken nehme ich mit auf den ersten Rundgang."

P. lehnt sich an das kühle Rückenteil und verschränkt die Hände hinter seinem Kopf. Ein Blick auf die Monitore. Nichts. Kein Blick auf die Uhr. Noch war es nicht soweit. Auch wenn er gerne gewusst hätte, wie lange er bereits hier sitzt. Je länger er den Zeitpunkt nach hinten schiebt, desto größer die Überraschung. Er freute sich auf diesen Moment. Einen Schluck Kaffee trinken. Einen Biss vom Müsliriegel. Die Zeitung ausgepackt. Zwar war P. die tägliche Berichterstattung über Katastrophen oder die Aufarbeitung der gestrigen bzw. vorgestrigen zuwider. Doch war es ihm nicht vergönnt, seine Gedanken auf ein Buch zu konzentrieren. Und seichte Romane verabscheute er noch mehr als die tägliche Zeitungslektüre. Früher, da hat er für sein Leben gerne Kriminalromane gelesen. Allerdings war das schon lange vorbei. Eine glücklichere Zeit. Er vermisste diese Abwechslung aus ehemaligen Dienstabenden.

Patricia Highsmith. Obwohl, sie war ja eigentlich keine Krimiautorin. Er zählte sie trotzdem zu der Riege. Sogar als eine der Ersten. Ihre Figuren wandelten am Abgrund, nicht zuletzt wegen unerfüllter, aber durchweg menschlicher Bedürfnisse. Er erinnerte sich an „Lösegeld für einen Hund" und versuchte, die Story zu rekonstruieren. Wie lange war es her, dass er dieses Buch gelesen hatte? Fünfunddreißig Jahre vielleicht? Er musste das unbedingt überprüfen. Vielleicht hatte er in den Buchdeckel das Lesedatum eingetragen. Er notierte sich in einem Notizkalender diese Absicht. Gleich morgen wollte er nachschauen. Gleich morgen!

Wen hatte er noch gerne gelesen? Der Name wollte ihm nicht einfallen. Grübeln ist ebenfalls ein prima Zeitvertreib. Vielleicht sogar der Kostbarste. Obwohl es ein bitteres Gefühl war, einen bevorzugten Autor nicht mehr mit Namen zu kennen. Eric Ambler! So hieß er. P. hatte alle Bücher von ihm gelesen. Das mochte nur kurz nach der Lektüre von Highsmith gewesen sein. Richtig. Amblers Krimis näherten sich dem nüchternen Journalismus. Ungemein spannend. Aktuell. Damals. Naher Osten. Revolution. Krieg. Wirtschaftskriminalität.

Die Laune P's wurde immer besser. Waren das Zeiten! Jetzt fielen sie ihm alle wieder ein: Per Sjöwall und Maj Wahlöö. Neun Bücher. In kürzester Zeit *verschlungen*. Und wieder gelesen. Ein Holländer: Janwillem van de Wetering. Das war eine willkommene Ablenkung: Alle gelesenen Krimiautorinnen und Krimiautoren aufzählen. Er holte Stift und Papier. Denn sofort war ihm klar, dass er nicht alle behalten und zählen würde können, ohne sich zu wiederholen.

Engländerinnen fielen ihm ein: Celia Fremlin, Joan Aiken, Ruth Rendell (wahlweise Barbara Vine), P. D. James, Minette Walters. Von der Walters stand ihm sogar ein Buchtitel vor Augen: Das Eishaus. So war es richtig. Nach Nationen vorgehen. Aber viel einzuordnen gab es da nicht. Aber es war ein Anhaltspunkt. Amerikanerinnen: Martha Grimes, Elizabeth George, Margaret Millar. War Joan Aiken denn Amerikanerin? Nein. Nun musste er doch wieder nach Namen vorgehen und die Nationalität weglassen. Boileau/Narcejac, Margery Allingham, Muriel Spark, Ngaio Marsh. Max Allan Collins war sicher Amerikaner. Überhaupt gab es einen *Bruch* in der Lesehistorie. Wilkie Collins. Ross Thomas. Und dann der unvergleichliche James Ellroy. Dass man dergleichen überhaupt las, blieb ein Rätsel. Brutal. Dunkel. Nein: Schwärze. Ein gähnendes Loch der Verzweiflung, Niedertracht und der Brutalität. Abermaliger Wandel. Doch nicht weniger brutal. Die *Nordmänner*: Henning Mankell, Ake Edwardson, Arne Dahl. Vor allem Letzterer. Da schüttelte es einen heute noch.

Irgendein Exot? Allerdings: Fred Vargas. Eine Französin. Toll zu lesen. Einfallsreich. Doch mit ihr und Arne Dahl verbindet sich eine endgültige und sehr bedauerliche Abkehr vom Krimi. Es ging einfach nicht mehr. Bestenfalls Langeweile. Niemals hätte

P. es für möglich gehalten, das Interesse an einem Krimi zu verlieren. Alleine der Gedanke, dass es einmal einen *Abgesang* geben könnte war völlig abwegig, schien das Lesevergnügen doch unwiderruflich. Welch ein Irrtum!

„Jetzt darf ich auf die Uhr schauen." Ganz bewusst und im Vorgefühl der Befriedigung hob er seine Augen zu dem feindlichen Rund. Es war bestimmt schon mehr Zeit vergangen als ....

Zehn nach zehn Uhr. Es dauerte tatsächlich einige Zeit, bis P. seinen Blick senkte und sich irgendwelche Gedanken einstellten. Das war nicht möglich! Er starrte auf das Blatt Papier vor ihm. Darauf waren all die Namen versammelt. Und er hatte bestimmt eine halbe Stunde, wenn nicht viel länger, nachdenken müssen, um sich ihrer zu erinnern.

„Dabei habe ich mir sogar konkret einzelne Bücher ins Gedächtnis gerufen. Unmöglich, dass dies in nur zehn Minuten geschehen sein soll." P. trug keine Uhr. Um nicht in die Falle zu tappen, ständig auf das Zifferblatt zu starren.

„Sie muss stehengeblieben sein. Das ist es. Wahrscheinlich haben wir bereits nach elf Uhr." P. überlegte, wo die nächste Uhr im Gebäude sein könnte. Er griff nach der Taschenlampe und dem Schlüsselbund. Die Lampe war mit einem Griff gefunden. Der Schlüsselbund? Er war verschwunden. Ps. Herz schlug etwas schneller. Das durfte eigentlich nicht sein. Sein Kollege hatte diesen korrekt an ihn übergeben. Klar und deutlich sah er dieses Bild vor sich. Er musste also den Schlüsselbund irgendwohin gelegt haben. Aber wohin bitte? Der Schreibtisch war leer. Die drei Schubladen. Die zwei Schranktüren. Kein Schlüsselbund. Auf dem Boden. Auf dem Sicherungskasten. In dem Sicherungskasten. Nochmals den Boden absuchen. Nichts. Alle Taschen abtasten. Ein Fluch entrang sich Ps Kehle.

„Wo kann dieser verdammte Schlüsselbund abgeblieben sein? Es ist doch nicht möglich, dass er aus dieser Pforte von alleine heraus marschiert sein soll. Ruhig bleiben. Ich übersehe etwas. Habe etwas vergessen. Ruhig. Zuerst den Rundgang machen und nach einer Uhr Ausschau halten. Danach werde ich abermals die gesamte Pforte absuchen. Und dabei wird er mir sofort in die Hände fallen. Bleibt die Frage, wie ich ihn habe übersehen können. Also los jetzt."

P. griff nach der Lampe und machte sich auf den Weg durch die leeren Gänge. Alle Türen sollten verschlossen sein. Er versuchte jede Einzelne. Denn in der Hoffnung, irgendwo die Uhrzeit angezeigt zu finden, konnte er dieser Kontrolle ein höheres Maß der sonst üblichen Aufmerksamkeit widmen. Nirgendwo ein Licht. Abgesehen von der Notbeleuchtung der Gänge. Alle Türen verschlossen. Keine Sicht auf eine Uhr. Ab in den nächsten Stock.

Der Vorgang wiederholte sich für den dritten, vierten, fünften und sechsten Stock. Ps. Verunsicherung nahm bei jedem Schritt zu. Sein Herz schlug ihm bereits bis zum Hals. Keine offene Bürotür. Kein Fenster. Auf das Dach konnte er nicht gelangen. Höchstens über die Feuerleiter. Doch er traute sich nicht, diese von der Decke im Obergeschoss zu lösen und auf das Dach zu klettern um in den Nachthimmel zu schauen. Denn das würde bei der örtlichen Feuerwehr Alarm für dieses Institut auslösen. Auf diesen Ärger am nächsten Tag konnte er gut verzichten. P. blieb atemlos im sechsten Stock und verharrte, um nachzudenken. Was war überhaupt geschehen? Nichts Besonderes. Er hatte ein wenig geträumt und dabei angenommen, dass die Zeit vorüber geeilt sein sollte. War sie aber nicht. Einfach ein Wachtraum. Beziehungsweise eine Einbildung. Also musste er nur diese Stufen hinabsteigen und seinen Blick erneut auf die einzige ihm zugängliche Uhr im Gebäude richten. Das würde alles wieder ins Lot bringen. Er würde über seine Aufregung lachen und diese Arbeitsnacht nicht so schnell vergessen. P. hastete die Gänge und Stufen in Erwartung der Auflösung jener Absurdität hinab. Kurz vor der Pforte verharrte er. Die Spannung war unangenehm hoch. Sollte er nicht vorher an der frischen Luft sein Hirn durchlüften lassen? Die Pforte wie einen verfluchten Ort meidend schritt er zur Flügeltür. Nur, um sie verschlossen vorzufinden. Nun verlor er die Fassung. Denn dass er sie abgeschlossen hatte, war ihm nicht bewusst. Überhaupt: Mit welchem Schlüssel?!? Vielleicht hatte der Kollege abgeschlossen? War das auch die Erklärung für die Abwesenheit des Schlüsselbundes? Noch vor dem

Rundgang war er sich doch absolut sicher gewesen, den Schlüsselbund ausgehändigt bekommen zu haben. War das Einbildung? Und hatte der Kollege von außen die Eingangstür verschlossen? War das vielleicht alles nur ein dummer, aber bösartiger Scherz? Nein. Für einen solchen Scherz waren sie sich einfach zu fremd. Er würde dies als ungemeine Frechheit aufnehmen und dem Kerl gehörig die Leviten lesen. Und zwar heftig.

Also zurück zur Pforte. An der Tür verharrend, war es P. unmöglich, NICHT zur Uhr zu schauen. Zehn nach Zehn. Die Zeiger hatten sich nicht bewegt. Zehn nach zehn Uhr. Ein völlig losgelöster Schrecken durchfuhr seine Glieder. Er spürte den Herzschlag in der Fingerkuppe seines rechten Zeigefingers. Sofort machte er sich auf die Suche nach dem Schlüsselbund. Vergebens. Hatte er ihn vielleicht während der hektischen Durchforstung aller Etagen verloren? Unsinn. Er hatte ihn ja gar nicht dabei gehabt. Oder war die Kontrolle seiner Hosentaschen vielleicht nicht genau genug gewesen? Völlige Verunsicherung ließ P. erneut zur Taschenlampe greifen. Er jagte aus der Pforte. So unsinnig wie vergebens diese Suche auch sein mochte: Seine Gedanken bestimmten, nein zwangen ihn dazu. Nach der ersten, vollständigen Kontrolle bildete sich P. ein, nicht aufmerksam genug nachgeschaut zu haben, und wiederholte die Prozedur.

Außer Atem gelangte er abermals an die Pforte. Die Suche war ergebnislos verlaufen. Lange hielt P. seinen Blick streng auf die Stelle vor seinen Füßen gerichtet. Doch konnte er den Moment nur aufschieben. Nicht verhindern. Er hob den Kopf und erblickte: Zehn Minuten nach zehn Uhr. Im jäh erwachten Zorn warf er die Taschenlampe gegen das Uhrgehäuse über ihm. Sie prallte ab, flog zu Boden. Das Glas der Lampe zerbarst. Er rannte wild zur Eingangstür. Zog. Boxte und schlug auf das Glas ein. Ohne Ergebnis. Sicherheitsglas.

Absolute Dunkelheit vor der Tür. Schnell zurück zu den Monitoren. Unverändertes, stillhaltendes Bild. Geschlossene Einfahrtschranke. Verschlossene Sicherheitstür am hinteren Teil des Gebäudes. Sofort machte P. sich auf den Weg zu dieser Tür. Obwohl ihm klar sein musste, dass diese auf jeden Fall verschlossen sein musste. Dafür war in jedem Fall gesorgt.

- 13 -

Aber vielleicht verband P. eine Hoffnung mit diesem Weg. Dass die Uhr weiterlaufen würde. Dass der Schlüssel in einer Ecke lag, die er als einzige noch nicht abgesucht hatte. Dass - ja - welche andere Hoffnung sollte sich sonst noch mit dieser kurzen Abwesenheit verbinden?

Als P. von der fest verschlossenen Tür des Hintereingangs zurück zur Pforte gelang, die Uhr zehn Minuten nach Zehn anzeigte, der Schlüssel in keiner Ecke dieses Gebäudes zu finden war, griff P. nach dem Hörer um Hilfe zu rufen. Bis hierher war der Gedanke bestimmend, sich mit einem Anruf nicht der Lächerlichkeit preiszugeben. Nun, nach welcher Zeit auch immer, empfand er keine Bedenken mehr vor einer eventuellen Lächerlichkeit. Vielmehr suchte er nach Erlösung aus dieser Situation. Gleich um welchen Preis.

In diesem Moment leuchtete dieselbe Taste der Telefonzentrale wie zu Dienstantritt. Weshalb P. keine Erleichterung empfand, blieb rätselhaft. War dies nicht der ersehnte Kontakt nach draußen? Der vernehmbare Ruf nach Hilfe? Und doch zögerte er. Das Blinken brach nicht ab. Der Gegenüber suchte unnachgiebig das Gespräch mit ihm und gab nicht auf. Wie in Trance hob P. den Hörer und horchte, ohne ein eigenes Wort zu sprechen, auf das bereits bekannte Rauschen in der Leitung. Sein Herz schlug mittig in seinem Kopf.

Dann endlich vernahm er einen Ton. Es war eine Art Klingeln von kleinem, allerdings nicht leichtem Metall. Stumpf. Ganz so, wie von mehreren dünnen Metallteilen. Zum Beispiel von einem Schlüsselbund. Und eine sachliche Stimme informierte: „Willkommen in der Hölle!"

Programmierer

„Na Strovel, fühlen Sie sich dieser umfangreichen Aufgaben gewachsen?"

Ein Lächeln umspielte die Mundwinkel des Chefs. Strovel war sich der Intention dieser Frage wohl bewusst. Hier wurde keine ehrliche Antwort erwartet. Vielmehr eine Verpflichtung. Gleich welcher Tragweite. Und Strovel war sich des Ausmaßes in diesem Moment tatsächlich nicht bewusst. Es gab immer Tücken und Hindernisse, die im Vorfeld gar keine Rolle spielten. Ecken, die nicht ausgeleuchtet waren. Stufen, in der Dämmerung nicht genau wahrnehmbar. Fallgruben, die sich mit einbrechender Dunkelheit zu wirklichen Gefahren auswuchsen. Noch war er kein Programmierer mit unerschöpflicher Erfahrung. Sich diese Tatsache zu vergegenwärtigen, dazu reichte seine Aufrichtigkeit.

Die Versicherung A & T hatte für diese Filiale nicht den teuersten Programmierer ausgewählt. Jedoch jemanden mit ausreichender Reputation. Dessen war sich Strovel bewusst, bevor er dem Chef antwortete.

„Die Aufgabe wird in der dafür vorgesehenen Zeit erledigt werden."

„Genau das will ich vor dem Beginn meines Wochenendes hören, Strovel!"
Wieder zeichnete sich ein schäbiges Lächeln auf dem Gesicht seines Vorgesetzten ab. Nun erfasste das Grinsen sogar dessen Wangen. Wie schaffte es dieser Mensch, seine Gesichtsmuskeln derart gekonnt einzusetzen?!
„Ich bin mit meiner Familie zu einem Segeltörn auf der Ostsee geladen. Das Mobiltelefon bleibt derweil zu Hause. Hätte ohnehin keinen Kontakt. Deshalb ist es mir wichtig, dass *diese Frage* im Vorfeld geklärt ist. Ich möchte betonen, Strovel, dass

es mich nur einen Anruf kostet, von der Zentrale bis morgen jemanden anzufordern, der ihnen unter die Programmierarme greifen kann."

Ein Grinsen breitete sich auf seinem Gesicht aus. Jetzt auf gar keinen Fall kneifen! Allen Eventualitäten zum Trotz. Strovel sollte das schon schaffen. Es ging ja lediglich um eine verflixte Umsatzidentifikationsnummer, die an allen Stellen des Programms abgefragt, erfasst, gespeichert und weiterverarbeitet werden sollte. Anderthalb Tage standen ihm zur Verfügung. Von Freitagabend zweiundzwanzig Uhr bis Sonntagmorgen zehn Uhr. Zum ersten Mal stand Strovel vor einer solchen Herausforderung. Alleine. Aber genau das wurde von ihm erwartet. Aus Kostengründen sollte, ja durfte niemand aus der Zentrale erscheinen. Jede einzelne Filiale hatte autonom zu funktionieren. Das war das Credo dieser Versicherungsfirma. Eben jener maximierte Gewinn durch Einsparung von Personalkosten. Letzteres ermöglichte ja Ersteres überhaupt erst. Scheiterte Strovel an dieser Aufgabe, so konnte er seinen Job vergessen. Es war also keineswegs verwunderlich, dass jene Aussicht auf das kommende Wochenende ein mulmiges Gefühl in Strovel verursachte. Vom Magen aufwärts in Richtung Hirn.
,Ach was. Ich scheiß´mir nicht in die Hose, bevor es überhaupt losgeht! Zu Hause nochmal geduscht, alle Literatur und Hilfsprogramme eingepackt. Und dann frisch ans Werk. Habe ich dieses Wochenende überstanden, so hab ich die Feuertaufe hinter mir und kann der Zukunft in dieser Firma beruhigter entgegensehen.'

„Nochmals: Ist alles klar, Strovel?"
„Jawohl Chef!"

Abtritt des Chefs.

Singularität

Frisch geduscht, bepackt mit auserkorenen Hilfsmitteln, machte sich Strovel frisch ans Werk.
„Zuallererst eine Sicherheitsdatei ziehen, bevor irgendetwas anderes unternommen wird. Verdammt schneller Rechner. Sicherheitshalber noch auf eine externe Platte sichern. Danach schaue ich mir die Struktur an. Zuletzt wird der Programm-schlüssel studiert."

Strovel fühlte sich gut. Strovel fühlte sich *gesichert*. Der Programmschlüssel ist hinterlegt. Verständlich und klar. Eine kurze, eigentlich überflüssige Lektüre der Programmiersprache „C" - und schon geht es los: „Genau definieren, an welchen Stellen die Abfrage erfolgen soll."

Es zeigte sich, dass dies an mehr Stellen im Programm nötig werden würde, als erwartet. All die verschiedenen Eingabe-formulare für Mitarbeiter/innen. Dazu natürlich die der Außenmitarbeiter/innen. Schließlich diejenigen der Kundinn/en.
„Sollte ich zentralisieren und eine Abfrage mit Zugriff auf eine gesonderte Zeile aufbauen oder an jeder einzelnen Stelle die Abfrage einfügen? Was kostet mich mehr Zeit? Welcher Vorgang ist sicherer?"
Strovel überlegte, zieht Sekundärliteratur zu Rate.
„Scheint gleich. Dann entscheide ich mich aus dem Bauch für eine Anfrage an jeder dafür vorgesehenen Stelle. Einmal programmiert kann ich sie durch copy & paste einfügen. Vielleicht sind dadurch weitere Abzweigungen, die später eingefügt werden müssen, eher zu bearbeiten. Ich soll ja mitdenken. Also auch an das, was noch kommen kann. Anforderungen an das Programm, die heute noch nicht bekannt sind."
Strovel arbeitete aufmerksam. Machte an verschiedenen Stellen Pausen, um seinen Augen und dem Hirn die nötige Entspannung zu gönnen. Trank eine Tasse Kaffee, nahm eine Kleinigkeit zu sich.

„Bloß nicht zu viel, damit ich nicht müde werde! Wenn alles gut läuft, bin ich noch heute Nacht hier raus. Morgen kann ich zur Absicherung nochmals Kontrollen durchführen. Aber das war's dann schon. Läuft doch prima."
Die Freude über den Fortschritt rieselte angenehm animierend durch Strovels Körper.

„Programming Fail"

„Was?" Der Berieselung durch Freude folgte die eiskalte Dusche. Einige Minuten saß Strovel still und untätig vor der blinkenden Fehlermeldung.
„Verdammter Mist. Wo soll ich denn einen Fehler produziert haben?"
Die Finger zitterten angesichts der Anzeige.
„Ruhig. Erst einmal tief durchatmen. Aufstehen. Ein paar Schritte gehen. Aus dem Fenster schauen. Und dann zurück an den Programmiertisch."
Strovel geht genauso vor. Ließ sich besonders viel Zeit bei der Beobachtung einiger Vögel. Kommt wieder herunter. Das Herz schlägt fast schon wieder normal.
„Also nochmal. Anweisungs-Reihenfolge prüfen. Da hab ich vielleicht einen Fehler gemacht."
Die Finger jagten über die Tastatur. Und das in einem Tempo, welches ungeübte Zuschauer an Virtuosität denken lässt. Allerdings etwas zu schnell für eine Programmierung. Denn Sicherheit geht vor Schnelligkeit in diesem Prozess. Der kleine Finger der rechten Hand zögert vor der Eingabe „Enter". Klick.
Eine Reihe Zahlen und Buchstaben jagten über den Bildschirm.
„Uff. Das wäre geschafft."
Erleichterung. Durchatmen. Befreiung. Allerdings kein Triumph. Dafür wäre es noch zu früh.
„Jetzt muss ich nur noch an die Datenvalidierung denken."
Das Programm läuft immer noch durch. Strovel ist leicht irritiert. Denn so lange sollte dieser Prozess gar nicht dauern. Er ist geneigt, ihn abzubrechen. Da ein Abbruch an dieser Stelle zu Fehlern führen könnte, verzichtet er darauf und wiederholt den Spaziergang durch den Raum. Vögel beobachten. Möglichst lange. Schont die Nerven. Zurück zum Bildschirm.

Zahlen und Buchstaben jagen nach wie vor über den Bildschirm. Das kann nur ein Fehler sein. Eine Panne. Ein Versehen.

Plötzlich ein blinkender Punkt. Eigentlich zu groß für diese spezielle Anzeige. Nach einiger Zeit die Angabe „Programming Fail".

Strovel wurde von einer Sekunde auf die andere übel. Dieser Programmierungsfehler musste in tieferen Regionen zu finden sein, andere Felder ergriffen haben. Ihm entschlüpfte ein: „Um Gottes willen." Als hätte Gott auch nur einmal auf eines Programmierers Ruf gehört.

Mit zitternden Fingern fuhr er den Computer herunter. Wartete. Zählte bis fünfzig. Ließ ihn wieder hochfahren. Wartete abermals. Die Nerven zerrten in ihm.

Roter Kreis mit rotem Querbalken. „Out of Order."

Durchfall. Strovel raste zur Toilette, riss den Deckel hoch. Statt Durchfall übergab er sich. Flüssig. Hastete zurück an den Rechner. Tippte wie von Sinnen. War von Sinnen. Stellte erleichtert fest, einen Fehler gefunden zu haben. Zögerte mit der Eingabe von Enter. Der Moment zieht sich. Hoffnung wuchs. Bis dann erneut „Programming Fail" im Bildschirm erscheint. Er schlug mit der Faust hart, sehr hart auf den Tisch. Zweimal. Dreimal. Überlegte, wie dies geschehen konnte. Fühlte, wie sich ein Labyrinth öffnete. Riss seine Tasche auf. Klemmte sich ein Buch über „fortgeschrittene Programmierung in C" unter den Arm. Ging auf Toilette. Setzte sich auf die Schüssel und schlug das Buch auf. Überflog die Seiten. Bemerkte, dass nichts zu ihm vordrang. Wischte sich nicht den Hintern ab. Lief ins Büro. Rief seinen Kumpel Peter an. Diskutierte mit ihm mögliche Fehlerquellen. Aber: Fehlanzeige. Entdeckten nirgendwo einen Fehler in seiner Programmierung. Rief Susanne an. Fragte nach Lisdexamfetamin. Oder vielleicht Ephedrin. Ließ sich beides vorbeibringen. Wirkte auf den Boten wie ein Geist. Schluckte gleich alles. Trank den Rest Kaffee. Danach Wasser. Begann abermals mit der Programmierung. Copy und Paste. Versuchte es erneut mit einer Datenvalidierung. Dachte an das Ausfallverhalten redundanter Systeme. Wie war ein Fail-Safe in diesem besonderen Fall von

ihm verursacht worden? War doch eigentlich ausgeschlossen. Eine Sicherheit lief doch immer. So sollte es doch sein. Deshalb konnte er im Grunde nichts kaputt machen. Er hatte aber kaputt gemacht. Und zwar gründlich. Lief hinunter zum Eingabeschalter für Kunden auf der Straße. „Out of Order" blinkte ihm entgegen. Keinerlei Eingabe möglich. Was bedeutete dies für ihn? Sicher: die Entlassung. Aber darüber hinaus? Ausfallgeld? Schadenersatz? Hätte er überhaupt einen solch entscheidenden Eingriff alleine vornehmen dürfen? Hängte sein Chef mit drin? Abermals Anruf bei Peter. Der legte auf, als er Strovels Stimme hörte. Anruf bei Susanne. Sie weigerte sich, ihm größere Mengen zu verkaufen. War halt vernünftig, die Frau. Auf ihre Weise. Öffnete erneut das Feld für die Programmierung. Strukturierte Programmierung bedeutete: Ein Fehler kann gefunden werden. Ist der Editor im Eimer? Kontrollstrukturen überprüfen. Verzweigungen einsehen. Fehler in der imperativen Programmiersprache ausschließen.
Programmcode für den Compiler anschauen. Verwirrung. Gesteigerte Verwirrung. Systemausfall. Schuld. Schuld. Schuld. Schuld. Schuld. Schuld. Schuld. Schuld. Schuld. Schuld. Schuld. Schuld. Steigerung in einen Wahn? Herunterfahren. Ging nicht. Zuviel geschluckt. Mehr Wasser trinken. Angst. Furcht. Drehen vor den Augen. Farben. Dunkelheit. Sterne. Abbruch.
„Verstummt die Stimme in mir so werde ich verlöschen."

Strovel sprach. Er musste sich selber hören, um auf dem Boden zu bleiben. Horchen als ein Ankerseil zur Wirklichkeit. Das Programm war keine Wirklichkeit mehr. Es hatte sich aus ihr heraus gefressen.
„Um es einzuholen, muss ich hinterher.", schrie es in Strovel. Hinterher. Aber wohin hinterher? Nach oben, unten, rechts, links? Das war der Wahn. „Und die einzige Verbindung zur Wirklichkeit ist diese Stimme. Ich muss mich an ihr festhalten. Lauter werden. Mich an ihr sichern."

Erneuter Kaltstart. Erneute Fehlermeldung.

„Das hat aber doch gar nichts mehr mit dem zu tun, was ich durch meine Programmierung geändert habe!? Sicher nicht. Ist doch richtig. Oder?"

„Ja - du hast Recht. Das ist richtig."

Verdoppelung der Stimme. Zur Sicherheit.

„Wie viel Uhr ist es eigentlich? Samstag. Achtzehnuhr neunundfünfzig. Zeit für die Sportschau." Strovel gelang doch tatsächlich ein Lächeln. Doch dieses Lächeln lebte nur wenige Augenblicke.

„Samstag. Wenn ich es nicht ablesen könnte, würde ich es nicht glauben."

„Du hast noch Zeit bis morgen zehn Uhr in der Früh. Erst danach werden sie in der Hauptzentrale die Rechner hochfahren."

„Ob der Fehler vielleicht gar nicht hier zu finden ist, sondern in der Zentrale?"

„Denk keinen Unsinn! Seit du hier programmierst, sind die dort offline."

„Mist. Ja genau."

„Überlege! Was ist ganz zu Anfang geschehen, als du hier hast hochfahren lassen?"

„Nichts. Wirklich nichts Außergewöhnliches. Habe nur ein Sicherheits Back-up gemacht."

„Aha - dann schwenk´doch auf das Back-up."

„In einem redundantem System kann ich nicht so ohne weiteres auf ein Back-up umswitchen. Jedenfalls nicht ohne Überprüfung des anderen Teils des Systems."

„In einem redundantem System müsste das Programm doch laufen. Gleich ob du einen Fehler eingebaut hast oder nicht. Hast du ein debug Programm durchlaufen lassen."

„Wenn du etwas beizutragen hast, dann bitte konstruktiv und aufbauend. Natürlich habe ich nach dem Fehler suchen lassen. Das Programm brach ab. Und bevor du fragst: An mehreren Stellen."

„Ist ja gut." Die Stimme wurde leiser. „*Ich* bin nicht Schuld an dem, was du verbockt hast! Vergiss das bitte nicht!"

„Soll ich mich etwa bei einer Stimme entschuldigen, die nur ich höre?"

„Ganz wie du magst."

„Diese Frage war nicht für dich gedacht."
„Du und ich. Wir sind in diesem Fall gemeinsam. Was du denkst, höre ich. Was du fühlst, kann ich nachvollziehen."
Strovel versuchte, weder zu denken noch zu fühlen. Vergeblich.
„Jetzt mache ich mich auch noch selber fertig."
„Die ganze Zeit schon. Nur jetzt noch ein wenig intensiver. Und das Zeug, was du geschluckt hast! Und in dieser Menge! Und bei den Problemen …"
„Halt bitte dein Maul!"
„Du bist mein Maul. Und wenn ich nicht mehr bin ... Erinnerst du dich, was du vorhin gedacht hast?"
„Verstummt diese Stimme in mir, so werde ich verlöschen."
„Richtig. Also Vorsicht, bitte!"
Wurde die Stimme wirklich schmaler oder bildete sich Strovel das alles nur ein?

„Eine Einbildung in einer Einbildung. Das bist du für mich."
„Ein letzter Rettungsanker. DAS bin ich für dich!"
Wieder ein stückweit schwächer.
„Aber mach du nur weiter so. Dann bin ich gleich abgeschaltet. Und was dann passiert, das weißt du wohl!"
„Was soll ich wissen? Nichts weiß ich. Nur, dass ich vor diesem Bildschirm sitze, mindestens meinen Job verliere und spätestens am Montagmorgen einen mächtigen Anschiss, mit entsprechenden Zeugnissen in der Tasche, zu erwarten habe. Wenn ich etwas aus mir machen will, MUSS ich das hier hinkriegen. Also: Lass mich in Ruhe arbeiten!"
„Wie du willst."

Strovel tippte wie ein Wahnsinniger. Beobachtete die Folgen seiner Eingabe. Tippte weiter. Ließ herunterfahren. Fuhr das Programm wieder hinauf. Rannte auf die Straße und kontrollierte - sinnloserweise - den Bildschirm des Straßenterminals. Versuchte noch einen Anruf bei Peter. Der hob einfach nicht mehr den Hörer ab. Versuchte es erneut bei Susanne. Bettelte. Beteuerte. Sie gab, nach einigem Zuspruch, nach. Nur wegen ihrer Freundschaft. Und der Notsituation. Strovel hatte den Namen des neuen Trunks gar nicht wahrgenommen. Schluckte sofort alles. Setzte sich. Ihm schwindelte. Die Nacht brach herein. Strovel schaute nicht auf die Uhr. Er tippte. Nicht mehr wie ein Wahnsinniger. Sondern als Wahnsinniger. Versagte bei Tagesdämmerung. Ließ sich fallen.

„Ich gebe auf. Sprich wieder mit mir."

Es antwortet ein sehr leise, weit entfernte, dünne Stimme: „Zu spät."

Zuletzt ein schwaches „Plopp" und die Stimme erlosch. Und mit ihr unser Programmierer.

Montag

Montag in der Früh. Der Chef ist der Erste. Natürlich. Er findet Strovel vornübergebeugt am Programmiertisch. Ärgert sich über das Durcheinander. Die Unordnung. Den Schmutz. Erinnert sich: Die Reine-mache-Kolonne ist ja noch nicht eingetroffen. Er ist der Erste. Der Schmutz würde also noch beseitigt. Trotzdem wird er diesen Strovel zurechtweisen. So geht das nicht.

„Strovel!", herrscht er ihn an. Keine Reaktion. Nochmals und lauter: „Strovel. Gott verdammich, was ist mit ihnen los?", brüllt er.
Strovel fährt hoch. Sofort wird ihm übel. Es würgt ihn.
„Haben sie es geschafft, Strovel?"
Den Chef beschleichen ernste Zweifel. Niemals, wirklich niemals hätte er diesen Versager hier für sich alleine werkeln lassen dürfen. Das wirft ein schlechtes Licht auf ihn. Selbst bei Berücksichtigung aller Kostenersparnis, die er bis heute erwirtschaftet hat.
„Antworten sie, Strovel. Was ist hier passiert?"
Strovel bleibt schwankend auf dem Stuhl sitzen und schweigt.
Der Chef rennt an einen anderen Terminal. Entsetzte Gedanken jagen ihm durch sein Gehirn. Was, wenn dieser Versager,

dieser Penner, Mist gebaut hat. So richtigen Mist. Er machte sich keine Vorstellung von dem, was ein Programmierer an einem einzigen Wochenende alles vernichten konnte.

Der Bildschirm blinkt. Etwas lange, findet der Chef. Dann: erste Seite, Formulare, Eingabe, Bestätigung - alles in bester Ordnung. Erleichterung beim Chef. Besänftigung.

„Wohl ein bisschen zu sehr gefeiert, Strovel? Na ja. Schwamm drüber. Es läuft alles. Sie haben es hingekriegt. Das ist, was ich hören will."

Strovel sitzt erledigt auf seinem Stuhl. Fühlt nichts. Sagt nichts. Hofft nur, dass die letzten Stunden nur ein böser, ein wirklich übler, Albtraum waren.

Logistiker

Strebsamkeit

K. P. hatte klare, schmucklos eindeutige Ziele: ein eigenes Haus. Eine eigene Frau und zum guten Schluss: eigene Kinder. Rasch war die Voraussetzung ausgemacht, wie dieses Ziel zu erreichen war: viel und schnell verdientes Geld. Deshalb entschied er sich für die Stelle eines Logistikers der Firma „Continental-Full-Services" (kurz CFS), die sich angesichts boomender Internet-Portale mit umfassenden Angeboten als zentral organisiertes Lager erfolgreich am Markt positionierte. Eine durch ultrakurze Bestellzeit verwöhnte Kundschaft galt es mit verschiedenartigsten Warenangeboten so schnell wie nur möglich landesweit zu versorgen. Selbstverständlich war es unmöglich, alle angebotenen Produkte in einem Warenlager zur Verfügung zu stellen. Die Verfügbarkeit über beliebig viele Lagerstätten wollte organisiert und sichergestellt sein. Das schuf seinen gutbezahlten Job.

Mit seiner Ausbildung hätte er sehr wahrscheinlich einen anspruchsvolleren Job wählen können. Die Bezahlung von Seiten CFS war allerdings derart überzeugend, dass er nicht ablehnen konnte. Sollte die Summe des erarbeiteten Kapitals seinen gesetzten Ansprüchen genügen, konnte er immer noch nach einer anderen, befriedigenderen Anstellung Ausschau halten. Aber solange dies nicht der Fall war, blieb jede extra honorierte Arbeitsstunde sein erklärtes Ziel. Denn K. P. ging methodisch vor. Zuerst Sicherung der Finanzen. Dann in aller Gemütsruhe eine Auserwählte suchen. Alles andere würde sich von selbst ergeben. Was den Ort und die Ausstattung eines Hauses betraf, war er anspruchslos. Bedenkenlos konnte er dies seiner dann Anvermählten überlassen. Sicher würde diese Aussicht so manches weibliche Wesen aus der Reserve locken. Oder ihn attraktiver erscheinen lassen, als seine Erscheinung versprach, über die sich K. P. im übrigen keinerlei Gedanken machte. Genauso wenig wie etwa über die äußere Erscheinung seiner Auserwählten. Ob braun, brünett oder blond, klein oder groß, pummelig oder schlank - alles war ihm gleich, wenn nur das Wesen der Auserwählten seinen Vorstellungen entsprach. In Worte fassen, vermochte er seine Wünsche nicht. So blieb eine Art Spannung auf das ihm durch eigene Phantasie in Aussicht gestellte Wesen. Im gegebenen Augenblick würde sein Gespür das herbeigesehnte, unmissverständliche Signal senden. Dessen war sich K. P. so sicher, dass er keine Mängel in seiner Planung vermutete. Natürlich sprach er mit niemandem über seine Absichten, obwohl unterstützende Worte ihm gutgetan hätten. Furcht vor Spott und Kritik ließ ihn schweigend an seinem Plan arbeiten. Und das meist in der Nachtschicht für das Anderthalbfache des üblichen Gehalts. Reichte seine Energie, erledigte er auch zwei Schichten hintereinander. Er war ja kein Chirurg, dessen Eingriffe Leben beeinträchtigten. Er war als Logistiker dazu auserkoren, dieser Gesellschaft den von ihr favorisierten, materiellen Tand fristgerecht oder besser: noch früher zu liefern. Ein erklärtes Ziel des Konzerns: die unverzügliche Befriedigung des Kunden, um zeitnah weitere Bestellungen zu realisieren. K. Ps. Müdigkeit konnte keine körperlichen Wunden verursachen. Nur ,seelische', falls statt der bestellten Schuhe ein Paar Mützen aus dem vom Kunden sehnlichst erwarteten Paket purzelten.

K. P. fühlte sich wohl und lebte seine Befähigung, lückenlos zu organisieren, während seiner Arbeitsstunden zur Gänze aus. Jeden Zweiten eines Monats kontrollierte er das Wachstum des Guthabens auf seinem Sparkonto und rechnete sich aus, wie lange er noch tätig sein musste, um zu Schritt zwei überzugehen. Und zwar auf den Monat genau. Dabei lächelte er glücklich.

Raum

„Herr P. - wir haben hier eine Bücherbestellung, die wir laut Inventurprogramm liefern können, die wir aber bislang nicht ausfindig machen konnten."

Sogleich erkannte K. P. den weinerlich-hilfesuchenden Klang der Stimme. Natürlich war es immer dasselbe. Entweder hatte ein Packer die Auslieferung nicht korrekt vermerkt, oder aber der Fehler lag in der Einsortierung oder zuletzt in der elektronischen Erfassung. Falscher Gang. Falsches Regal. Falsche Reihe. Dieses Problem stellte sich immer wieder. Menschliches Versagen. Unaufmerksamkeit. Schludrigkeit. Gleichgültigkeit. Gerne hätte K. P. strengere Maßnahmen gegen alle Arten der Nachlässigkeit ergriffen. Disziplinarische Vergeltung war K. P. allerdings nicht vergönnt. Seine Mitarbeiter spürten diese Strenge und meldeten ihn. Wenn also eine Bestellung, aus welchen Gründen auch immer, nicht im vorab festgesetzten Zeitrahmen ausgeliefert werden konnte, so wartete dahinter ein verzwicktes Problem. In jedem anderen Falle hätten die Untergebenen K. P. nämlich gemieden. Demzufolge war jede bis zu ihm vorgedrungene Reklamation bereits im Verzug. Doch immer, wirklich in jedem Fall, konnte K. P. zu einer Klärung beitragen. Dafür war alles zu klar und unmissverständlich strukturiert. Also riss er dem schuld-bewussten Mitarbeiter den Auftragszettel aus der Hand und begutachtete die kryptischen Zahlen und Buchstaben.
„Ist sichergestellt, dass wir die Lieferung erhalten haben?"
„Laut Inventarliste schon."
„Nein - ich meine exakt: Haben wir eine schriftliche Bestätigung über die Lieferung des Produktes vom Hersteller in unseren Unterlagen.?" K.Ps. Ton wechselte bereits in leicht gereizt.
„Ich kümmere mich sofort darum. Entschuldigung." Schon war er weg. War ein braver Bursche. In seinem Rahmen beflissen und zuverlässig. Nicht, dass der Bursche jemals für eine Beförderung in Frage käme. Was möglicherweise auch gar nicht in seiner Absicht lag. Er schien zufrieden mit seiner aktuellen Position. Bis die Langeweile einsetzte. Solange sie

Gabelstapler fahren durften oder eine Spinne bewegen, waren sie zufrieden. Jedenfalls eine Zeitlang. Die Fluktuation unter den Lageristen und Lageristinnen war erheblich. Eben kein Job fürs Leben. Irgendwann wurde selbst die Fahrt auf einer Ameise Routine. Anfängliche Aufmerksamkeit versickerte in täglicher Routine. Ursprünglich noch pfleglich behandelte Nutzfahrzeuge wurden beschädigt. Es folgen Kratzer an den Regalen. Und kam erst die Ware zu Schaden, so war eine Grenze überschritten. Wiederum hatte K. P. nichts mit den dann folgenden Disziplinierungsmaßnahmen zu tun. Doch alle wie sie da waren, hatten Respekt vor ihm. Sein Auftreten wirkte als Aufforderung, ihre Arbeit präzise und ohne Aufschub zu erledigen. Keinesfalls durfte eine Bestellung den dafür berechneten Zeitrahmen überschreiten. Und sollte dies doch einmal der Fall sein, so musste die folgende Bestellung umso schneller erledigt werden. Es war eine dem Sisyphus verwandte Tätigkeit. Förderten sie auch noch so viel aus diesem Warenlager: In jeder Stunde füllten sich die Regale um das Doppelte. Deshalb wurde Halle an Halle gebaut und sie behielten nur dank der besten Organisation und Logistik-Programme, die auf dem Markt zu haben waren, den Überblick. Und doch kam es immer wieder vor, dass einzelne Bestellungen den Zeitrahmen sprengten oder einfach nicht, wie gewünscht, zusammen zu stellen waren. K. P. stellte für derartige Fälle einen exakt berechneten Bearbeitungszeitraum für die Suche zur Verfügung. Sollte dieser überschritten werden, so musste zwangsläufig die Ware beim Hersteller erneut geordert werden. Das war kosten- und zeitintensiv und es galt, dies zu vermeiden. Aber es blieb jederzeit ein letzter Ausweg zur Befriedigung der unerschöpflichen Konsumwünsche ihrer Kunden. In diesen vorgefassten Bahnen verlief K.P's. Arbeitswelt.

Abgehetzt kam der Bursche zurück gespurtet.
„Hier Chef. Die Bestätigung der Auslieferung. Und unsere schriftliche Empfangsbestätigung."
„Demnach muss die bestellte Ware irgendwo in unseren Regalen zu finden sein."
„Ja Chef. Muss sie wirklich."
K. P. hörte sehr wohl den veränderten Ton des Burschen.

„Was bedeutet bitte *wirklich*?"

„Weil es zweihundertzwanzig Bücher sind."

„Zweihundertzwanzig Bücher. So viele nehmen wir doch sonst nicht auf Lager."

„Wahrscheinlich Auslaufware, die preiswert bestellt werden konnte. Da greifen wir doch gerne zu, Chef."

War tatsächlich ein winziger Anteil Spott in der Stimme des Burschen herauszuhören?

„Was geht uns das an! Hier geht es einzig darum, eines dieser zweihundertzwanzig Bücher auszuliefern. Das ein, zwei oder fünf Bücher nicht aufzufinden sind, kann ich nachvollziehen. Aber zweihundertzwanzig? Die springen einen doch förmlich an."

Keine Antwort.

„Wie ist der Titel des Buches?"

„Räderwerk der Geschichte."

„Bekannter Autor?"

„Nee. Nie von ihm gehört. Ich sag doch: Irgendein Ramsch. Vielleicht können wir gleich ‚vergriffen' antworten und die Sache ist erledigt."

„So? Einfach fälschlicherweise *vergriffen* antworten und damit erledigt? Wissen sie, was ich darauf antworten werde?"

„Jawohl", kam die militärisch kurze Antwort.

„Also, keine faxen gemacht und ran an die Suche."

„Und wenn ich Ihnen versichere, dass wir ausgiebig gesucht haben? Glauben Sie, dass ich es sonst gewagt hätte, hier vor Ihnen zu erscheinen?"

Das konnte K. P. nachvollziehen.

„Dann will ich ihnen mal zeigen, wie man solche Probleme aus der Welt schafft. Als erstes nochmals den Bestand in der EDV abfragen."

„Hmmhmm.", kam es bejahend vom Gegenüber. Allerdings im unmissverständlich-herablassenden Ton des: „Als ob ich nicht selbst schon daran gedacht hätte."

K. P. ließ sich davon nicht beirren, suchte den nächst stehenden Terminal auf und gab ein: Räderwerk der Geschichte.

Antwort: Zweihundertzwanzig Exemplare. Lagerstätte: 18H 2HG 3SL 85C 3RMr

K. P. notierte sich die Nummer handschriftlich.

Auf den ersten Blick nichts Rätselhaftes. Aus Erfahrung zur Vorsicht tendierend, gedachte K. P. sich persönlich einen Überblick zu verschaffen.

„Steig auf die Ameise. Wir fahren zur angegebenen Stelle.", forderte K. P. den Burschen auf. Der setzte zu einem erneut provokativen ‚Jawohl' an, entschied sich dann aber, den Mund zu halten. ‚Erspart mir einen weiteren Rüffel sobald wir vor den Büchern stehen. Hoffentlich liegt der Fehler nicht bei mir.', dachte der Bursche besorgt.

Das elektronische Surren der Ameise beförderte sie rasch zu der entfernt liegenden Regalreihe. K. P. machte sich angesichts der Ausmaße jener Hallen zum wiederholten Male deutlich, welch ausgeklügeltes System nötig war, um unter hunderttausend Warenangeboten das Richtige zu finden. Er fühlte sich als *Herr* dieser Hallen. Die Nachtschicht begann. Das Personal verzog sich zum großen Teil in seine Umkleidekabinen, um sich vom heutigen Arbeitstag zu verabschieden. Zwischen dreiundzwanzig Uhr und ein Uhr morgens wirkten die Hallen verlassen. Ab vier Uhr morgens erwachte die sklavische Sammelwut der Frühschicht. K. P. verbrachte wegen der Zulagen so manche Nacht irgendwo in einer verlassenen Ecke dieser Hallen, um Fehler zu korrigieren, Aufträge nachzuarbeiten, die elektronische Erfassung der neugebauten Hallen in aller Ruhe zu erledigen. Letztendlich: Um sein Sparkonto in die Höhe zu treiben.

18. Halle. Sie waren am Ziel.

„So, jetzt schnell den 2. Hauptgang gesucht."

Nein - kein ‚Jawohl'.

„Da wären wir. Suchen wir das 3. Schmalganglager, den 85. Container in der 3. Reihe Mitte rechts, damit wir dieses eine Buch liefern können." K. P. freute sich auf die bevorstehende, erlösende Klärung.

Was sie beide vorfanden? Modelle von Lokomotiven. Da hatte jemand ‚Räderwerk' falsch interpretiert. K. P. wurde ein klein wenig wütend.

Der Bursche atmete auf und teilte K. P. befreit mit: „Chef? Es ist schon spät. Ich muss nach Hause. Zumal ich nix mehr beisteuern kann. Der Fehler liegt eindeutig nicht bei den Packern."
Dem mochte K. P. nicht widersprechen. „Ja, hau schon ab."
„Und Sie? Suchen Sie noch weiter? Morgen kann ich mich als Erstes mit meiner Truppe auf die Suche machen. Dann können Sie heute Nacht auch Schluss machen. Hat doch wahrscheinlich wenig Sinn, solange die Ursache für den Fehler nicht gefunden ist."

K. P. mochte nicht beurteilen, ob der Bursche ihn freundlich oder doch ein wenig abfällig mit dieser Bemerkung abspeisen wollte. Deshalb antwortete er nur kurz und bündig: „Mach ruhig Feierabend. Wir sehen uns morgen." Dabei nahm er sich vor, diese Bücher auf jeden Fall noch ausfindig zu machen. Das durfte auch nicht allzu schwer werden. Eine Spur weit wollte er dem Burschen auch nur zeigen, dass *er* nicht so leicht aufgab. Das verbot alleine seine Stellung in diesem Betrieb.
Alleine gelassen versank K. P. in Gedanken. Zuerst galt es natürlich den eigentlichen Platz für die Lokomotiven ausfindig zu machen. Auf zum nächsten Eingabeterminal. Wo sollten die Lokomotiven gelagert sein: 38H 5HG 5SL 186C 26Rul. Die Chance, dort auf die gesuchten Bücher zu treffen, war berechenbar groß. K. P. betrachtete den Stand der Batterie. Genug Saft, um zwei, drei Stunden durch die Hallen zu rollen. Also auf in die Halle Nummer 38. Für ein geschlossenes Gebäude zog sich die Fahrtzeit lange hin. K. P. erinnerte sich an seine Zeit an der Universität. Dort begann ein neues Seminar mit der Suche nach dem richtigen Gebäude. Die Etage war schnell gefunden. Der Seminarraum dagegen nicht. Zahlreiche Verspätungen waren die Folge. Daher die oft zitierte ‚akademische Viertelstunde'. Wer nicht selber erlebt hatte, wie viele Viertelstunden mit planlosem Suchen in fremden Gebäuden zugebracht wurden, konnte dieses Phänomen nicht nachvollziehen. Studentische Faulheit als Grund anzuführen war unzutreffend. Lagepläne zu lesen war keine Gelegenheit,

sich als Geisteswissenschaftler auszuzeichnen. Und Naturwissenschaftler (Bindestrich-Spezialisten) hatten es nicht so mit leicht verständlichen Formulierungen.

Menschen traf K. P. während seiner Suche keine. Aus Kostengründen wurden in diesen Bereichen während der Nachtstunden die Lichtquellen auf ein Minimum reduziert. Ein klein wenig gruselig war das schon.

K. P. lenkte in den 5. Hauptgang der 38. Halle. „Gleich ist es soweit.", frohlockte er. 184, 185 - da - der 186 Container. Jetzt die 26. Reihe gesucht und unten links nachgeschaut. Wie schön, diese Last abzustreifen!
Kochtöpfe! Tatsächlich Kochtöpfe. Aus einer Spur wurden, mehr oder weniger, fünfzig Prozent Wut. „Das kann doch nicht wahr sein! Welcher Hornochse war denn hier am Werk?" Ab zum nächsten Terminal. Die Ameise surrte. Wo war der nächste Terminal? K. P. war zuvor nicht routinemäßig in diesem Teil des riesigen Lagers unterwegs. „Terminal. Terminal. Terminal." Die Wut stieg auf ein fünfundfünfzig prozentiges Level.

Endlich erschien im Scheinwerfer der Ameise ein heruntergefahrenes Terminal. K. P. erweckte es zur Funktion und tippte den vorgesehenen Platz der Kochtöpfe ein. Die blinkende Antwort: 58H 10HG 7SL 201C 39M. Notieren und Weiterfahren. Stille Wut auf sechzig Prozent gesteigert. Wut - auf wen oder was? Egal. Weiterfahren. Tiefer in das Dunkel. Nur wenige Leuchtstoffröhren leuchteten von der weit entfernten Decke abwärts und verbreiteten ein bescheidenes Licht.

„Kann mich doch tatsächlich nicht erinnern, dass die Hallen derart hoch gebaut wurden. Mein Schmalgangsstapler greift nicht bis hinauf zu den letzten Containern." K. P. gab Gas. Besorgter Blick auf den Ladestand seiner Batterie. Unverändert. Wenigstens diese Kontrolle sorgte für Beruhigung. Nötigenfalls konnte die Suche bis zum Anbruch der Frühschicht dauern. Denn an dieser Stelle aufzugeben kam für ihn nicht mehr in Frage. So verhielt sich K. P. in vergleichbaren

Situationen. Eine Entscheidung war getroffen worden. Also würde er nicht mehr von ihr lassen. Deshalb glaubte er an sich als den idealen Partner für eine Ehe. Probleme waren da, um gelöst zu werden, Kindererziehung eine Frage der festgezurrten, mit der Ehefrau abgesprochenen Konsequenz. Hauptsache, man wusste sich zu entscheiden. Dieser Gedanke half, seine Erregung auf vierzig Prozent zu reduzieren.

58. Halle. Jede Reihe zog sich schrecklich lange hin. Eiiins. Zweeiiiii. Dreiiiiiiii. Viiiiiieeeerrrr. K. P. zischte durch die Zähne: „Bei der Dunkelheit würde eine Taschenlampe guttun. Konnte nicht ahnen, dass diese Hallen im Dunkeln liegen." Füüünnnfff. Immer noch: Füüüüüünnnnnnffffffte Reihe.
„Was stapelt sich hier für ein Mist. Wer bestellt denn solch nutzlosen Schund?"
Seeecccchhhhs.
„Verdammter Mist." Wutpegel auf fünfundsechzig Prozent und steigend.
Sieben, acht, neun - und zehn.
„Falls die Bücher hier nicht zu finden sind, muss ich tatsächlich abbrechen und das Problem von einer anderen Seite angehen."
7. Schmalganglager 201. Container 26. Reihe unten links.

Rollen von Kunstrasen. K. P. - konsterniert. Er fuhr nach rechts die Reihen ab. Dann wieder zurück und nach links. Dabei konnte er längst nicht alle Waren im Licht der Ameise erkennen. Aber Bücher würde er erkannt haben. Vorausgesetzt, sie würden nicht hoch über dem Lichtkegel seines Scheinwerfers lagern.
Achtzig Prozent.
Seine durchdachte Suche endete in planlosem hin und her. 27. Reihe. Die 28., 29., 30., 31. Reihe. Vor und zurück. Links ab. Rechts ab. Weiter geradeaus. Trotz dieser sinnlosen Methode fühlte er während dieser Fahrt Hoffnung. Und wenn ihm der pure Zufall helfen musste.

Mit den Zähnen knirschend verlor K. P. die Contenance. Falls er den Schuldigen für dieses Durcheinander finden sollte, so würde er ihm an den Kragen gehen. Kaum war ihm dieser

Gedanke durch den Kopf geschossen, hörte er ein Lachen. Jedenfalls glaubte er, ein Lachen gehört zu haben. Um diese Zeit hielt sich außer ihm niemand in den Hallen auf.

„Vielleicht ein Streich meiner Mitarbeiter? Als Spitze gegen meine strapazierende Genauigkeit gedacht. So viel Chuzpe hätte ich ihnen gar nicht zugetraut!"
Waren sie fähig, ein derartig ausgefeiltes Puzzle zu konstruieren? Dann musste er jetzt sofort sein Scheitern eingestehen, nur um sein Gesicht zu wahren. Immerhin hatte er den Streich dann noch rechtzeitig bemerkt, bevor sie ihm eine lange Nase machten.
„Gut.", versuchte sich K. P. im ruhigsten Ton. „Wirklich gelungen! Ihr habt mich dran gekriegt und erfolgreich im Kreis fahren lassen!"

Gespannt horchte er auf eine Antwort. Irgendwo klackte ein Metallteil gegen einen Metallpfeiler. Sonst blieb alles still.

Dann endlich, endlich - ein Stapel kleiner, oranger, auf den ersten Blick lieblos produzierter Bücher. Seine planlose Suche sollte also doch mit Erfolg belohnt werden. Die „Planlosigkeit" würde er brav für sich behalten.
„Alfred W. Breinersdorfer - Studienplatztausch und Hochschulortwechsel."
K. P. lachte. Er war einem Wunschdenken in die Falle gegangen. Von diesem Buch hatte er noch nie zuvor gehört. Er ging um die Ameise auf deren Lichtkegel zu, um die Zeit auf seiner Armbanduhr abzulesen. Null Uhr dreizehn. Der Beginn seiner Suche war demnach noch gar nicht so lange her, obwohl sein Magen ihm ein leichtes Hungergefühl signalisierte. Der Mund war ausgetrocknet.

Kein Streich und kein zufälliger Fund.

„Ein letzter Versuch am Terminal. Dann ist Schluss mit der Irrlichterei."

Terminal suchen. Allerdings gestaltete sich diese Suche schwieriger als zuvor. Mussten nicht an allen wichtigen Kreuzpunkten Terminals angebracht sein? Oder befand er sich in einer Halle, die gerade erst fertiggestellt und eröffnet worden war?

Dass er bereits zwei Terminals passiert hatte, blieb unbemerkt. Die kleinen Türmchen waren heruntergefahren, sodass ihr Monitor in der Dunkelheit nicht zu erkennen war. Nur weil er mit seiner Ameise beinahe einen streifte, entdeckte K. P. den abgeschalteten Helfer. Den Scheinwerfer seiner Ameise auf die Tastatur gerichtet stieg er ab, betätigte den „On" Schalter und wartete ab, bis das Gerät hochfuhr.
Nach geraumer Zeit endlich der Hinweis:
„Zugangsberechtigung eingeben."
Hektisches Tastenklopfen. „Eingabefehler - bitte wiederholen."
Derart ungeduldiges Handeln war K. P. nicht von sich gewohnt. Noch einmal langsam und konzentriert seine ID eintippen.
„Sie wünschen?", erschien im Monitor.
Was sollte das? Eine derartige Eingabeaufforderung hatte er zuvor an keinem der Geräte gesehen. Eindeutig war dies eine Versuchsstation. Und gerade von dieser erhoffte er sich Hilfe.

Titel und Autor des Buches eintippen.
„Eingabefehler! Bitte wiederholen!"
„Wenn du nichts mitzuteilen hast, du kleiner, missratener Transistor, dann gib das wenigstens zu verstehen!"
Lachen. Dieses Mal deutlich vernehmbar.
„Und ihr haltet euren Mund oder zeigt euch!", brüllte K. P. in die Dunkelheit.
Absolute Stille war die Antwort.

Unvermittelt erscheint auf dem Monitor eine Anzeige:
830H 1830309393HG 800393837SL 380309494C 2O

„Unmöglich. Das muss ein Eingabefehler sein." K. P. gab abermals alle Zeichen extrem langsam und konzentriert ein.

Die leuchtende Antwort: 830H 1830309393HG 800393837SL 380309494C 2O

830? Das war doch Unsinn! So viele Hallen hatte kein Zentrallager auf dieser Welt. Er versuchte eine Fehleranalyse.
Die Antwort des Terminals: „Sie bezweifeln die Antwort? Wenden Sie sich in diesem Falle bitte an den verantwortlichen Logistiker." Absurd. Welchen Bestandteil des firmeneigenen Programms stellte *dieses* Terminal überhaupt dar? Das musste morgen unbedingt überprüft werden. Er schaute nach der Baureihe. Keine zu finden.
K. P. tippte ein: „Wo ist Halle 830 zu finden?"
Antwort: „Einfach geradeaus!"
Er trat heftig gegen den unteren Teil des Terminals. Die Anzeige erlosch augenblicklich. Wieder ein Lachen. Doch dieses Mal sein eigenes. Wutlevel: einhundert Prozent.
„Auf die Ameise und nichts wie zurück." Neben seinem Scheinwerfer existierte keine andere Lichtquelle. Das erschwerte die Orientierung. Das Zifferblatt seiner Armbanduhr vermochte er in dieser Dunkelheit nicht abzulesen. Doch war ihm Zeit auch unwichtig. Denn irgendwann, vielleicht bald, würde die Frühschicht beginnen. Dann war er aus diesem Labyrinth befreit. Vorsichtigerweise richtete sich K. P. auf den Spott einiger Kollegen ein. Denn sicher machte er äußerlich einen derangierten Eindruck. Er nahm sich ernsthaft vor, dem kollegialen Spott mit einem Lächeln zu begegnen. Wenn es nur schon so weit wäre!

Den Weg wählte K. P. nach Gefühl. Jede Möglichkeit der Orientierung war verlorengegangen. Weder die Bezifferung der Halle, noch der Gänge waren erkennbar. Wahrscheinlich zu hoch für seine Scheinwerfer, die nur starr nach vorne ausgerichtet werden konnten. Ab und an hielt er an und suchte zu Fuß im Lichtkegel einen brauchbaren Wegweiser. Vergebens. Sobald der Rand des Lichts erreicht war, kehrte er um und setzte sich auf seine Ameise. Wieder und wieder beobachtete er den Stand der Batterie. Der blieb unverändert. Ganz gleich, wenn nur ausreichend Kraft für Licht und Bewegung blieb. Eine schwächer werdende Batterie würde er doch am erlöschenden Licht bemerken. Vor dieser Aussicht gruselte ihn. Stehen bleiben, Licht abschalten und auf die Frühschicht warten war eine Alternative. Doch kaum schaltete er die Ameise auf aus, vernahm er huschende, kriechende, flatternde Geräusche. Möglicherweise irgendein Getier, das erst in der Nacht erwachte, sich tagsüber in irgendeinem Nest versteckte und nun, von ihm aufgescheucht, sein Unwesen trieb und an seinen Nerven zerrte.

K. P. verlor jedes Zeitgefühl. War er nicht viel zu lange unterwegs? Und das immer geradeaus? Musste nicht das Ende der Hallen gleich erreicht sein? Die Ameise aktiviert, machte sich K. P. wieder auf den Weg. Ohne äußerlich erkennbaren Anlass riss er die Ameise nach rechts. Bereute seine Entscheidung, denn sie führte ihn womöglich weiter weg vom Hauptgang, nur tiefer in dieses Labyrinth. Also umdrehen und zurück. Aber Halt! Er konnte doch unmöglich nachvollziehen, wo er rechts abgebogen war. Diese dauernden Richtungs-änderungen halfen ihm überhaupt nicht.

Wieder ein Blick auf den Stand der Batterie. Unverändert hoch. Neben seinem Scheinwerfer existierte keine andere Lichtquelle. Er fuhr. Der Hunger und der Durst vergingen. Der Elektromotor der Ameise summte. Irgendwann einmal musste er doch das Ende erreichen. Irgendwann einmal. Wut: erschöpft.
Gewissheit: aufgelöst. Angst: übermächtig.
Einige Schatten hoch über ihm beobachteten seinen Weg.
Bis er sich, von realer Größe kleiner werdend, im Lichtschein des Scheinwerfers diese akkurate Gerade entlang, am Ende seiner Zeit auflöste.

Am nächsten Tag

„Jetzt erzählen sie schon! Was ist geschehen?"
„Nichts. Wirklich! Nichts Außergewöhnliches. Herr P. hat eine
Bestellung von Büchern gesucht. Ich bin gegen dreiundzwanzig
Uhr nach Hause gegangen. In Halle 38. habe ich ihn alleine
zurückgelassen. Er hat wahrscheinlich weiter gesucht, wie ich
ihn kenne. Wollte wohl beweisen, dass sein System perfekt ist."
„Er ist nirgendwo zu finden. Seine Sachen sind aber alle noch
da. Als hätte er diese Hallen gar nicht verlassen."
‚Kann ja sein', dachte der Bursche. Möglich, dass sich K. P. in
seinen geliebten Hallen befand und weiter suchte. Was ging ihn
das an!

Anhang

Bücher:
18H 2HG 3SL 85C 3Rmr
18. Halle 2. Hauptgang 3. Schmalganglager 85 Container 3.
Reihe in der Mitte rechts
Lokomotiven:
38H 5HG 5SL 186C 26Rul
38. Halle 5. Hauptgang 5. Schmalganglager 186. Container 26.
Reihe unten links
Kochtöpfe:
58H 10HG 7SL 201C 39M
58. Halle 10. Hauptgang 7. Schmalganglager 201. Container
26. Reihe unten links
Das Ende:
830H 1830309393HG 800393837SL 380309494C 2O

Glücks-Götter

Jedem Menschen ist eine *bestimmte Menge* Glück reserviert. Die dafür Verantwortlichen sitzen weit entfernt in einem gigantischen Raumschiff und überwachen die Zuteilung. Nicht nur für uns Menschen, sondern für sehr unterschiedliche Lebewesen in weit voneinander entfernten Galaxien.

Als Betroffene interessiert uns natürlich nur deren auf uns bezogene Tätigkeit. Darüber soll hier ein kurzer Bericht folgen. Wie könnten wir auch etwas vom Glück der Solaris, einer verflüssigten Lebensform ca. 2,9 Milliarden Lichtjahre von uns entfernt, begreifen?! Oder vom Glück der dreiviertel Zeller als gasförmig existierende Lebewesen auf Setas? Ihr Glück würde uns lediglich befremden.

Die Arbeit als *Glücks-Zuteiler* wird sehr ernst genommen und ist streng durchorganisiert. Sie unterliegt ständiger Kontrolle. Zwar kann diesen Glücks-Göttern auf ihrem Schiff nicht mit Strafe gedroht werden. Dafür ist ihre Daseinsform zu fortgeschritten. Weder können sie von ihrem Schiff verbannt noch in ihrem Dasein bedroht werden. Die Drohung mit Gefangenschaft ist deshalb wirkungslos, weil sie genaugenommen bereits Gefangene dieses Schiffes sind. Es ist ihnen untersagt, den für sie bestimmten Lebensraum zu verlassen. Diese unmöglich zu durchbrechende Barriere verstimmt unsere Glücks-Götter. Zumindest ein ganz klein wenig. Hier und da vernimmt ein sehr aufmerksames Ohr ein Murren. Kaum wahrnehmbar und für den Hörer unmöglich einzuordnen. Aber zweifellos irgendwo im Untergrund vorhanden.

Die Arbeit der Glücks-Götter scheint auf den ersten Blick recht schlicht. Können Sie doch nicht über eine beliebige Menge Glück für den Einzelnen verfügen. Im Gegenteil. Das zu schnürende „Paket" ist eine lebenslange, beständige Größe. In irdische Maßen übersetzt: Ein Würfel mit jeweils 80 Zentimetern. Nun könnte ein menschliches Lebewesen auf die Idee kommen, wie es mit einer solch begrenzten Menge denn über viele Jahre auskommen soll!? Oder erschrocken fragen, ob denn die zu erwartenden Lebensjahre derart begrenzt sind, dass ein solch bescheidenes „Paket" ausreichen kann. Dafür muss man allerdings wissen, dass jenes komprimierte „Glück", mit dem es diese Götter zu tun haben, äußerst wirksam ist. Eine Messerspitze reicht, um ein Leben entscheidend zu beeinflussen. Im positiven Sinn. Andererseits muss zu Bedenken gegeben werden, dass manche Messerspitze voll für die Betroffenen völlig unbemerkt verbraucht wird: Zum Beispiel für das unvorsichtige Überqueren eines bereits geschlossenen Bahnübergangs.

Oder den nur um Zentimeter vorbeirauschenden tönernen Blumentopf. Die noch rechtzeitig erfolgte Entfernung von Kuhscheiße von der Straße angesichts des heran rauschenden Zweiradfahrers mit Sozia. Einen verheerend-wirkenden Lebens-Moment einzustreuen, damit der Glücks-Beglückte von der, völlig irrigerweise als passend, zukünftige Ehepartnerin auserkorenen ablässt. Den Wecker nicht klingeln zu lassen, damit ein Unfall aufgrund Eisregens verhindert werden kann. Unfreiwilligerweise den Abflug in den Urlaub um einen Tag verschieben, damit man zu Hause das auf dem Brett in Betrieb stehende Bügeleisen ausschalten kann. Ein aussichtsreiches Vorstellungsgespräch verhindern, um die nächste, viel günstigere Arbeitsstelle zu erhalten.

Oder was der Alltag sonst für uns alle im zur Verfügung stehenden „Glücks-Gesamt-Paket" bereithält. Der Verbrauch ist demnach recht hoch. Die Einteilung unterliegt strengsten Maßstäben. Jede Verschwendung muss unbedingt verhindert werden. Denn ist der Glücks-Karton einmal geleert, gibt es keine Chance für ein Auffüllen! Verbraucht ist verbraucht. Für Nachschub können unsere vielbeschäftigten Glücks-Götter nicht sorgen.

Also hocken sie durch alle Zeiten vor den jeweiligen Glücks-Paketen, beobachten die ihnen überantwortete Gruppe und teilen eilig oder gemächlich, je nachdem wie es die Lebenssituation verlangt, abgemessene Portionen zu. Das ist nicht immer unterhaltsam, obwohl im Grunde diese

Glücks-Götter (GGs) zumeist erfreuliche Situationen erleben dürfen. Gerade wenn sie aus der „Schicksals-Vermeidungs-Ecke" des Kartons auszuteilen haben. Wird sich der Beglückte über die Tragweite des Empfangenen bewusst, so wirkt der Dank selbst über jene nicht zu zählenden Lichtjahre hinweg. Die GGs erkennen *den einen Blick*. Die dankbare Geste. Die Erkenntnis des Unfassbaren auf Seiten des Lebewesens. Das sind erhebende Momente. Doch täuschen sie nicht über die Routine hinweg. Und über das unerbittlich kommende Ende für jedes Lebewesen, sobald der Inhalt des Pakets aufgebraucht ist. Nicht selten sind GGs dabei beobachtet worden, wie sie aus den hintersten Ecken die wirklich letzten Körnchen des jeweiligen Glücks-Paketes zusammenzukehren versuchten, um jenes Erschreckendste für das ihnen ans Herz gewachsene Lebewesen abzuwenden. Vergeblich. Ganz forsche GGs haben bereits versucht, eine Winzigkeit aus einem für andere bestimmten Paket abzuzweigen. Also praktisch eine „Umverteilung" vorzunehmen. Denn manche Lebewesen benötigen eine größere Portion Glück als andere. (Siehe willkürliche Aufzählung von Beispielen weiter oben!) Doch vergeblich. Es stellte sich keine Wirkung ein. Für alle Beteiligten wird es so zu einer gutgemeinten Vergeudung einer kleinen Portion Glücks. Denn wirklich jedes Paket ist völlig individuell auf ein einziges Lebewesen zugeschnitten. Eine deutliche Grenze, die unsere sonst so mächtigen Glücks-Götter nicht überschreiten können.

Wie steht es um die Geheimhaltung?

Eindeutige Antwort: Zufriedenstellend. Denn selbst wenn vielsagende Einzelheiten auf, sagen wir mal die Erde, durchdringen, so umgibt diese Einzelheiten eine derart befremdliche Aura, dass nur wenige Lebewesen ihnen Glauben schenken beziehungsweise sie überhaupt ernst nehmen. Bleiben wir auf der Erde, so lässt sich der Informationsfluss von den Glücks-Göttern zu der Erde nur begreifen, wenn man diesen von einem dicken esoterischen Zuckerguss befreit. Und das Vermögen nur wenige. Den meisten verursacht der genannte Zuckerguss nämlich im wahrsten Sinne des Wortes Übelkeit.

Doch hin und wieder, ab und an und ausschließlich in Einzelfällen dringt sie durch, die Information, dass die Glücks-Götter verantwortlich sind. Allerdings bewirkt diese einzelne Durchdringung gar nichts. Niemand schenkt solchen Worten in einer durchrationalisierten Welt auch nur eine Spur von Beachtung. Ein Berichterstatter solcher Neuigkeiten sollte Vorsicht walten lassen! Allzu leicht wird von der uninformierten Umwelt daraus ein verfängliches Netz von Psychosen, Neurosen, Burnouts oder sonstigen Absonderlichkeiten gestrickt. Weiß ein Lebewesen etwas Gesichertes, so sollte es im eigenen Interesse seinen Mund verschließen!

Nichtsdestotrotz empfindet ein zufällig informiertes Lebewesen in seiner irdischen Abwegigkeit ungerechtfertigte Erregung gegenüber unseren Glücks-Göttern. Denn weshalb, bitte, wird keine Messerspitze voll dieses Glücks beim samstäglichen Ziehen von Zahlen wirksam? Man möchte doch höchstens eine halbe Million gewinnen. Oder sicherheitshalber doch lieber eine Ganze? Falls man einiges zu spenden beabsichtigt, sind anderthalb noch viel besser.

Und genau in diesem Moment muss ein jedes Lebewesen vor dem Abgrund des Pathologischen acht geben. Denn die Erkenntnis dessen, dass es Glücks-Götter gibt, besagt überhaupt nichts über den persönlichen Verlauf einer Glückssträhne. Die Gesamtheit eines Daseins müsste von Anbeginn bis Ende gegenwärtig sein, um dem jeweiligen Ablauf gerecht werden zu können. Diese Fähigkeit entzieht sich uns Menschen. Den Glücks-Göttern natürlich keineswegs. Und so wird es sinn- und zwecklos, *die dort oben* um eine Prise Glück im irdischen Sinne anzubeten. Sie vernehmen uns nicht. Das ist als Sicherheitsfaktor von den obersten Konstrukteuren so eingerichtet worden. Diese Aufgabe fällt schlicht und einfach nicht unter unsere eigene Regie. Punkt.

Von uns Menschen unbeirrt, handeln die Glücks-Götter streng nach vorgeschriebenen Kategorien, welche unter Bezugnahme auf Jahrtausende währender Erfahrung gewachsen ist. Kurz zusammengefasst: Immer nur wenn nötig und immer nur so viel wie nötig. Nur so lassen sich Lebensabschnitte verlängern. Unnötiger Tand wie Reichtum, Berühmtheit oder dergleichen, finden unter diesen Kategorien keine Berücksichtigung. Wir wissen halt noch immer nicht, was gut für uns selber ist. Und sollten wir diesen Zustand tatsächlich erreichen, so folgt für die Glücks-Götter daraus keinerlei Einschränkung. Eher Befreiung von einer bedrückenden Last. Denn ihre Arbeit für die Lebewesen dieses Planeten wäre damit erledigt. Und solange keine neue Spezies irgendwo anders in den endlichen aber unbegrenzten Räumen des Weltenbaumes geschöpft wird, bleiben sie von zumindest einem ihrer Aufgabengebiete befreit.

Und genau dies ließ unsere Glücks-Götter nach einem Weg suchen, die Menschheit endlich zur Vernunft zu bringen. Exakter geschrieben: Zu ihrem Glück führen.
Sie bildeten einen „Arbeitskreis zur Förderung des irdischen Glücks in eigener Verantwortung". In der heute üblichen Verkürzung: „AK FiGiV"
Mitglieder dieses exklusiven Clubs sind:
Arius, Celebretius, Cloudious, Bertimaus, Klaus-Peter und Fabelatious.
Sie beobachten, forschen, tragen statistisches Material zusammen, speichern die Geschichte der Menschen und versuchen, ihre Schlüsse daraus zu ziehen, um endlich vom Ballast der drei Milliarden Glücks-Pakete befreit zu werden.
„Wir müssen jemanden von uns auf die Erde schmuggeln, um authentische Fakten zu sammeln und verarbeiten zu können. Nur darin erkenne ich einen Fortschritt für unser Vorhaben", unterbreitete Bertimaus den Anwesenden.
„Du weißt schon, dass es uns verwehrt ist, dort hinunter zu gelangen." Immer war es Klaus-Peter, der die Einwände beim Namen nannte.
„Das ist uns allen bekannt", tat Celebretius den Einwand Klaus-Peters ab. „Allerdings habe ich keine Vorstellung davon, wie anders ein Kontakt aufgebaut werden könnte. Die wenigen

Glücks-Gott-Gläubigen auf der Erde sind uns keine Hilfe, weil sie aufgrund der Kenntnis unserer Existenz zu Außenseitern abgestempelt wurden. Wie also sollen wir die Erdlinge lehren, ihr Glück selber sinnvoll zu verwalten?", fragte Celebretius in die Runde.

„Die Idee eines Lehrers finde ich sehr gut." Cloudious zappelte vor Erregung, möglicherweise einen Ausweg gefunden zu haben.

„Um euch eine Enttäuschung zu ersparen, berichte ich euch aus unseren ‚Geheimen Papieren'. Einzig um das Ergebnis unsere Bemühungen nicht von vornherein in einer Sackgasse enden zu lassen."

Die folgenden Worte wurden in stiller Erwartung aufgenommen. Denn Arius galt als Präpositus unter den Kundigen der „Geheimen Papiere" jener Glücks-Götter.

„Vor vierhundert Jahren irdischer Zeit ist tatsächlich ein erster Versuch in diese Richtung von einer Gruppe der Unseren auf den Weg gebracht worden. Die Menschheit entwickelte sich fort. Das dunkle Mittelalter mit all seinen Schauerlichkeiten war bewältigt. Die elisabethanische Zeit brach heran. Die Einseitigkeit des Glaubens ward gebrochen. Die Anklänge der Aufklärung ließen erhellende Strahlen am Horizont erscheinen. Die Spezies schien bereit. Wir schickten zwei unserer klügsten Köpfe hinab, das eigenen Gesetz ignorierend. Nicht, ohne zuvor ausufernd über den korrekten Weg einer behutsamen Vermittlung unserer Absichten diskutiert zu haben. Die ‚Geheimen Papiere´ geben keine Auskunft darüber, wie lange diese Diskussion hier oben gedauert hat. Jedenfalls wurden zwei der Unseren hinab verfrachtet. In gespannter Aufmerksamkeit beobachteten wir den weiteren Gang der Dinge und vernachlässigten dadurch unsere Tätigkeit. Das ist einfach nicht zu leugnen." Arius verstummte.

Alle im AK FiGiV registrierten die versunkene Nachdenklichkeit des Arius. Nach angemessener Zeit forderte Fabelatious ihn auf, in seinem Bericht fortzufahren. Denn alle waren gespannt auf den weiteren Verlauf der Geschichte. Sie war für ihr eigenes Vorhaben ja von größter Bedeutung.

„Was soll ich noch viel Worte bemühen?", fuhr Arius fort. „Die beiden gingen exakt nach Plan vor. Die zu jener Zeit gängige Form der Verbreitung - Schrift und Aufführung - wurde in all ihren Verästelungen genutzt. Es entstanden Werke, die auch noch heutige Erden-Schüler beschäftigen. Wir glaubten an den Fortschritt und vernachlässigten unsere eigentliche Aufgabe, wenn auch nur in Nuancen. Dies nutzten einige irdenen Figuren, durch einen banalen Fenstersturz einen dreißig Erdenjahre dauernde, umfassende Auseinandersetzung vom Zaun zu brechen. Dass wir den Fenstersturz in aller Eile noch glimpflich ausgehen ließen, half nichts. Das Ergebnis war also insgesamt verheerend. Zwar sind Schriftstücke für die Ewigkeit von für die Erdlinge praktisch unbekannten Verfassern hinterlassen worden. Der Lerneffekt allerdings ist so gering, dass er keine der verheerenden anderen Folgen auch nur annähernd aufzuwiegen vermochte."

„Lag es vielleicht doch an unseren beiden Kollegen, dass die Aufgabe verfehlt wurde?", fragte Klaus-Peter.

„Nein. Die beiden - Spear und Shake - haben ihr Bestes getan. Sie kamen als gebrochene Seelen zurück auf unser Schiff. Selbst heute können wir sie nur in Randbezirken des Glücks einsetzen", berichtete Arius.

Es herrschte Stille im AK FiGiV. Sollten sie sich demnach in absehbarer Zeit nicht von dem Glücks-Ballast für die Erdlinge befreien können? Das konnte, das durfte doch nicht sein!

„Vierhundert Erdenjahre sind vergangen seit Shake und Spear diesen ersten, vorsichtigen Versuch unternommen haben. Sollten die Erdlinge sich seit dieser Zeit nicht weiterentwickelt haben?", fragte Bertimaus mit aufsteigender Erregung in seiner Stimme.

„Ja - genau. Wer sagt uns, dass nicht neue, modernere Möglichkeiten sich entwickelt haben. Veröffentlichungen, die ein Millionenpublikum erreichen und so effektiver und unmissverständlicher zu nutzen sind als ein Theater oder ein dickes Buch, welches möglicherweise noch schwer zu lesen ist", frohlockte Cloudious.

Sie betrachteten Arius, der noch ein Stück tiefer in seinem Sessel versank. Das verhieß nichts Gutes. Und so forderte Klaus-Peter ihn behutsam auf:

„Du hast noch mehr zu berichten. Das sehe ich dir an."
„Es gab da tatsächlich noch einen Versuch. Ihr wisst, was es bedeutet, sich ohne Erlaubnis von diesem Ort zu verabsentieren. Einer von uns hat die Folgen auf sich genommen. Hoffnungsfroh machte er sich auf, die neuesten Entwicklungen zu nutzen und sie vielleicht sogar noch etwas weiter zu entwickeln. In der Ära des Stummfilms entwickelte er eine Figur, die das Tragische des Glücks darstellen sollte. Aber mehr noch! Er wollte aufrütteln. Ohne Angst oder Rücksicht auf sich selbst nahm er den größten und schrecklichsten Diktator der Menschheitsgeschichte frontal auf die Hörner. Er drehte einen Film mit dem Titel ‚Der große Diktator' und glaubte damit, die kommende Schreckensherrschaft exakt auf die Leinwand gebannt zu haben. Die Zuschauer allerdings schauten weg. Wie die Botschaft seines glücklich-glücklosen Tramps verpuffte die des Hinkel. Anfeindungen waren die Folge. Niemals zuvor und danach wurde versucht, auf eine kommende Katastrophe derart eindringlich und unmissverständlich hinzuweisen. Vergeblich! Was aus Charly geworden ist, davon wissen nicht einmal die geheimen Papiere zu berichten. Ich befürchte, er ist der unglücklichen Verzweiflung verfallen." Damit endete Arius seinen resignierenden Bericht.
Der AK FigiV löste sich auf, wie er zusammenkam: unbemerkt. Zwar hängen die Beteiligten hier und da dem Gedanken nach, dass dieses irdische Problem doch einer Lösung harrt und verschütten in diesen Momenten gedankenverloren einige Glücks-Körner. Doch dies bemerkt niemand außer den dadurch weniger Beglückten. Und dies auch nur durch ihre starke Einbildung. Anderen gerät dieser geringfügige Verlust von Körnern zum Vorteil. Denn finden unsere Glücks-Götter diesen unbemerkt gebliebenen Rest wieder, so gerät dies zum Glück der gerade in ihrem Fokus stehenden irdischen Figur.

gez. Einer der gänzlich Beglückten

Wartezimmer

Untersuchung, Diagnose, Konsultation. Ein ganz normaler Ablauf. Falls keine Gesundheitsschädigung vorliegt.

„Bitte haben Sie Geduld und setzen Sie sich in das Wartezimmer. Der Herr Doktor wird bald Zeit für Sie haben. Er ist zu einem Notfall gerufen worden. Deshalb die Verzögerung."

Mit diesen Worten versetzt mich die Sprechstundenhilfe in den Wartestand.

Die Untersuchung habe ich hinter mir. Nun sitze ich im Wartezimmer in Erwartung des Gesprächs mit dem behandelnden Arzt. Eine Ärztin wäre mir lieber. Ich verspreche mir mehr Fürsorge vom anderen Geschlecht. Obwohl: Eine Frau muss sicher äußerst hart vorgehen, damit sie sich in einer Männerdomäne durchsetzt. Dabei wird ein ursprünglich vorhandener Fürsorgeimpuls auf der Strecke bleiben.
Was mache ich mir für krude Gedanken?! Hauptsache, es kommt eine Lösung auf den Tisch. Denn so wie bisher kann es nicht weitergehen. Wahrscheinlich würde ich mich entlassen, wäre ich mein eigener Chef. Zu häufig habe ich in diesem Jahr wegen Krankheit ausgesetzt. Ich bin einfach nicht gegen die Ermattung, das Fieber und die Schlappheit angekommen. Obwohl mich die Aussicht auf Kündigung ängstigt.

Die Tür geht auf. Herein tritt eine alte Dame. Kurzer, zurückhaltender Gruß. Wahrscheinlich ist diese Dame häufiger Gast in diesen Räumen. Bedauern zuckt durch meinen Kopf. Vielleicht finden sich einige Worte der Anteilnahme. Doch mein Hirn bleibt leer. Es finden sich keine passenden Worte.

Hätte ich doch meinen MP3-Player mitgenommen! Der unhöfliche Eindruck hat mich davon abgehalten. Musik gegen die aufkommende Langeweile wäre mir in diesen Minuten allerdings mehr als willkommen.

Mir fallen immer noch keine einleitenden Worte ein, um ein Gespräch mit der alten Dame zu eröffnen. Verstohlen blicke ich zu ihr hin. Ihr versteinertes Gesicht sitzt im starren Körper auf dem Wartestuhl. Ruht sie vollständig in sich selber? Oder ist sie durch häufigen Aufenthalt in Warteräumen derart entrückt, dass ihr die Zeit nicht lang wird?

Die Tür öffnet sich. Eine Mutter mit einem verletzten Kind betritt den Raum. Schaut sich besorgt um. Sicher wird das Kind schwer zu bändigen sein. Ihr Blick erreicht mich mit der Aufforderung, Verständnis zu zeigen. Das Kind greint. Der Unterarm liegt in einer Schlinge. Die Mutter tröstet. Das Greinen erhebt sich zu einem Weinen. Ich habe Verständnis. Lächle die Mutter an. Anstelle des Kindes, welches eher des Trosts bedürftig scheint. Ich aber tröste die Mutter.

Die Tür öffnet sich abermals. Ein alter Herr, schwer auf einen Stock gestützt, betritt den Warteraum. Kaum vernimmt er des Kindes Geheul, beginnt er ein eigenes. Praktisch als Beschwerde über das Kindsgeheul. Nochmals suche ich den Blickkontakt zur Mutter, um sie meines Verständnisses zu versichern. Sie aber beschäftigt sich ausgiebig mit ihrem Nachwuchs, versucht sich in Ablenkung und Beruhigung. Ihr Ton wird dabei von Minute zu Minute gereizter. Das Kind registriert diese Gereiztheit und reagiert umso heftiger. Scheinbar grundlos steigt der Pegel zwischen jedem Luftholen.

„Sie haben sicher nichts dagegen", wendet sich der ältere Herr an die Mutter, „wenn ich mich vordränge. Dieses Gegreine halte ich nicht lange aus. Es ist mir unerträglich."

Sein Ton ist autoritär abweisend. Mir fällt ein, dass er genauso gut dem Kind mit Mutter den Vortritt lassen könnte. Das Problem der Belästigung wäre ebenso gelöst. Aber ich halte meinen Mund. Und fühle mich schlecht, weil ich mich nicht äußere. Noch während der Ringkampf zwischen Entgegnung und Scheu vor dem daraus folgenden Konflikt in mir ausgetragen wird - der Favorit ist dabei klar die Scheu - betritt die Sprechstundenhilfe den Warteraum und fordert die alte

Dame auf, mit ihr zu kommen. Diese - völlig unbewegt - äußert:
„Bitte behandeln sie das Kind. Es hat offensichtlich Schmerzen.
Ich kann warten." Während dieser Aussage hält sie die Augen
geschlossen. Ihre Haltung ist aufrecht und steif. Der Alte setzt
zu einer Entgegnung an. Seine Lippen öffnen sich. Genau in
diesem Augenblick öffnet die alte Dame ihre Augen und spritzt
den Alten mit ihrem Blick, wie mit eiskaltem Wasserstrahl, in
seine Ecke. Sein Mund bleibt offen, doch kriecht kein einziges
Wort aus ihm hervor. Ein wenig zuckt sein Oberkörper im Stuhl
zurück. Er verschließt den Mund für den Rest seiner
Anwesenheit. Die alte Dame schließt ihre Augen und verfällt
erneut in ihr Schweigen.
Ein wärmendes Gefühl der Sympathie breitet sich in mir aus.
Mit welch beneidenswerter Bestimmtheit diese Grande Dame
die Situation gelöst hat! Beneidenswert. Ich fühle mich vom
Ringen befreit und finde erneut die Länge-der-Weile in mir.
Keine Musik, weil ich mich nicht unhöflich von jeder
Kommunikationsmöglichkeit mit der Umwelt abschneiden
wollte. Aber auch aus dem Bedenken heraus, vielleicht einen
Aufruf zu verpassen und unnötig lange ausharren zu müssen.
Aber an ein Buch hätte ich doch wirklich denken können! Lesen
lässt die Zeit sinnvoller verstreichen. Auf einem tiefliegenden
Tisch sind Zeitschriften ausgebreitet. Wie gewöhnlich in solchen
Räumen, ist deren Deckblatt unkenntlich gemacht.
Wahrscheinlich Illustrierte.

Die Tür wird aufgeworfen und herein strömt eine Schar von
jungen Frauen, bereits in verschiedene Gespräche vertieft. Der
alte Herr öffnet seinen Mund, schaut auf die geschlossenen
Augen der Dame und unterdrückt jede Bemerkung. Nochmals
fühle ich einen bewundernden Stolz gegenüber der Dame.
Mit einem Griff verschwinden alle Leseangebote dieses
Wartezimmers. Also habe ich zu lange gezögert. Jetzt brauche
ich nicht mehr darüber nachzudenken, ob es Illustrierte oder
doch lesenswerte Angebote sind. Der Lesestoff bringt allerdings
einige Gespräche der Schar zum Verstummen. Dafür hören wir
nun ein ausgiebiges Blättern. Vor jedem Griff an den Seitenrand
werden zwei Finger der Hand per Zunge befeuchtet. Meine
Güte. Hat diese Schar noch nie etwas von Umberto Ecos

„Name der Rose" gehört? Oder vom „Unternehmen Stahlsprung" Per Wahlöös? Ich werde mir heute diese Illustrierten nicht mehr zu Gemüte führen können.
„Frau Werdisch! Frau Werdisch bitte für Herrn Doktor Kardell."

Die alte Dame erhebt sich, öffnet ihre Augen und tippelt mit einer Würde aus diesem Zimmer, die in krassem Gegensatz zu ihrer körperlichen Verfassung steht. Der Alte wird in seinem Stuhl noch ein wenig kleiner. Als habe er Sorge vor einem weiteren Seitenhieb. Der bleibt natürlich aus. Grundlos werden keine Energien vergeudet.

Währenddessen beginnt die Schar junger Frauen über das Gelesene zu fabulieren. Die Themen und Ansichten liegen zwischen unerträglich und totalem Schwachsinn. Natürlich nur für mein eigenes, verschrobenes Verständnis. Also halte ich den Mund und bin froh, keiner der Illustrierten auf den Leim gegangen zu sein. Welch ein Preis für die bloße Verhinderung der Langeweile! Fast wünschte ich mir, der Alte würde erneut sein böses Feuer versprühen. Dieser Gedanke bringt ein Lächeln auf mein Gesicht. Wieder etwas Zeit gewonnen. Zeit. Richtig - es gibt keinen Chronometer in diesem Wartezimmer. Ich selbst trage keine Uhr bei mir. Unnötig, wenn kein Termin ansteht. Diesen Tag habe ich für das Warten in Zimmern wie diesem reserviert. Wie unbedacht, keine Beschäftigung für diesen langen Abschnitt vorgesehen zu haben. Ich war der Ansicht verfallen, von Untersuchung zu Untersuchung hetzen zu müssen und keine Zeit oder Konzentration zwischendurch aufbringen zu können. Eine Fehleinschätzung, wie sich jetzt herausstellt. Gibt es vielleicht einen Kiosk in der Nähe? Dann wäre es mir zumindest möglich, ein mir genehmes Blätterwerk zu erstehen. Verlasse ich dieses Wartezimmer, setze ich mich der Gefahr aus, meinen Aufruf zu versäumen und mich an das Ende der Wartekette versetzt zu finden. Ich wäge einen möglichen *Gewinn* gegen diese *Gefahr* ab und vergeude so möglicherweise ein Viertel von einer Stunde. Den Alten kann ich unmöglich damit beauftragen, der Praxisorganisation anzutragen, dass meine Abwesenheit nur von kurzer Dauer sein wird. Ihm traue ich zu, diese Bitte bewusst zu ignorieren.

Und diesen jungen Hüpfern? Vielleicht würden sie sich nur belästigt fühlen. Nach Abwägung dieser Möglichkeiten lehne ich mich zurück, schließe die Augen und gebe mich der Qual der Langeweile hin, gleichzeitig darum bemüht, meine Stimmung nicht ins Bodenlose fallen zu lassen.

Zwei der jungen Hüpfer werden aufgerufen und verlassen, bis zur letzten Möglichkeit mündliche Nachrichten hinterlassend, den Warteraum. Der Alte neben mir grummelt vernehmlich. Ich brauche nicht nachzudenken, worüber er sich nun wieder beschwert. Hat diese Schar nicht nach ihm (nach uns!) den Warteraum betreten?!? Weshalb werden sie also bevorzugt aufgerufen?
Einfache Erklärung: Weil ihr Krankenbild womöglich einer anderen Abteilung zuzuordnen ist. Oder keine Konsultation nach sich zieht. Vielleicht haben sie sich alle, wie sie dort herumschwirren, einem Schwangerschaftstest unterzogen. Praktisch ein Nachklang der letzten Party? Afterparty in der Gynäkologie?
Au Backe. Ich muss endlich aufgerufen werden. Es breitet sich in mir nämlich schon ein Virus echter Sinnes-Verrückung aus. Wenigstens kann ich jetzt eine der zwei zurückgelegten Illustrierten an mich nehmen. Es ist mir nämlich mittlerweile gleich, was ich darin finde. Hauptsache, es sind aneinandergereihte Buchstaben. Vor meinem inneren Auge macht sich das Bild beleckter Fingerkuppen breit. Mögliche Lösung: Jedes einzelne Blatt von unten umblättern. Denn sie haben immerzu die obere rechte Ecke für ihr abstoßendes Vorgehen gewählt. Noch während ich mich innerlich wappne, springt die Tür auf. Drei männliche Jugendliche stürmen das Zimmer, greifen gleichzeitig nach den Illustrierten noch bevor sie einen Platz ansteuern. Zwei haben Erfolg. „Jetzt krieg ich von euch, sobald ihr sie durch habt, beide!", fuchtelt der Unterlegene mit dem Zeigefinger. „Ist schon klar", antworten zwei grinsenden Gesichter. Auch diese Ablenkung ist also für mich verloren.
„Frau Berdisch und Frau Kleindorfer - bitte in das Behandlungszimmer 11 der Gynäkologie. Frau Berdisch und Frau Kleindorfer bitte."

Die weibliche Schar schnattert von der Ansage unberührt weiter. Beneidenswert. Einmal, die Ignoranz gegenüber der aufrufenden Autorität. Aber auch: Aus einer Quelle nie versiegender Themen zu schöpfen. Ich ahne nicht, worüber sie reden, fühle allerdings den Neid in mir.
Mein Blick sucht Ablenkung in den beiden Bildern an der Wand. Einmal der Turmbau zu Babel. Daneben ein Escher. In einer gläsernen Vitrine finden sich antike Arzt-Instrumente. Wenig Vertrauen erweckendes. Aufgelassenes Metall, Glas, Stich oder Sägevorrichtungen. Aus heutiger Sicht mehr für den Veterinär geeignet.
Der Turmbau zu Babel. Gott streut zur Verwirrung verschiedene Sprachen unter die Menschen. Dass er überhaupt so weit gehen musste, deutet seine Verzweiflung angesichts des menschlichen Strebens nach Übersteigerung an. Wären wir ihm nahe gekommen? Oder nur näher? Und dann: Weshalb gab es Argumente gegen diese Annäherung? Profitieren wir als seine Geschöpfe nicht aus dem direkten Kontakt mit seiner Unerforschlichkeit? Oder wünschte er für seine Schöpfung keine Unabhängigkeit vom menschlichen Schicksal? Ich verstehe dieses Gleichnis nicht. Natürlich, der Größenwahn. Dieses Streben nach Durchbrechung der gesetzten Grenzen. Aber wenn es nun einmal nicht anders angeht, unseren misslichen Zustand hier unten aufzulösen? Sicher habe ich während meiner Betrachtungen etwas übersehen. Leider habe ich noch niemanden getroffen, der mich auf den *toten Winkel* meiner Ansichten aufmerksam gemacht hat.
Escher. Verwirrung. Ausweglosigkeit. Begrenztheit. Ja - eigentlich Gefangenschaft. Wir irren, getrieben vom menschlichen Dünkel, durch die Gassen unseres Lebens. Ohne Kenntnis eines Auswegs.
Ich würde mir für diesen Aufenthaltsort der Krankheit positivere Motive wünschen.
Tür auf. Weiter einströmende Patienten. Gequälte, stumme Gesichter. Verkältet. Reduziert. Mich drückt der Harndrang, wage allerdings nicht, meinen Platz zu verlassen. Was, wenn ich genau während meines Stuhlganges aufgerufen werde und nicht erscheine? Der nächste dran. Meine Person? Vergessen! Abgehackt meine Behandlung. Ich unterdrücke. Denke an

anderes. Betrachte die Musterung des Fußbodens. Erwarte Kaufhausmusik aus den Lautsprechern. Das wäre unpassend. Aber eine Abwechslung. Die Langeweile hat mich innerlich überschwemmt. Ich verabscheue dieses Gefühl. Suche nach Themen, die mich gedanklich ablenken. Worüber, zum Beispiel, wollte ich den behandelnden Arzt informieren? Klar und verständlich wollte ich mich ausdrücken. Damit der Grund der Erkrankung erkannt und bekämpft werden kann. Ich will unversehrt wieder auf die Beine kommen. Keine Schwäche mehr. Kein Fieber. Ich will funktionieren können. Selber darüber bestimmen, wann ich nicht mehr funktionieren will. Mich nicht von körperlichen Gebrechen behindern lassen.

Langeweile. Langeweile.

Einschläfernd. Falls ich bei nächster Gelegenheit ein Buch vergesse, soll mir die rechte, nein, sicherheitshalber doch lieber die linke Hand abfallen.
„Herr Klostermann und Frau Bernsdorf bitte in das Behandlungszimmer 8. Frau Bernsdorf und Herr ....."

„Schnarcht der Kerl dort gegenüber?"
„Sei still. Wahrscheinlich ist er froh, eingeschlafen zu sein."

Früh am nächsten Morgen betritt die junge, frisch aussehende Arzthelferin Klara den Warteraum, um diesen vor dem einsetzenden Andrang von Patienten zu lüften. Sie öffnet die Tür, verharrt einige Augenblicke, geht auf leisen Sohlen rückwärts und schließt behutsam die Tür.
„Du wirst es nicht glauben!", spricht Klara aufgeregt ihre Kollegin an. „Dort drinnen sitzt ein Mann. Bestimmt ein Patient. Der muss von gestern übrig geblieben sein."

Die Kollegin fährt aufgeregt hoch. „Das kann doch gar nicht sein! Weshalb holst Du ihn denn nicht heraus?", antwortet die angesprochene Kollegin.

„Weil er ganz starr mit offenen Augen dasitzt. Hat nicht einmal seinen Rücken angelehnt."

„Na und? Der arme Mann wird wahrscheinlich schlafen. Jedenfalls wird er mächtig verärgert sein. Denn wir haben ihn gestern am frühen Abend wahrscheinlich im Warteraum versehentlich eingeschlossen."

„Nein!", antwortet Klara, „Was mich abschreckt, ist seine Haltung. Sie erinnert mich an Normen Bates. Und zwar in der letzten Szene des Hitchcock Films. Als er völlig in sich versunken auf der Bank im Gefängnis sitzt und nicht einmal die Fliege von seiner Hand verjagt. Absolut gruselig. Ich spreche diese Person auf gar keinen Fall an."

Und wenn nicht aufgerufen, sitzt er heute noch im Wartezimmer.

Psychologe

Werner Kaldenhoven schwebte in der Mitte seines Lebens. Knapp in der Mitte. Vielleicht noch mit einer Tendenz zu den Anfängen. Jedenfalls eher zu den Anfängen als zum Ende hin. Den Hauseingang zierte ein blitzblankes Namensschild mit der Berufsbezeichnung *Diplom Psychologe*. Gerade noch rechtzeitig, bevor dieses Studium durch die Einführung des Bachelors eine Degradierung erfuhr. Einige teure, aber keineswegs lern- oder zeitintensive Zusatzausbildungen, schon war die Berechtigung für eine silbern glänzende Tafel als Aushängeschild für den Hauseingang errungen. Zur Goldenen reichte sein Mut nicht.

War damit sein Glück gemacht? Ist diese Frage einmal gestellt, denkt sich jede/r: Mitnichten. Die Zeit nagt an den Idealen. Die Jahre glätten das ursprüngliche Engagement. Die Routine erwürgt die Lust. Was bleibt: eine befriedigende Ziffer auf einem virtuellen Guthabenkonto.

Werner Kaldenhoven war sich dessen bewusst. Wie er sich dem entgegenzustemmen gedachte? Gar nicht. Ruhig bleiben. Mit beiden Beinen auf dem Boden. Geerdet. Anständig. Ehrlich. Aber nicht länger aufrichtig. Zeugt es nicht von menschlicher Reife, diesen *Unebenheiten* des persönlichen Werdegangs keine ungebührliche Beachtung zu schenken? Einfach niemanden mit diesem persönlichen Schutt belästigen!? Die Bedeutungslosigkeit des *Ich* anerkennen? Keinen Aufstand um diese ohnehin nur abstrakte Umschreibung eines *Bewusstseins* inszenieren, welche bislang noch niemand exakt und verständlich in Worte hat fassen können? War dergleichen nicht auch als Lebensleistung anzuerkennen?

Bewusstsein. Ich. Kaldenhoven war sich der Bedeutung dieser Wortmonumente für die Menschen sehr wohl bewusst. Bedeutung im Sinne von: m*ein Bewusstsein, mein Ich.* Ermöglicht durch eine beliebige und völlig unbegrenzte Verfügung über zum Teil abstraktnutzlose Begriffe. Ob überhöht, unterdrückt, entfremdet, dramatisiert oder esotisiert:

Als Regisseur unseres *Ich oder Bewusstsein* sind unseren Inszenierungen keine Grenzen gesetzt!

Sollten sie nur! Ist durchaus verständlich! Nachvollziehbar! Aber für Kaldenhoven kam das nicht in Frage. Für ihn war es an der Zeit, sich der *Möglichkeit* zu stellen, dass es gar kein inneres Selbst gab. Er fand in sich jedenfalls nichts Beständiges, nichts von Dauer, nichts, auf das sich alle hätten einigen können, und nichts, das irgendwie in sich schlüssig wäre.

„Vielleicht, weil es da nichts zu finden gibt", murmelte Kaldenhoven nachts während einer langen Phase, bevor ihn der Schlaf einholte
„Was ist *Nichts*, Liebling?", murmelte seine Frau zurück.
„Es ist nichts mit dem *Nichts*. Entschuldige die Störung. Schlaf weiter", antwortete Kaldenhoven.
„Aha. Na dann: Gute Nacht", klang es ein wenig missbilligend von der anderen Bettseite.
„Gute Nacht."

Kaldenhoven stand leise auf, um sich dem nächtlichen Sternenhimmel hinzugeben. Anders ausgedrückt: Der tröstlichen Gewissheit, dass seine Überlegungen dort oben keinen einzigen Windhauch verursachten. Noch einer dieser absolut bedeutungslosen Gedanken. Nebenbei dem Kitsch, zumindest der Gefühlsduselei, sehr nahe. Und unwirksam. Im Angesicht des Sternenhimmels hätte Kaldenhoven erschauern wollen. Aber nichts geschah. Er blickte ungerührt in diese Unbegrenztheit und bedauerte seine Distanziertheit. Eine weit zurückliegende Erinnerung verursachte ein: „Was bin ich doch sooo schöön traurig."

Behandlung

Neuendorf war der letzte Patient für heute. Und das war gut so. Kaldenhoven fühlte sich abgespannt und müde.

„Hoffentlich schaffe ich noch eine Runde im Aufmerksamkeits-Karussell."

Kaldenhoven konzentrierte sich, suchte seine Gesichtszüge zu entspannen. Es wäre ein leichtes, diesen Zustand durch einen unterstützenden Wirkstoff herzustellen. Kaldenhoven zögerte, nach dem im Schreibtisch wartenden Paket zu greifen. Heute nicht. Er riskierte einen Blick auf die Akte des Besuchers und fand nackte, persönliche Daten. Also ein Erstbesuch. Na ja, vielleicht war es ja ein interessanter Fall. Kaldenhoven machte sich bereit. Er verstaute das Paket Tabletten in der hintersten Ecke des Schreibtischs und schloss die Schublade. Aufgeschreckt wurde er von dem Gefühl einer Anwesenheit.

„Einbildung", murmelte Kaldenhoven. „Bin doch abgespannter, als ich dachte."

Sich sammelnd, sprach Kaldenhoven in die Anlage: „Frau Griesbauer. Bitten Sie Herrn," er blickte erneut auf die Akte, „Neuendorf herein."

„Er hat das Wartezimmer gerade mit dem Hinweis verlassen, noch ganz kurz etwas erledigen zu müssen."

„Aha. Dann bitten sie ihn herein, sobald er zurückkommt."

Verstimmt blickt Kaldenhoven auf die Uhr. Der unwillkommene Gedanke, dass er Lebenszeit an diesen Patienten vergeudete, drängte sich auf.

„Guten Tag Herr Doktor Kaldenhoven. Ich hoffe, ich habe sie nicht all zu lange warten lassen!"

Kaldenhoven schreckte überrascht hoch. Unbemerkt und ohne Ankündigung durch Frau Griesbauer, tauchte der Patient im Behandlungszimmer auf. War er etwa eingenickt?

„Guten Tag Herr," ein schneller Blick auf die Karte, „Neuendorf. Keineswegs. Übrigens: Ich bin kein Doktor."

„Ach. Und ich dachte, dass in Deutschland die Behandlung von Menschen alleine Doktoren vorbehalten sei."

„Ich behandle Menschen nicht in medizinischer Hinsicht."

„So - sie nutzen also keine Psychopharmaka?"

„Unterstützend oder begleitend - vielleicht."

„Dafür müssen doch eigentlich pharmazeutische Kenntnisse vorliegen."

„Ich arbeite in Absprache mit einer praktischen Ärztin, Frau Doktor Schwerger. Sie hat ihre Praxis gleich gegenüber. Ich versichere sie gleich: Psychopharmaka, was immer Sie auch darunter verstehen, verabreiche ich ausschließlich, falls es der Einzelfall verlangt."

Nach dieser ungewöhnlichen Eröffnung eines Patienten - Arzt Gesprächs trat ein betretenes Schweigen ein. Kaldenhoven war sich bewusst, dass er das Eis brechen musste, war sich allerdings nicht darüber im Klaren, welchen Weg er diesem Menschen gegenüber einschlagen sollte. Derweil machte Neuendorf unberührt seine Runden durch das Zimmer. Aufmerksam studierte er die Buchtitel in den Regalen. Noch bevor Kaldenhoven das Wort ergreifen konnte, begann Neuendorf: „Wie viele Bücher hier stehen! Haben sie die etwa alle gelesen? Das führt mich zu der Frage: Behandeln sie Ihre Patienten nach einer bestimmten Methode? Bevorzugen sie bestimmte Ansätze? Vielleicht der Entwicklungspsychologie oder Gestaltpsychologie? Sind frühkindliche Erfahrungen von Bedeutung?"

„Bitte haben Sie Verständnis dafür, dass ich diese Fragen nicht auf der Stelle befriedigend beantworten kann."

„Versuchen sie es! Mich interessiert, ob sie Freudianer sind oder ein Anhänger Jungs, Skinners oder Piagets. Oder vielleicht Koesels oder Pinker?"

„Sie scheinen sich gut auszukennen", antwortete Kaldenhoven mit bewusst lobender Betonung in der Stimme. „Allerdings bin ich kein *Anhänger* einer einzelnen dieser Theorien oder eines einzigen Ansatzes."

„Von allem das Wirksamste herauspicken? Das ist auch eine Methode. Die Frage nach meiner Einsicht in dieser Richtung muss ich, wie sie es bereits getan haben, auf einen späteren Punkt unseres Gesprächs verschieben. Allerdings bezeichne ich mich gerne als: *wikipediadisiert*."

Kaldenhoven spürte eine gesteigerte Erwartungshaltung Neuendorfs angesichts seiner Bemerkung. Er musste endlich die Initiative ergreifen: „Und welche Fragen führen Sie in meine Praxis?"

„Sind es nicht immer dieselben Fragen?"

„Aber nein. Keineswegs! Es gibt gänzlich unterschiedliche, individuelle, geschlechtsspezifische, altersspezifische Fragen. Das Feld ist sehr groß und wird dauernd neu umgepflügt."

Kaldenhoven hoffte, dass diese Metapher das Miteinander ein wenig auflockerte. Denn seine Antennen sendeten ihm eine Fülle von, wenn auch verwirrenden, Warnungen.

„Enden sie nicht immerzu in derselben Sackgasse? Ein Mensch findet sich nicht zurecht und leidet." Die Stimme Neuendorfs sackte um einige Etagen tiefer.

„Was, bitte, bezeichnen Sie als Sackgasse?"

„Oh - soweit sind wir noch nicht", antwortete Neuendorf.

Kaldenhoven blieb verborgen, ob *nicht soweit* bedeutete: Noch kann ich nicht darüber sprechen oder: Ob die Sackgasse noch nicht in Sicht des Patienten war. Er vermerkte sich diesen Gedanken und beließ es dabei.

„Es muss einen Grund geben, dass Sie mich aufsuchen. Zumal," wieder ein Blick auf die Patientenkarte, „Sie eine Zahlung über die Krankenkasse nicht in Betracht ziehen."

„Die Kostenübernahme eines persönlichen Anliegens durch die Allgemeinheit lehne ich ab."

„Aha - und weshalb lehnen Sie die Übernahme ab?"

„Ziehen sie aus dieser Antwort keine Schlüsse! Dieses Vorgehen bringt lediglich zum Ausdruck: Meine Persönlichkeit betreffende Kosten bin ich gewillt, selber zu bestreiten."

„Machen Sie sich bitte keine Gedanken über mögliche Rückschlüsse meinerseits. Ich werde diese in jedem Falle kommunizieren, *sollte* ich Schlüsse ziehen. Das betrachte ich als eine meiner Aufgaben während unserer Zusammenarbeit."

„Zusammenarbeit? Ein schönes Wort. Funktioniert so etwas überhaupt? Zusammenarbeit zwischen einem Therapeuten, einem Diplom-Psychologen und seinem Patienten?"

„Auf jeden Fall. Das erlebe ich täglich."

Neuendorf gehörte also zu den *Besuchern*, die für sich selber beschlossen haben, kein Patient zu sein. Vielleicht suchten sie lediglich die Auseinandersetzung in einem geistreichen Gespräch, wollten *überzeugt* werden, ermutigt. Neuendorf war allerdings ein unangenehmer Vertreter dieser Spezies. Sie verbargen ihre Absichten so lange wie möglich. Bemänteln ihr Leiden, um diese zu überhöhen. Hatten Angst davor, nicht ernst genommen zu werden. Womöglich wurden ihre Probleme vom Mitmenschen als alltäglich abgetan. Nichts scheuen sie mehr als die immer wiederkehrende Degradierung im Alltag.

Kaldenhoven verstand diese *Besucher*. Vielleicht, weil sein eigenes Leben banal, schlicht und ohne nennenswerte Höhepunkte verlief. Eben durchschnittlich. Seine Besucher aber machte dieses Gefühl wütend. Also war Vorsicht geboten. Doch das durfte Kaldenhoven mit keiner Geste, mit keinem Wort zu verstehen geben.

„Wir werden zusammen Arbeiten und herauszufinden versuchen, ob und was Ihnen den Weg versperrt. Darauf können Sie vertrauen."
„Wegräumen, was mir im Weg steht? So so. Was steht mir denn im Weg?"
„Das herauszufinden ist die von mir erwähnte, gemeinsame Arbeit."
„Sie glauben also, ich kann die Hindernisse nicht selber benennen und aus dem Weg räumen?" Wieder dieser verächtliche Ton in der Stimme Neuendorfs.
„Aber sicher erkennen Sie Hindernisse. Nur ist es manchmal hilfreich, diese Aufgabe gemeinsam anzupacken. Ein Blick von außen, von einem Unbeteiligten, ist in vielen Fällen nützlich."
„Sie sind aber nicht unbeteiligt."
„Weshalb sollte ich nicht unbeteiligt sein?"
„Weil ihnen Menschen, die ihre Hindernisse nicht erkennen, tief im Innern gleichgültig sind."

Das hatte gesessen. Kaldenhovens Körpertemperatur stieg um ein Grad.

„Da muss ich Sie korrigieren. Ich begegne grundsätzlich niemandem mit Gleichgültigkeit."

„Sie schenken von sich aus den Menschen Aufmerksamkeit? Das widerspricht meinem ersten Eindruck. Ist es nicht vielmehr genau umgekehrt? Muss ein Mensch, um ihre Aufmerksamkeit, ihre Anteilnahme zu wecken, sich nicht mächtig strecken?"

„Einen Augenblick bitte! Dieses, nenne ich es mal Vorurteil, stört unsere Gesprächssituation. Versuchen Sie sich, von diesem Gedanken zu lösen. Ich bringe meinen Patienten volle Aufmerksamkeit entgegen. Darauf dürfen Sie fest vertrauen."

„Reizend formuliert. Und sich selber gegenüber? Welche Beachtung schenken sie ihrem eigenen *Ich*?"

„Die Antwort auf diese Frage gehört nicht hierher. Also lassen wir das auf sich beruhen."

„Möglicherweise ebenfalls auf einen späteren, passenderen Zeitpunkt?", fragte Neuendorf provokativ.

„Möglicherweise auf einen späteren Zeitpunkt. Ja." Dieses leere Versprechen musste Kaldenhoven anbieten um die gewünschte Verbindung zu seinem Patienten zu halten.

„Ganz wie sie wollen. Weshalb fragen sie *mich* nicht nach meiner Aufmerksamkeit den Mitmenschen gegenüber?", fragte Neuendorf.

„Weil es im Augenblick noch keine Rolle spielt. Dieser Gesprächsstrang führt zu nichts. Deshalb möchte ich ihn in andere Bahnen lenken. Es gibt einen Grund für Sie, mich aufzusuchen. Und diesen Grund möchte ich im ersten Schritt klären."

„Dann müssen sie danach suchen. Sie oder irgendein anderer Seelenklempner."

„Haben Sie bereits andere Kolleginnen oder Kollegen konsultiert?"

„Ist diese Frage von irgendeinem Belang? Falls andere versagt haben in ihrem therapeutischen Ansatz - muss dies auch auf sie zutreffen?"

„Die Frage habe ich rein Interesse halber gestellt. Zum Beispiel wäre damit verbunden, dass Sie sich bereits seit einiger Zeit belastet fühlen."

„*Belastet*", schnaufte Neuendorf verächtlich und sprach gleich weiter: „Fühlt nicht jeder Mensch heutzutage in seinem persönlichen oder öffentlichen Leben eine *Belastung*? Und damit meine ich nicht einmal die Umweltverschmutzung. Einer grämt sich wegen materieller Probleme. Wieder andere angesichts täglich vorgeführter Entgleisungen Einzelner oder ganzer Gruppen in unserer Gesellschaft. Wird man nicht bereits schräg angesehen, falls man die Worte *Moral und Ethik* benutzt? Denn sind es nicht immer dieselben *Spinner*, die sich mit diesen Etiketten schmücken? Hört man, nur als Beispiel, im TV jemanden von Moral und Ethik sprechen, so wird einem spei übel, weil man davon auszugehen hat, dass diese beiden Begriffe als *Anstrich* für irgendein persönliches Interesse herhalten müssen, quasi ihrem Wortstamm entfremdet werden. Ist es nicht so? Fühlen sie etwa nicht etwas wie Scham angesichts dieses Schauspiels?"

Zum ersten Mal kam Neuendorf aus der Reserve. Das beruhigte Kaldenhoven, gab ihm die erwünschte Position in diesem Gespräch zurück. Allerdings war ihm der Grund für den Themenwechsel auf Moral und Ethik nicht klar. Also fragte er: „Fühlen Sie Ihre Umwelt als drückende Belastung?"
„Welcher moralische und ethische Mensch würde das nicht?"
„Nein, ich meine das spezieller."
„Falls, ich betone: Falls ich eine Belastung spüre, dann immer nur wegen eines gerade aktuell dramatisierten Problems."
„Und wie reagieren Sie darauf?"
„Indem ich nach einer Lösung suche."
„Für ein allgemeines Problem suchen Sie nach einer speziellen Lösung?"
„Aber ja. Denn: Würde sich das Problem etwa der Umweltverschmutzung ein stückweit lösen lassen, so würde ich mich befreiter fühlen. Würden weniger Menschen unter Gewalt, Hunger und Ausbeutung leiden, so würde ich mich befreiter fühlen. Herrschte allerorten menschliche Gerechtigkeit, so würde ich befriedigt durchatmen. Wäre meine Nachbarin nicht traurig und depressiv, weil sie sich einsam fühlt, so würde ich

mich darüber freuen. Aber so fühlt jeder verantwortungs-
bewusste Mensch. Das ist nichts, was einer Behandlung
bedarf."
„Sie sind nicht verantwortlich für all diese Probleme. Wie wollen
Sie eine Lösung für die industrielle Verschmutzung unseres
Planeten finden?"
„Wie geschickt von ihnen, gerade dieses Thema
herauszustellen", spottete Neuendorf. „Aber natürlich suche ich
nicht nach einer wissenschaftlichen oder wirtschaftlichen
Formel zur Lösung unserer Umweltprobleme. Dazu bin ich nicht
in der Lage. Das ist mir vollkommen klar. Aber trotzdem halte
ich, wie jeder andere *moralische Mensch* Ausschau nach der
Voraussetzung für eine Lösung. Denn der *moralische Mensch*
fühlt mit seinen Mitmenschen. Und mit der Umwelt, die wir
geschaffen haben, in der wir Menschen also leben müssen."
„Aber Sie sind nicht verantwortlich für alle Probleme. Das
übersteigt die Kraft jedes Einzelnen."
„Wollen sie mich etwa trösten? Wie freundlich. Es ist völlig
gleich, ob ich *Schuld* bin oder nicht. Denn: Ich lebe in dieser
Welt."
„Das bestreitet ja niemand."
„Dazu fällt mit ein Buch von Pinker ein. Darin wird die These
aufgestellt, dass wir uns bereits auf dem Wege der Besserung
befinden, es nur noch nicht registriert haben. Sind sie auch
dieser Ansicht? Oder haben sie es vielleicht noch nicht
gelesen?"
„Nein. Bitte glauben Sie mir, so einfach machen es sich die
Kollegen nicht. Unser Blick sollte aber nicht nur starr auf einen
Punkt gerichtet sein. Damit blenden wir aus, was neben und vor
uns geschieht. Oder geschehen kann, falls wir es zulassen."
„Kognitionspsychologie!", spukte Neuendorf verächtlich aus.
„Als müssten wir nur unsere weitere Entwicklung abwarten und
hoffen, dass unsere Probleme, wenn auch verzögert, einer
Lösung entgegenstreben. Natürlich immer mit einem mitleidigen
Blick auf die währenddessen ausradierten Lebewesen."
Kaldenhoven war von der Heftigkeit irritiert. Neuendorf fuhr
unbeirrt heftig fort: „Sind sie etwa ein Anhänger dieses
Ansatzes? Das glaubten die, im Übrigen immer gut situierten,
Anhänger der Aufklärung ebenfalls."

„Ehrlich gesagt, kenne ich mich nicht in all diesen Denkrichtungen gleich gut aus. Aber dies ist *hier* auch nicht das Thema."

„Ich habe nach ihrer geistig-seelischen Heimat gefragt. Eine Antwort sind sie mir schuldig geblieben."

„Weil diese Frage *hier* nichts zur Sache beiträgt. Vielmehr möchte ich Ihrer geistig-seelischen Heimat vorgestellt werden", versuchte Kaldenhoven, dies Gespräch in beherrschbare Bahnen zu lenken.

Schlagartig wurde Kaldenhoven klar: Das war ein Fehler! Er hatte sich aufs Glatteis locken lassen. Jetzt musste er vorsichtig den Rückzug antreten und sich einen anderen Zugang verschaffen.

„Bitte entschuldigen Sie. Das waren vielleicht nicht die passenden Worte", eröffnete Kaldenhoven den nächsten Zug.

„Sicher ein langer Tag. Nicht der Rede wert. Bin schon drüber weg." Auch Neuendorf schien beschwichtigen.

„Kommen wir zurück auf das, was Sie vorhin geäußert haben: Sie fühlen sich durch tagesaktuelle Ereignisse belastet. Durch Nachrichten und Schlagzeilen."

„Nicht mehr als durch die Einsamkeit meiner Nachbarin. Aber trotzdem kann ich sie nicht lieben, um ihrer Sehnsucht Abhilfe zu schaffen."

„Richtig. Denn Sie sind *nicht* für die gesamten Probleme dieser Welt verantwortlich. Die zu schultern benötigt es schon mehr als einen Menschen."

„Vielleicht einer Gottheit?" Erneuter Rückzug auf den Spott.

„Einer Gottheit. Meinetwegen. *Sie* sollen erkennen, welche Probleme Ihrer besonderen Aufmerksamkeit wert sind und sich fragen, weshalb dies so ist."

„Ich glaubte, angedeutet zu haben, dass die öffentlich diskutierten Themen eine Last für mich sind. Ich fühle mich dem Kreuzfeuer der schlechten Nachrichten ausgeliefert."

„Dann müssen Sie sich aus der Schusslinie bringen. Die Nachrichten abschalten. Zeitungen mit negativen Schlagzeilen meiden."

„Verweigerung der Informationsaufnahme. Und das funktioniert?"

„Natürlich nur als allererster, kleiner Schritt. Das ist kein Heilmittel. Aber verbringen Sie einen Tag ohne Nachrichten. Oder besser gleich eine ganze Woche."

„In diesem orwellschen Trommelfeuer? Lese ich ein Buch, werden Probleme thematisiert. Schaue ich einen Spielfilm, geht es oft um Dramen und Tragödien."

„Dann wählen Sie Hollywood Streifen mit garantiert gutem Ende." Kaldenhoven versuchte es mit einem Lächeln.

„Sie raten mir, Schund zu konsumieren? Dann wäre ich ihnen dankbar, falls sie mir gleich die dazugehörigen Psychopharmaka verschreiben. Denn auf anderem Wege werde ich diesen nicht ertragen können."

Kaldenhoven dachte: falscher Ansatz. Also von anderer Seite:

„Schlafen Sie schlecht?"

„Ich schlafe wenig. Dadurch schlafe ich erst gar nicht schlecht."

„Haben Sie es mit Schlaftabletten versucht?"

„Sie raten mir zu Schlaftabletten?"

„Nein, ich habe gefragt, ob Sie Schlaftabletten genommen haben? Ich habe Ihnen nicht dazu geraten."

„Ja."

„Und. Helfen sie?"

„Am nächsten Tag verspüre ich Übelkeit. Der Kopf bleibt häufig innerlich bewölkt."

„Aber geschlafen haben Sie?"

„Ja."

„Treiben Sie Sport?"

„Nein."

„Im wievielten Stock wohnen Sie?"

„Was soll diese Frage?"

„Treppen steigen ist auch eine Sportart."

„Erster Stock. Sechzehn Stufen."

„Leben Sie allein?"

„Was glauben sie?"

„Herr Neuendorf: Was *ich* glaube, spielt keine Rolle. Ich glaube erst einmal gar nichts. Ich stelle Fragen, um mir ein Bild von Ihrer persönlichen Situation zu machen, die mir augenblicklich noch fremd ist."

„Falsch: Was sie glauben, spielt hier sogar die Hauptrolle. Aber sie äußern sich ja nicht dazu."

„Weil Ihr Besuch bei mir bedeutet, dass es um Sie geht! Und nicht um mich."

„Es geht ab dem Moment um meine Position, sobald ich davon ausgehen darf, dass sie mich verstehen. Dieses buhlen um ihr Verständnis setzt größtmögliches Vertrauen in ihre Fähigkeiten voraus."

„Ich bemühe mich", insistierte Kaldenhoven.

„Um Vertrauen bemühen sie sich?" Neuendorfs Tonfall war herausfordernd.

Nicht therapiefähig. Die Neuendorfs dieser Welt suchten gerne Gesprächspartnerinnen und Gesprächspartner mit möglichst breiter intellektueller Reibungsfläche. Es ging hier nicht um eine Besserung irgendeines Zustandes. Es ging hier um eine Rechtfertigung, um Absolution von autorisierter Stelle. Kaldenhoven hatte keine Lust auf derartige Spielchen und überlegte, wie es zu beenden war.

„Herr Neuendorf. Sicher sind Sie damit vertraut, dass es eine Vertrauensbasis geben muss ....."

„Nach nicht einmal fünfundzwanzig Minuten geben sie verklausuliert auf."

„Nein." Irritiert blickte Kaldenhoven auf das Zifferblatt der Uhr auf dem Schreibtisch. Es waren erst fünfundzwanzig Minuten vergangen? Sein Zeitgefühl sagte ihm etwas Anderes. Aber möglicherweise strengte ihn dieses Gespräch in wenigen Minuten mehr an als andere, die doppelt so lange dauerten. Also nicht aus der Reserve locken lassen und weitere Schritte versuchen.

„Nein", wiederholte Kaldenhoven. „Von Aufgabe ist nicht die Rede. Ich versuche darauf hinzuweisen, dass es uns gelingen sollte, eine gemeinsame Basis zu schaffen, von der aus weitere, eingehende Gespräche möglich sind."

„Genau aus diesem Grund habe ich Fragen an sie gerichtet. Aber eine Antwort habe ich nicht bekommen."

„Weil es nicht um mich geht."

„Soll eine gemeinsame Basis geschaffen werden, geht es auch um ihren persönlichen Anteil an dieser Basis."

Entmutigt schüttelt Kaldenhoven mit dem Kopf.

Neuendorf nahm dies als Aufforderung weiterzureden: „Lieben sie zum Beispiel ihre Frau?"

„Ich wüsste nicht, welche Bedeutung Ihre Frage für unser Gespräch haben kann."

„Ganz einfach: Lieben sie ihre Frau, so kann ich davon ausgehen, dass sie der Liebe fähig sind *und* Liebe kennengelernt haben. Ist ihnen die Liebe zu einem Menschen vertraut, so verstehen sie, dass man unter einem Schmerz leiden kann, falls es augenscheinlich vielen, wenn auch fremden Menschen, schlecht geht. Gleich ob durch Hunger oder seelische Pein. Damit will ich keineswegs zu verstehen geben, alle Menschen vorbehaltlos zu lieben, auch wenn der Gedanke sehr verlockend auf mich wirkt. Für diese, unsere Welt scheidet Liebe als Lösung aus. Aber als Erfahrung wäre sie für unser beider Verständnis hilfreich."

Ohne Kenntnis, wohin dies führte, antwortete Kaldenhoven: „Ich liebe meine Frau."

„Schade. So wie sie es sagen, klingt es stereotyp. Aber ich nehme es als Ausgangspunkt. Ich liebe nicht alle Menschen, leide allerdings unter ihren Leiden. Jedenfalls den glaubhaft dargestellten Leiden. Und das ist eines meiner Probleme. Und daran sollten wir gemeinsam arbeiten."

„Wie stellen Sie sich eine gemeinsame Arbeit vor?", fragte Kaldenhoven.

„Fangen wir es so an: Sie würden also leiden, falls ihrer Frau ein Leid widerfährt?"

„Selbstverständlich. Wie jeder andere Mensch auch", antwortete Kaldenhoven.

„Nun - nicht alle Menschen leiden unter dem Leid anderer. Denn wenn dem so wäre, würde da unsere Welt nicht anders aussehen? Ein Beispiel: Jeder Mensch mit einem festen, mittleren Einkommen gibt monatlich, sagen wir mal: 15,- Einheiten von seinem Verdienst ab. Glauben sie nicht, dass die Probleme der Welt damit reduziert werden könnten? Der Hunger vieler Kinder in Afrika und Asien? Nur als ganz einfaches Beispiel."

„Mit Geld alleine werden keine Probleme gelöst." Kaldenhoven spürte, dass er viel zu defensiv antwortete.

„Wer redet denn von *der einen* Lösung des Problems. Die praktischen, logistischen und anderen Hindernisse sind mir durchaus bewusst. Aber ein Anfang wäre getan. Gebt Menschen Nahrung und ein Dach über dem Kopf. Keine paradiesischen Zustände, aber ein erster, großer Schritt für die Menschheit. Und ein kleiner für alle Spenderinnen und Spender."

Kaldenhoven blieb nichts übrig, als ein bejahendes Kopfnicken angesichts dieses banalen Konstrukts.

„Gut. Sehen wir weiter. Reißen wir die Werbeplakate von den Wänden, reduzieren die Werbung und transportieren statt-dessen ein normales und durchschnittliches, also absolut realistisches Bild des Menschen. Glauben sie nicht, dass nach einer gebührenden Zeit diese völlig veränderte Indoktrination eine Wandlung in zumindest einigen Köpfen verursacht? ‹Aha› - würden sich viele zugestehen. ‹Ich bin nicht allein gelassen. Ich bin doch nicht so hässlich wie befürchtet. Oder unfähig. Zu alt. Zu gebrechlich. Zu jung. Zu unwissend.› Massenmedien würden zur sinnvollen Schulung der Menschen herangezogen."

„Ich weiß nicht. Wäre das nicht einfach eine Umkehrung der Vorzeichen und deshalb keine Lösung der Probleme?"

„Sachte. Eine Lösung *der* Probleme erreichen wir damit nicht. Aber einen größtmöglichen Multiplikator. Weg mit dem Unsinn in den TV-Programmen. Und dafür: hinein mit dem Sinn für das Menschliche."

„Unter menschlichem Sinn oder Unsinn versteht jeder etwas anderes."

„Dieses Argument wird von all jenen benutzt, die an einer Lösung kein Interesse haben. Ist es denn ein Problem, angesichts der Masse an Sendern, einzelne für ein sinnvolles Programm zu nutzen?!"

„Jedem Sender unkontrollierten Zugang zur Sendezeit gewährleisten? Ich weiß nicht, ob ich damit einverstanden wäre."

„Sie kennen die aktuell Verantwortlichen, die diesen Zugang kontrollieren? Oder die dazugehörigen Mechanismen?"

„Nein. Das nicht. Aber es gibt doch einige Sender meines Vertrauens und Sendungen, die mich unterhalten oder die mir Freude bereiten."

„Sport, Unterhaltung, Nachrichten könnten davon unberührt weitergesendet werden. Menschen-Bildungs-Kanäle statt Heimatjodler. Bitte, nur als Beispiel. Natürlich kämen auch weiterhin heimatliche Jodel Stimmen zu Wort. Besser: zu Ton."

Neuendorf lächelte und fuhr befreit fort: „Jedenfalls würden die Massenmedien für Folgen verantwortlich gemacht, die sie bis auf den heutigen Tag mit verursachen."

„Missachten Sie dabei nicht, dass wir es sind, die jedwede Medien gestalten? Es wird geschaut, was gesendet wird. Gelesen, was gedruckt. Die Medien haben sich nicht von uns Menschen verselbstständigt. Sie sind Teil unserer Welt. Wir müssen nur entsprechend mit ihnen umgehen lernen."

„Richtig. Medien sind ein Überbau der Gesellschaft. Ein wenig abgehoben, befürchte ich, aber doch eine Art Dach. Nun reißen wir große Teile dieses Daches ein, weil es permanent auf uns herabregnet. Wir bringen uns in mediale Trockenheit. Wir zähmen nicht länger unsere kritische Intelligenz. Vielmehr fordern wir sie heraus."

„Input ist nicht gleich Output. Oft erreicht ein völlig aus- gewogenes, pädagogisches Programm nicht den gewünschten Effekt. Wie kritischer Geist durch Medien geschult oder herausgefordert werden kann, entzieht sich unserem Kenntnisstand", gab Kaldenhoven zu bedenken.

Neuendorf aber war offensichtlich erwacht: „Nichts leichter als das: Hinterfragen. Neutrale Darstellung. Wenig Bilder - mehr Text."

„Damit überfordern wir die Menschen."

„Wenn die Nachfolger der Neandertaler mittlerweile sogar Atombomben in Händen halten, so können wir nicht länger warten und bitteschön hoffen, dass dieser Neandertaler den Auslöser nicht zufällig betätigt."

„Jede in der Vergangenheit praktizierte gesellschaftliche Zwangsbelehrung endete in einem Fiasko. Niemand zwingt die Menschen zu ihrem Glück."

„Das Fiasko geben sie also schon mal zu. Aber weiter dasitzen und zuschauen, wie immer mehr Menschen dem Abgrund entgegen hetzen - ist das ein Zustand, den sie Tag für Tag erträglich finden?"

„Ich unterscheide zwischen dem, was ich beeinflussen kann und dem, was sich meiner Beeinflussung entzieht. Und nur was ich beeinflussen kann, nehme ich als Herausforderung an."

„*Sie* nehmen schon lange keine Herausforderung mehr an. Für sie sind die Menschen rettungslos verloren. Ihre persönliche Aufgabe: Mit einigermaßen heiler Seele sich aus allem heraushalten. Bis zu *dem* persönlichen Zeitpunkt, der das Ende bedeutet. Für ihre Ideen, ihre Pläne, ihre Hoffnungen und Strategien, für ihren Körper. Und ganz rationalistischer Mensch, der sie sind, machen sie an diesem Punkt Schluss. Natürlich sobald die Kinder erwachsen sind und die Frau es ertragen kann. Wie abgebrüht muss man denn dafür sein?!?"

Kaldenhoven erhob sich von seinem Sitz und vermied Sichtkontakt mit Neuendorf.

„Ich weiß nicht, wie sie darauf kommen. Wahrscheinlich schließen sie von sich auf andere."

„So? Und welche, sicherlich hervorragend geeigneten Beruhigungspillen, liegen da in Ihrer Schublade? Haben Sie nicht eine halbe oder eine ganze genommen, bevor ich diesen Raum betreten habe?"

„Woher wissen sie .... ?"

Neuendorf ging um den Tisch herum und setzte sich in Kaldenhovens Stuhl. Öffnete die Schublade, griff nach der Packung und las den Beipack.

„Sie hätten sich mal selber beobachten sollen, wie Sie die Schublade betrachtet haben, als ich das Zimmer betrat. ‚Hat er vielleicht bemerkt, was ich in dieser Schublade versteckt halte?', stand in Ihrem Gesicht geschrieben. Einen Augenblick zögerte ich, ob ich nicht besser gleich gehen sollte. Aber dann dachte ich mir: Vielleicht lohnt ein Gespräch. Nicht sofort die Flinte ins Korn werfen. Ein Versuch ist es auf jeden Fall wert. Was habe ich schon zu verlieren? Auch wenn Sie es mir nicht leicht gemacht haben. Denn durch ihre aalglatte Oberfläche schimmert die Gleichgültigkeit. Ihr Blick ist unberührbar. Ihre Fragen und Antworten so etwas von stereotyp. Aber vielleicht sind Sie nur durch den Alltag abgeschliffen. Einige Hammerschläge, und Ihr wahres Gesicht kommt zum Vorschein."

Kaldenhoven stand immer noch mit dem Rücken zum Zimmer am Fenster.

„Und sie kennen also mein wahres Gesicht?"
Neuendorf lachte. „Aber selbstverständlich nicht. Das müssen Sie mir zeigen. Ich bin nicht gut in diesen Ratespielen. Dass dieses Zimmer aber," Neuendorf erlaubte sich eine weit ausholende Geste, „nicht das Zimmer eines fröhlichen, unbelasteten Menschen ist, erkennt jeder Laie."
„Dieses Zimmer ist zurückhaltend eingerichtet. Unaufdringlich neutral. Damit sich der Patient zurechtfindet."
„In einem anonym gehaltenen Behandlungszimmer findet sich kein Mensch *besser zurecht*. Wagen Sie sich aus Ihrer Deckung! Gestehen Sie sich und Ihren Besuchern etwas Farbe zu. Grautöne haben in einem Behandlungszimmer nichts zu suchen."

Kaldenhoven fühlte Müdigkeit und wünschte sich das Ende dieser Sitzung. Er war unverständlicherweise in die Defensive gedrängt worden.

„Fürs Erste reicht dieses Gespräch. Falls sie es wünschen, können sie gerne einen weiteren Termin vereinbaren. Für heute erkenne ich keinen …"
„Es gibt nur diese eine Möglichkeit. Dieses eine Gespräch."

War das eine Drohung? Fühlte sich Neuendorf vielleicht als ein Erlöser für Therapeuten? Langsam wurde die Situation paradox. Doch was sollte Kaldenhoven tun, um zu einem Abschluss zu kommen?

„Was wollen sie von mir? Kommen jetzt die angekündigten Hammerschläge auf mich hernieder?", fragte Kaldenhoven seinen Besucher.
„Das liegt ganz bei Ihnen."

Kaldenhoven fühlte sich ausgewrungen. Er bewegte seine Stirn direkt auf dem kühlenden Glas des Fensters. Sein Besucher hatte sich zu keinem Zeitpunkt als Patient gefühlt. Doch eine Antwort auf die Frage, weshalb sein Besucher dort drüben in *seinem Stuhl* saß, fand er deshalb noch lange nicht. Ganz tief unten in seinem verstimmten Magen machte sich lange unterdrückte Abneigung breit. Kaldenhoven kämpfte gegen diesen Vorboten.

„Ich gehe davon aus, dass wir unsere Worte von nun an offen und ohne Vorbehalte wählen und aussprechen dürfen!", stellte der Besucher sachlich fest.
Kaldenhoven antwortete emotionslos: „Ja".
Der Besucher sprach ruhig weiter: „Zugegeben, meine Inszenierung fühlt sich falsch und misslungen an. Doch wusste ich nicht, wie ich Sie anders in ein Gespräch verwickeln sollte. Auf der Straße hätten Sie meine Annäherung abgeblockt. Als ein Kollege hätte ich mich aufdrängen müssen. Sie wären ausgewichen. So sah ich keine Alternative. Ich musste als *normaler* Patient bei Ihnen vorsprechen."
„Wer sind sie? Und was wollen sie von mir?" Kaldenhoven war sich keineswegs sicher, dass er tatsächlich eine Antwort auf diese Frage wünschte.
„Falls ich Ihnen hier und jetzt, selbst nach diesem unglücklichen Einstieg, ein wirklich außergewöhnliches Angebot mache - würden Sie sich dieses Angebot zumindest anhören und darüber nachdenken?"
„Sie wollen mir ein Angebot machen? Welches Angebot? Ich kann nicht sagen, dass ich neugierig darauf bin." Kaldenhoven kämpfte immer noch damit, die aufsteigende Ablehnung wie Sodbrennen zu unterdrücken.
„Versprechen Sie mir, meine Worte ernst zu nehmen? Bitte!"
Die Worte des Besuchers klangen eindringlich.

„Was sollte ein Versprechen wert sein? Einfach dahin gesprochen - wie wollen sie die Ernsthaftigkeit überprüfen?"
„Völlig korrekt. Und was ich Ihnen eröffne, wird zudem derart absurd klingen, dass mir Ihre Reaktion darauf völlig unklar ist."
Kaldenhoven war es leid: „Nun reden sie schon, damit wir nicht noch weiter Zeit vergeuden." Er wollte nur noch raus aus dieser Geschichte und ... wohin?
„Das kling nicht gut. Das klingt gar nicht gut. Aber genau aus diesen Gründen, dieser Teilnahmslosigkeit, Gleichgültigkeit, dieser aufkeimenden Spur von Ablehnung wage ich Ihnen anzubieten, einen unverstellten, originalen Blick auf die *Seele der Menschen*, auf ihr Innerstes, Eigenstes zu tun."

Kaldenhoven antwortete nichts.
„Ich weiß," fuhr der Besucher fort, „das klingt völlig abwegig. Falls Sie sich allerdings dafür entscheiden, verspreche ich Ihnen einen *einmaligen* Blick auf genau jene Gebilde, die Ihr Interesse ansprechen."

Endlich, wie befreit, begann ein Lachen die Kehle hinauf zu rollen und bahnte sich unbeherrschbar seinen Weg aus Kaldenhovens Kehle. Danach wandte er sich an den Besucher in seinem, Kaldenhovens, Sessel und fragte: „Sie wollen mir ernsthaft die Aussicht anbieten, einen Blick auf die Seele der Menschen zu tun? Wer sind sie? Mephistos? Oder doch der Gott der Therapeuten?"
„Nein. Weit gefehlt. Es ist übrigens nicht *die* eine Seele. Und auf alle Seelen kann ich Ihnen natürlich auch keinen Blick verschaffen. Aber auf vereinzelte. Dabei rate ich Ihnen, niemanden aus Ihrem Bekanntenkreis zu wählen. Denn das hat meist unangenehme Folgen für alle Beteiligten."
„Sie müssen völlig neben sich stehen! Zuerst tischen sie eine unglaubwürdige Geschichte auf, nur um mir dann mitzuteilen, dass mir praktisch *Überirdisches* zugedacht ist, so ich denn die Wahl treffe. Für wie verrückt halten sie mich?"
Der Besucher senkte sein Haupt. „Mein Fehler. Das gebe ich unumwunden zu. Das gesamte Gespräch ist mir von Beginn an entglitten."

„Hätten sie doch zuerst einen Blick auf meine Seele geworfen, bevor sie mit ihren Bemühungen begannen!", spottete Kaldenhoven.

„Das habe ich. Genau deshalb bin ich hier und mache Ihnen dieses Angebot."

Diese Frechheit verschlug Kaldenhoven tatsächlich die Worte. Entweder war sein Gegenüber in einer Zwangsneurose, die ihm, Kaldenhoven, trotz aller Professionalität entgangen sein musste, befangen oder der Besucher folgte einem psychotischen Impuls, den Kaldenhoven ebenfalls nicht aufgespürt hatte.

„Hier in dieser Schachtel finden Sie eine Kapsel. Falls Sie mein Angebot annehmen und diese Kapsel zu sich nehmen, so verspreche ich Ihnen eine Offenbarung."

„Und wenn ich davon Abstand nehme?"

„Werde ich mich aufmachen und verschwinden. Sie werden mich nie mehr wiedersehen. Allerdings werden Sie nach einiger Zeit ins Grübeln kommen und dieser, wenn auch nur winzigen, einmaligen Chance in den verbleibenden Jahren nachtrauern. Das ist unvermeidlich."

„Woher wollen sie das wissen?"

„Aus der Erfahrung mit vielen anderen Probanden."

„Ich bin also nicht *der Auserwählte*?"

„Keineswegs! Es gibt keine Auserwählten. Sie gehören allerdings zu einem exklusiven Kreis von Menschen, die ausgesucht worden sind, um etwas zu verändern. In kleinen Schritten. Nicht rabiat und revolutionär, versteht sich."

„Also doch keine Umwälzung? Denn wenn ich sie eingangs richtig verstanden habe, wirkt ihr mediales Programm doch sehr einschneidend." Kaldenhoven hatte sich zu dieser Frage hinreißen lassen, obwohl andere intensiv nach einer Antwort verlangten.

„Bitte glauben Sie mir: Für diesen Fauxpas, wie alle anderen während des Gesprächs, bitte ich Sie nochmals um Nachsicht."

„Sie waren also nicht gut drauf, vermute ich." Kaldenhoven blieb nichts anderes als Spott.

„Sind denn Sie jeden Tag *gut drauf*? Doch sicher nicht! Wie sonst sind die kleinen Unterstützer in Ihrer Schublade zu erklären."

Das saß. Der Besucher fuhr unbeirrt fort: „Jeder hat nur ein bestimmtes Maß an Geduld. Und mein Maß war gerade am heutigen Tag völlig ausgeschöpft. Aber das ist keineswegs Ihre Schuld. Allein meine. Wirklich, allein meine! Und das tut mir angesichts meiner verantwortlichen Aufgabe Ihnen gegenüber sehr leid! Zu meinem Bedauern kann ich Ihnen keinen nachdrücklichen, überzeugenden Eindruck von dieser Aufgabe vermitteln. Sie würden mich in diesem Falle Ihrer Nachsicht versichern. Aber leider steht mir diese Möglichkeit nicht zur Verfügung. Sie müssen sich überwinden."

Es folgt ein Augenblick der Stille.

„Noch etwas", durchbrach der Besucher diese Stille. „Sie müssen sich zeitnah entscheiden. Ich kann Ihnen leider keine Frist einräumen. Sprechen Sie mit jemandem, würde dieses Projekt gefährdet."
„Wer bitte sind sie? Und von welchem *Projekt* reden sie?" Ohne eine Antwort abzuwarten fuhr Kaldenhoven fort: „Sollte ich zugreifen, kann ich doch immer noch mit anderen Menschen reden. Gerade wenn es so einschneidend sein sollte, wie sie es schildern."
„Bislang hat niemand, der die Kapsel zu sich nahm, mit irgendeinem unbeteiligten Menschen gesprochen."
„Da sind *sie* und *ihresgleichen* ganz sicher?"
„Ganz sicher."
Das Auftreten des Besuchers schien unbeirrbar. Seine Wahnvorstellungen mussten gut verankert und durch dekliniert sein. War es angesichts dessen nicht ratsam, auf dieses Spiel einzugehen und damit einen Schritt auf den Besucher zuzugehen? Aber halt! Gerade war Kaldenhoven sich noch sicher gewesen, dass ihm eben kein Patient gegenüber saß. Wohin war diese Sicherheit verschwunden? Oder war dies Bild von einer Wahnvorstellung seine persönliche Vermeidungsstrategie?

„Ich spüre Ihre Verwirrung und kann sie nachvollziehen. Umso schmerzlicher wirkt der fragwürdige Dialog zu Beginn unserer Begegnung. Da es keine zweite Chance für Sie geben wird, fühle ich mich verantwortlich. Wie kann ich noch um Vertrauen bei Ihnen ansuchen!? Bitte helfen Sie mir und damit sich selbst: Was kann ich tun, damit Sie mir glauben?"

„Nichts. Denn ich glaube grundsätzlich nichts. Und sicher nicht eine derart konstruierte Geschichte." Kaldenhoven sprach weiter: „Ich wiederhole ungern und nur um klar zu stellen: Sie bieten mir eine halluzinatorische Droge, unter deren Einfluss ich ein Verständnis für die oder eine menschliche Seele entwickeln kann?"

„Wenn wir Halluzination und Droge weglassen: Ja."

„Danach betrachte ich den Menschen mit anderen Augen."

„Das stelle ich nicht nur in Aussicht. Dem wird sicher so sein! Noch hat nach diesem einschneidenden Erlebnis niemand einfach weitergemacht wie bisher."

„Und wenn ich gar keine Änderung meines Blickes wünsche?"

„Dann habe ich meine und Ihre Zeit vertan. Sie wählen, und alles bleibt wie gehabt. Außer natürlich den Kenntnissen, die Sie während dieses Gesprächs gewonnen haben."

„Welche Kenntnisse sollen das denn sein?"

„Jetzt tun Sie mir aber unrecht! Ein Gespür für das Außergewöhnliche dieser Situation wird selbst in Ihrer von Schutt und Asche verschütteten Neugier lebendig geblieben sein. Dafür ist unser Gespräch zu verwirrend verlaufen. Glauben und entscheiden Sie sich! Der Lohn wird Ihre Bedenken bei weitem hinter sich lassen."

„Schon wieder ein Versprechen wie aus einem Verkaufsgespräch. Nur, dass sie ihre Ware als praktisch überirdisch darstellen. Glauben und entscheiden. So einfach ist das also."

„Ganz genau!"

Damit öffnete der Besucher die kleine silberne Schachtel und reichte sie Kaldenhoven. Darin befand sich eine farblose, kleine Kapsel. Ob er wollte oder nicht: Sein Herz schlug in seinem gesamten Körper. Er war verwirrt, verunsichert, zu keinem klaren Gedanken fähig. Aber auch verlockt und neugierig. Sein Herz hämmerte ihm direkt auf seine Gedanken.

Die letzten Worte seines Besuchers: „Hier finden Sie Antworten auf Ihre Fragen. Etwas, was Sie sich immer gewünscht, aber, ich weiß nicht weshalb, vergessen haben."

Folgen - dramatisch

Am nächsten Morgen fand Frau Griesbauer die leere, leblose Hülle von Kaldenhoven. Sofort vermutete sie eine Überdosis der gehorteten Aufheller, Blocker und dem anderen Zeugs, was ihr Chef in seinem Schreibtisch gestapelt hatte. Natürlich ganz heimlich. Und doch so offensichtlich, dass sie davon wusste. Sie ließ alle Packungen verschwinden, bevor sie den Notarzt rief. Der stellte einen Gehirnschlag fest. Und damit endet die Geschichte.

Folgen - Do it like Hollywood

Am nächsten Morgen, noch bevor Frau Griesbauer die Tür des Behandlungszimmers geöffnet hatte, um diesen Morgen durch eine Tasse Kaffee aufzuhellen, kam ihr Kaldenhoven mit einem Lächeln entgegen gestürmt.
„Vielen Dank Frau Griesbauer. Ich nehme gerne eine Tasse. Ich hoffe, der Tag ist angefüllt von Terminen. Falls nicht: Bieten Sie bitte den lang Wartenden telefonisch kurzfristig eine Sitzung an. Das wird womöglich Fortschritte beschleunigen helfen. Jedenfalls sprühe ich vor Tatendrang."
„Aber gerne. Ich bringe Ihnen den Kaffee." Diese Freundlichkeit verband Frau Griesbauer mit der Absicht, sich der verbliebenen Tabletten in seiner Schublade zu vergewissern. Sie hoffte

inständig, dass Kaldenhoven nicht schon am Morgen die versammelten Aufputschmittel zu seiner Aufhellung genutzt hatte. Leise öffnete sie die Schublade. Zu ihrer Verblüffung fand sich nicht eine Packung. Wohin waren sie verschwunden? Hatte Kaldenhoven ein anderes, besseres Versteck gewählt? Plötzlich hörte sie eine sanfte Stimme hinter sich: „Vielen Dank für ihre Fürsorge, Frau Griesbauer. Ich kann ihnen allerdings versichern, dass der Inhalt dieser Schublade von Frau Doktor Schwerger fachgerecht entsorgt wurde. Zugegeben, ich musste ein wenig dafür Lügen. Denn falls sie auf die Idee gekommen wäre, dass alle diese Packungen mir gehören, hätte sie vielleicht starke Bedenken entwickelt. So aber war sie nur erleichtert um den *armen Kerl*, der sich gerade noch rechtzeitig vor der, angesichts dieser Menge, drohenden Tablettensucht an mich gewandt hatte.“

Betreten wollte Frau Griesbauer das Zimmer verlassen.

„Ich habe das Danke ernst gemeint!“, betonte Kaldenhoven.

Nun wurde sie sogar etwas verlegen und errötete befreit.

„Lassen sie uns damit beginnen, auch bei anderen derartige Packungen zu entsorgen.“

Fehlte nur noch, dass sich Kaldenhoven in die Hände spuckte und sie aneinander rieb. Was war mit ihm am gestrigen Abend geschehen?

Grafik

„Vaatii - kann ich mir das neue Galaxy Quest Extra Nine seven four kaufen?", stürmt es in quälender Tonlage über den Frühstückstisch. Würde ihn der Inhalt dieses Satzes bloß nicht so unangenehm berühren! M. H. standen, schmerzlicherweise, nicht die finanziellen Mittel zur Verfügung, seiner zwölfjährigen Tochter dieses Gerät zu schenken.

Da M. H. genau wusste, welche Folgen eine Absage nach sich ziehen würde, vermied er die Antwort. Auf jeden Fall musste ein ins unerträgliche gesteigerte Gejammere verhindert werden. Das ertrug er nicht. Seine zweite Tochter, Klara, zehn Jahre alt, würde den Anlass umgehend für die Verwirklichung einer ihrer Wünsche nutzen. Womöglich ein Pferd. Denn Reiten war eine Neuentdeckung Klaras. Bestimmt angeregt durch eine dieser verfluchten Fernsehsendungen. Romantisches Klappern der Hufe in ländlicher Umgebung. Gute Güte! Welche Summen dabei zusammenkamen, mochte sich M. H. gar nicht vorstellen.

„Vaaatiiiiii!", drang es fordernd vom Tisch. M. H. drehte sich ab und ging. Er überließ Melissa ihrem quälenden Singsang und zog eine Packung Zigaretten aus der Tasche.
„Hör mit dem Rauchen auf, dann kann ein wenig mehr von dem gewünschten Kram für beide Töchter erworben werden!", fakturierte sein schlechtes Gewissen.
„Falls einige Arbeitsaufträge mehr an Land gezogen werden, so bleibt vielleicht noch etwas für Lisa übrig. Vielleicht ein neues Kleid? Oder wenigstens für eine neue Hose und Bluse."

Die Stimme, sein Gewissen, argumentierte kristallklar. Doch was nutzte ein aufrichtiges Gewissen, wenn die materiellen Voraussetzungen fehlen, um der unmissverständlich formulierten Aufforderung Folge zu leisten? Er war ja gewillt! Nichts würde ihm angenehmer sein, als allen auch noch so unnützen Wünschen seiner zwei Mädchen und seiner bescheidenen Frau Lisa zu entsprechen. Noch besser: Diese

Wünsche bereits von ihren Augen ablesen. Welch ein Balsam für ihn selber damit verbunden wäre! Doch alles Wünschen und Wollen half nichts angesichts der überzogenen Kreditlinie.

Lisa betrat die Küche und wurde unüberhörbar von Melissas Klage, dass Papa nicht einmal eine Antwort auf ihre Frage gab, empfangen. Was hatte M. H. nur verbrochen, dass er solche Töchter herangezogen hatte!? Gehörte Bescheidenheit und Demut nicht zum festen Kanon seines Erziehungscredos? Möglicherweise aus genau diesem Grunde drangen die quälenden Töne durch sein Ohr in sein Innerstes und wüteten dort gegen sein Selbst.
„Es muss mir einfach gelingen, mehr Aufträge einzuwerben!"
Vor vier oder fünf Jahren war noch alles in bester Ordnung. Auch damals hätte es schon besser laufen können - aber sparsam und knauserig musste M. H. zu dieser Zeit nicht sein. Das hatten seine beiden Töchter natürlich lange vergessen oder unter ihren Kindheitserinnerungen begraben. Die Fahrräder, Puppenwagen, Spielsachen aller Art. Die Auftragslage verschlechterte sich, weil der Markt für Grafiker sich veränderte. Erst unmerklich. Dann Jahr für Jahr deutlicher. Zahlreiche EDV-Programme und preiswerte Angebote durch große Firmen erschwerten seine Selbstständigkeit. Jeder kämpfte um Marktanteile. Er war gut in seinem Job. Sich zu produzieren, herauszustreichen, in den Vordergrund zu schieben, letztendlich: seine Arbeit anderen aufdrängen, dass verachtete M. H. aus tiefstem Herzen. In aufrichtigen Momenten stach die Ursache dieser Verachtung durch alle abgedunkelten Schichten in ihm hindurch: Es fehlte schlichtweg die Fähigkeit und damit der Wille, sich in einem härter werdenden Konkurrenzkampf durchzusetzen. Wieso war nicht alleine die Qualität seiner Arbeiten hinreichend? Auch wenn M. H. kein Wort darüber verlor? Jegliche Lobhudelei entsprach einfach nicht seiner persönlichen Mentalität.

„Was hat Papa denn gemacht?", hörte M. H. die beschwörende Stimme von Lisa. Sie würde die Sache mit dem Handy geradebiegen. Doch wie weit Lisas Befähigung auch reichte, irgendwann musste M. H. zahlen. Entweder für das

Schullandheim, die Nachhilfe, Klassenfahrten in das Ausland, Schulmaterial, Kleidung, Musikapparate, Handys, Frisuren, Make-up .....

Ihm wurde ganz schwindelig angesichts dieser zukünftigen Rechnungen. Lisa schaute ihn durch das Esszimmerfenster an. Ruhig, aber irgendwie auch traurig. M. H. holte eine zweite Zigarette aus der Packung. Nicht wegen des Bedürfnisses, und schon gar nicht gegen sein schlechtes Gewissen, nein, einfach nur um Zeit zu gewinnen. Zeit, vor dem anstehenden Gespräch mit Lisa. Seiner Liebsten. Der er zu wenig Geld auf den Tisch brachte. Unfreiwillig.

Sie kam zu ihm heraus.

„Wir müssen etwas unternehmen."

„Ich weiß", murmelte M.H..

„Falls das Dach kaputt geht oder unsere treue Biene", damit war ihr bislang unverwüstlicher Kombi gemeint, „benötigen wir Geld. Wie sieht es aus? Kommen denn mehr Aufträge in nächster Zeit?"

Als ob M. H. ihr dies nicht sofort mitgeteilt hätte!

„Woher nehmen wir das Geld, falls es nötig wird? Unsere Dispos sind erschöpft. Eine weitere Hypothek auf das Haus kann nicht mehr aufgenommen werden. Es ist schon bis unters Dach beliehen. Was sollen wir in diesem Fall tun?", fragte Lisa in besorgtem Tonfall.

„Die Biene hält. Und das Dach auch!" M. H. fiel einfach keine andere Antwort ein.

„Ich bemühe mich um Aufträge. Wirklich! Die Konkurrenz ist aber entweder schneller oder billiger. Ich nehme bereits Aufträge für jeden Preis an."

„Dann frag´doch bitte nochmals beim Hohnbach Verlag nach, wegen der Zeichnungen für dieses Fantasy Comic. Ich weiß, diesen Auftrag magst du nicht. Aber möglicherweise ...."

„Du weißt, dass ich in diesem Genre nicht gerade gut bin."

„Bitte!", forderte Lisa ihn auf. „Tu es für mich und die beiden kleinen Ladys."

„Falls Hohnbach nicht zufriedenzustellen ist, habe ich Zeit ohne einen Gegenwert vertan."

„Du schaffst das! Frag heute noch nach. Die haben doch einige Proben von dir gesehen und waren nicht unzufrieden", insistierte Lisa.

„Das ist richtig. Allerdings fürchte ich, dass eine gleichlautende Antwort an alle Bewerber ging. Ich habe keine Vorstellung, wie viele das sind. Und wie gut die sind."

„Denk nicht immer daran, wie gut andere sind. Konzentriere dich auf dich selbst! Du bist gut, stellst dich häufig schlechter hin, als du tatsächlich bist. Versprich mir also, dass du dich heute noch kümmerst!"

„Versprochen."

Nicht nur versprochen. Auch getan. Der Hohnbach Verlag zeigte sich telefonisch tatsächlich angetan von seinem Angebot. Von seinen Fähigkeiten war gar nicht die Rede. Offensichtlich hatten die lieblosen Proben seines Könnens für M. H. lediglich als Ausrede herhalten müssen, es zumindest versucht zu haben. Falls er sich anstrengte, kamen womöglich intensivere, bessere Zeichnungen zu Tage. Lisa hatte ganz recht. M. H. konnte sich den Luxus einer Wahl nicht länger leisten. Er musste unterschiedslos auf alle Angebote eingehen. Gleich, ob sie seine Fähigkeiten überforderten oder gegen sein Berufsethos verstießen. M. H. war an einem Punkt, jeglichen Ethos, und seine Selbstachtung auf dem Scheiterhaufen der globalisierten, digitalisierten Arbeitswelt für Grafiker zu verbrennen. Nur nicht als Versager vor seinen Töchtern, und vor Lisa, erscheinen. Beschissenes Galaxy Quest Extra Nine seven four! Was war das überhaupt für ein Gerät? Hoffentlich hielt die Biene wirklich durch. Und das Dach ihres alten, kleinen, heruntergekommenen Häuschens. Nicht auszudenken, was im anderen Fall geschehen würde. M. H. mochte es sich nicht ausmalen.

Abends, nach dem Essen und erneuter Diskussionen um Handys und Pferde, saß er mit seiner Feder vor dem leeren Blatt Papier. Es war so weit. Er musste seine Bandbreite an Können beweisen und sich an Figuren wagen, die er weder verstand noch mochte. Mögliche Drohkulissen ließen ihn ein, zwei Stunden verharren. Endlich wagte er die ersten Punkte und Striche. Die schwarze Tinte füllte das Papier. Kobolde, Wichtel, Geisterkämpfer, Drachen, normannische Bösewichte, Piraten und was noch nicht alles mehr. Als bevölkerten diese Welt nicht schon genügend dunkle Figuren und Mächte. Da gab es wahrlich genug Bösewichte, die er hier kopieren konnte. Aber Vorsicht! Eine Ähnlichkeit mit lebenden Personen war verboten! Neue, unirdische Wesen mussten geschaffen werden. Kämpfend. Speiend. Tötend und verendend. Was für ein bitteres Elend für M.H., derartigen Schund zu produzieren. Das Schmerzensgeld konnte gar nicht hoch genug sein.

Nach vier Stunden und mitten in der Nacht, begutachtete M. H. das Ergebnis. Auf den ersten Blick gar nicht so übel. Der schwarz-weiß Effekt war ein wesentlicher Faktor. Farbige Monster konnte er nicht erschaffen. Für die erste Nacht ließ er es gut sein und ging zu Bett.
Lisa murmelte verschlafen: „Und? Wie hat es geklappt?"
„Eigentlich ganz gut", erwiderte M. H. möglichst leise. Denn er wollte niemanden wecken.
„Na - siehst du. So läuft das immer, wenn du dich zierst. Du möchtest gerne angebettelt werden", lächelte Lisa verschlafen.
Dass dies, seinem Verständnis nach, auf keinen Fall zutraf, diskutierte er nicht zu dieser späten Stunde.

Der nächste und übernächste Tag verlief leidlich. Melissa und Klara waren für ihre Verhältnisse ruhig. Lisa war mit der Arbeit M. Hs. zufrieden. Der Hohnbach Verlag machte denselben Eindruck. Obwohl M. H. diesem nicht traute. War die Arbeit beendet und viele Stunden und Kraft investiert, würden sie mit irgendeiner fadenscheinigen Erklärung *seine* Arbeit für eine andere verwerfen. Darüber sprach er mit Lisa kein Wort. Sie würde ihn für allzu defätistisch halten. Er wollte keinen Vorwand bieten, sich herausreden zu können. Im Gegenteil: M. H. investierte tatsächlich Herzblut, viel Zeit und Aufmerksamkeit. Die Arbeit sollte gelingen. Am dritten Abend fühlte er auch so etwas wie einen Durchbruch. Die Figuren erschienen ihm lebendiger als zu Beginn seiner Arbeit. Er bemerkte kleine Bewegungen der Pferde. Ein Pfeil flog tatsächlich von einem in das andere Bild. Ein Haupt spaltete sich für seinen Geschmack

schon zu ansehnlich. Gerade schuf er einen durch und durch
bösen Haufen. Grässliche Fratzen. Knolliger, muskulöser Leib.
M. H. prüfte sich, nach welchem Vorbild er diese Figuren
vielleicht gezeichnet hatte. Sie ähnelten ein wenig dem Verräter
aus dem Trickfilm „Dreihundert". Dafür schämte sich M. H. auf
der Stelle. Keinen geistigen Diebstahl begehen. Schon gar nicht
aus derartig fragwürdigen Filmstreifen.
„Auuu!", entfuhr es M. H.. Ihn hatte etwas spitzes, kräftiges in
die Fingerkuppe des linken Zeigefingers gestochen.
Erschrocken schaute er sich nach dem Insekt um. Es musste
schon etwas Größeres als eine Mücke gewesen sein.
Tatsächlich quoll ein Tropfen Blut aus seinem Finger. Er leckte
diesen auf und zeichnete weiter bis die Lider einen Vorhang vor
seine Augen fallen ließen. Noch am Schreibtisch schlief er ein.

„Äääähhh - wie schrecklich!", plärrte Klara. „Mama, komm mal!
Schau was Papa da gemalt hat."

Lisa ließ von ihrer Beschäftigung ab und betrachtete ausgiebig
die vor M. H. ausgebreiteten Blätter. Sie wollte ihn eigentlich
nicht wecken. Aber ihre Tochter machte einen Strich durch
diese Rechnung. Immerhin hatte er die Nacht über gearbeitet.
Das war ihr wichtig. Deshalb sollte sein Schlaf bewacht werden.
Aber Klara hatte den einen Moment der Unaufmerksamkeit
genutzt um M. H. zu wecken. Eine kleine Hexe war sie, dachte
Lisa mit einem zufriedenen Lächeln. Denn Hexen mochte sie
lieber als Prinzessinnen.
M. H. erwachte und sah Lisas Gesicht voller Erstaunen.
„Liebling, was hast du denn da für phantastische Figuren
geschaffen!"
Dieses Lob wärmte M. H. vom Kopf herab bis in seinen
Unterleib.
„Ganz großartig! Ich wusste doch, dass du es kannst!",
schwang sie in stolzem Ton.
Das machte M. H. nun doch etwas verlegen. Denn etwas
Besonderes hatte er in der vergangenen Nacht nicht
geschaffen. Jedenfalls seinem Gefühl nach. Er griff nach den
Zeichenblättern und .....

Was war denn das? Die Zeichnungen waren tatsächlich gut. Sie sprangen aus den einzelnen Bildern auf den Betrachter. Mit bösen Absichten. Grausam. Ganz eindeutig bereit zu töten. Das hatte er gestern Abend gezeichnet? Allen Ernstes konnte M. H. sich nicht genau erinnern. Getrunken hatte er nichts. Geraucht ebenfalls nichts. Der letzte Rausch lag schon lange zurück. Und doch muss gestern, während der Nacht, etwas einem Rausch vergleichbares in ihm gewirkt haben. Anderenfalls wären ihm derart eindringliche Zeichnungen nicht gelungen. Und das in einem ihm fremden Genre.

„Schatz. Das ist einfach phantastisch. Hat der Verlag diese Bilder gesehen? Was haben sie dazu gesagt?"

„Ich habe sie doch erst in der Nacht gezeichnet. Noch hat sie keiner gesehen. Außer euch natürlich."

„Bitte schick sie sofort an deinen Auftraggeber. Die werden ebenfalls begeistert sein. Und bestimmt zu einem Vorschuss bereit!", frohlockte Lisa.

Da war sich M. H. nicht so sicher. Sein Blick auf ein Blatt Papier wurde von einem offensichtlich normannisch inspirierten Bösewicht gebannt, dessen Gesichtszüge so unmissverständlich mordlustig waren, dass M. H. vermutete, für ein Jugend Comic Buch einfach zu blutrünstig gezeichnet zu haben. Danach suchte er nach dem Trupp Speerträger, an die er sich erinnerte. Tatsächlich fand er das Blatt Papier. Die Truppe war vereint. Ganz undeutlich, wahrscheinlich seinen übermüdeten Augen geschuldet, glaubte M. H., einen winzigen roten Flecken an einem der Speerspitzen zu erkennen. Das Grinsen des betreffenden Kämpfers war auf gar keinen Fall seiner Feder zu verdanken. Da war sich M. H. sicher. Dergleichen konnte er nicht zeichnen. Es war ratsam, eine Tasse schwarzen Kaffees zu sich zu nehmen.

Am Abend dann versuchte Lisa, ihn zu verführen. Seine Lustlosigkeit beschämte ihn. Aber er fand eine plausible Ausrede.

„Gerade bin ich in Schwung, Liebste. Das muss ich nutzen. Das müssen *wir* nutzen."

„Ach was. Die zehn Minütchen", kokettierte Lisa. „Nur einen Quickie."

Verdammt. Was war nur mit ihm los? Lag es wirklich daran, dass er den Schornstein nicht mehr zum Qualmen brachte? Dann war es umso bedeutender, diesen Auftrag erfolgreich abzuschließen.

„Lisa. Bitte. Ich muss zurück an den Schreibtisch."

„Dann hau schon ab!" Lisas Enttäuschung traf unüberhörbar.

Unten angekommen, ordnete M. H. zuerst die bereits angefertigten Zeichnungen. Noch hatte er Hohnbach nicht informiert. Dafür schienen ihm diese Zeichnungen zu fragmentarisch. Nur noch wenige Tage und er vermochte eine Gesamtfolge zusammenstellen. Dann konnte er den Verlag informieren und seine Arbeit präsentieren. Am liebsten persönlich. Aber Biene wurde in den nächsten Tagen von den Mädchen benötigt. Also per Fax und Computer. Das musste fürs Erste reichen.

Seinen schmerzenden Zeigefinger hatte er mit einem dicken Pflaster verarztet. Kaum nahm er die Feder zur Hand, da purzelten schon die ersten Trümmer aus dem Bild auf den - Schreibtisch? M. H. machte große Augen und suchte nach diesen Trümmern. Die waren natürlich nirgendwo zu finden.

„Was intensive Arbeit so alles mit einem anstellt", stellte er verwundert fest.

Dann machte er sich an den Gegner der normannischen Speerträger. Kaum hatte er vier, fünf Figuren umrissen, da raschelte es vernehmlich unter dem Blatt Papier. Normannen stürmten in das Bild und schlugen die fünf in der Entstehung befindlichen Figuren in Stücke. Schnell, unbarmherzig und absolut tödlich.

M. H. lachte. Das war ja das reinste Panoptikum. Was hatte er zu Abend gegessen oder getrunken? Zwei Gläser Rotwein. Sonst nichts.

Als sein Blick auf das Blatt Papier zurückkehrte, sah er nur noch den Riss - aber keinen der fünf neuen Figuren und auch keinen angreifenden Normannen. So, als wäre wenig bis gar nichts geschehen, legte M. H. das beschädigte Blatt beiseite und holte sich ein neues heran, schob alle anderen Arbeiten auf

Armeslänge von sich weg und begann aufs Neue. Doch gelangen ihm keine neuen Gesichter und Körper. Es waren erneut die Normannen, die ihn da feindlich anblitzten. Ein weiteres Stück Papier. Nochmal begonnen. Es ging darum, einen den Normannen ebenbürtigen Trupp zu schaffen. Die durften keinesfalls wie Weicheier wirken. Denn den Normannen nahm man ihre pure Mordlust auf den ersten Blick ab. Doch so sehr sich M. H. auch anstrengte: Die Normannen auf den Blättern nahmen nur weiter zu. Er hörte ihr kriegerisches Gegröle. Ihre gegenseitigen Anfeuerungsrufe. Es hatte keinen Sinn. Vor Erschöpfung und aus Angst, von Lisa auf die verschoben Liebesnacht angesprochen zu werden, schlief er gleich hier am Schreibtisch ein.

„Maamaaa! Papa hat viel mehr von diesen grässlichen Bildern gemalt. Sie liegen überall hier herum."
Lisa betrat den Raum, als M. H. gerade erwachte.
„Was hast du gemacht?", fragte sie erstaunt und ein wenig aufgebracht. „Das sind ja immer dieselben Figuren."
„Nur zu Übungszwecken", log M.H..
„Hast du den Verlag über deine Arbeit informiert?", wollte Lisa wissen.
„Mach ich morgen, nachdem ich heute alles für die Präsentation vorbereitet habe."
„Mach es!", zischte Lisa und verschwand.

M. H. betrachtete das Schlachtfeld. Unglaublich, wie viele dieser Normannen er in der Nacht gezeichnet hatte. Und alle gleich grausam. Als wäre es seine Aufgabe, ein ganzes Heer zusammenzustellen. Er musste sich zusammenreißen. Heute Nacht benötigte er einen Durchbruch. Dann konnte er morgen Lisa und die gesamte Welt beruhigen. Unverzüglich begann er mit der Einordnung der Blätter. Ein ansehnlicher Stapel kam dabei zusammen. Er wurde aber nicht nach Menge, sondern nach Qualität bezahlt. Also war der überwiegende Teil seiner Arbeit wertlos. Doch mochte er ihn nicht im Papierkorb entsorgen.

Während seiner Tätigkeit bemerkte er eine kleine Wunde am Mittelfinger seiner linken Hand. Vergleichbar mit der an seinem Zeigefinger. Das dazugehörige Insekt fand er nirgendwo.

Gleich nach dem Abendessen, so früh wie sonst nie, machte er sich an die Arbeit. Dieses Mal in voller Konzentration und einer Kanne Kaffee. Lisa hatte ihn tagsüber aufmerksam beobachtet. Jetzt musste er liefern. Wild entschlossen, nichts dazwischenkommen zu lassen, machte er sich gleich an die Arbeit. Dabei entfernte er die gezeichnete Armee von seinem Schreibtisch auf ein Regal. Sie sollte ihn heute nicht beeinflussen.

Es gelang tatsächlich! Zwar ließ sich eine Ähnlichkeit mit seinen vorherigen Arbeiten erkennen - wer aber erwartete jeden Tag eine vollkommen neue Phantasie-Armee?! Er hatte dieses Mal Stein- und Speerschleudern ergänzt. Auch ein Trupp Reiter fehlte nicht.

M. H. war zufrieden.

Hinter ihm rauschte der Stapel Blätter. Langsam wendete M. H. den Kopf und sah aus den Augenwinkeln, das der Stapel Normannen-Blätter in Bewegung geriet und auf den Boden fiel. In diesem Moment traf ihn ein heftiger Stoß an der linken Wange. Instinktiv hob er seine Hand zum Schutz der Wange. Dabei trafen mehrere kleine Zahnstocher seine Hand und blieben stecken. Sie waren schwerer und spitzer als hölzerne Zahnstocher. Und sie verursachten sofort einen Schmerz in der linken Hand. Noch von diesem Ereignis benommen schaute er reglos auf das vor ihm liegende Blatt. Die lachten und bewegten sich! Und aus dem Hintergrund kam jemand angerannt und schleuderte seinen Speer aus der Zeichnung direkt in sein Auge. Der Schmerz trat so überraschend wie überwältigend in das Bewusstsein M.H's. Zusätzlich spürte er etwas an seiner Wade, blickte mit dem gesunden Auge hinab und beobachtete einen Normannen dabei, wie er mit seinem übergroßen Beil auf seine rechte Wade einhieb. Mittlerweile war der gesamte Stoß an Blätter aus dem Regal zu Boden gefallen und alle Figuren erhoben sich und strebten auf ihn zu, schlugen auf seine Zehen, seine Füße, die Fersen ein. Derweil ritt der bewaffnete Trupp seinen Arm hinauf. Während eine Hand Wange und Auge schützte, erreichte der Reitertrupp die Ellbogen und hieb wie von Sinnen auf seinen Oberarm. Die eigenen Schmerzenslaute weckten M. H. aus seiner Verblüffung. Jedenfalls schnellte er aus dem Stuhl und wischte sich den Reitertrupp vom Unterarm. Danach trat er mit seinem Fuß nach dem ein Beil tragenden Normannen, der unaufhörlich in seine Wade schlug.

Eine neue Welle mit Schwertern, Speeren und Beilen bewaffneter Normannen stürmte über den Boden auf ihn zu. Trotz oder wegen dieser absurden, unglaublichen Situation fand M. H. ihren Mut bewunderungswürdig. Zwei Figuren sprangen vom Regal auf seinen Kopf. Einer verfehlte sein Ziel. Der andere landete und krallte sich an seinem Haar fest. Danach schlug er einen Pfahl in M.Hs. Schädel um sich über die Stirn hinab zu seinem Auge abzuseilen. Der Schock lähmte M.Hs. Gegenwehr. Von unten kletterten einige der Kämpfer an seinem Hosenbein hinauf. Fuchtelnd versuchte M. H., den Kämpfer von seinem Auge abzuhalten. Da trafen ihn aus dem Blatt auf dem Schreibtisch erneut Speere. Diese drangen tiefer als zuvor in die Wange und das verletzte Auge. M. H. greinte vor Schmerz, schlug mit der freien, flachen Hand auf das Blatt vor ihm ein und zerquetschte sie wie Insekten. Die andere Hand schützte sein verwundetes Auge. Eine Flüssigkeit trat aus und M.Hs. Entsetzen wuchs. Was, wenn er sein Augenlicht verlieren würde? Dann war es aus mit seinem Beruf. Genau in diesem Moment schlugen mehrere Beile auf sein Gemächt ein. Sie saßen alle auf seinem Schoß und machten sich eine Freude daraus, ihn in die Weichteile zu schlagen. Er sprang auf und schüttelte sie ab. Doch einen festen Stand fand M. H. nicht. So schlug er rücklings auf den Holzboden. Genau in diesem Moment stürmten alle noch verfügbaren Figuren auf seinen Körper ein und schlugen ihn, wo immer sie sich aufhielten. Der Schmerz schwoll zu einem einzigen großen Knall und - als dieser verhallte - in das Nichts.

„Was geschieht hier?", hechelte M. H. im letzten Aufbäumen:

„Was soll das? Ich habe euch gezeichnet!"

„Du hast uns nicht gezeichnet! Wir haben *dich* benutzt, um in diese Welt zu gelangen."

Am Tag danach

Am nächsten Morgen gehen Klara und Melissa in Papas Arbeitszimmer, um ihn zu wecken. Das war in den letzten Tagen zur Gewohnheit geworden. Kaum, dass sie den Raum betraten, erkannten sie das ungewöhnliche Chaos.
Melissa flüsterte erregt an ihre jüngere Schwester gewandt:"Hier stimmt was nicht! Lass uns gleich Mama rufen."
„Aber die Blätter sind alle leer!", bemerkte Klara. „Und Papa schläft ganz komisch hier direkt auf dem Boden und ist völlig dreckig."
In diesem Moment betrat Lisa den Raum. Sie erfasst sofort, dass etwas geschehen war, wand sich an die Kinder, entfernte sie aus dem Raum, ließ sich neben M. H. nieder und registrierte die vielen kleinen blutenden Wunden.
„Verdammter Kerl. Was hast du jetzt schon wieder angestellt?", murmelt Lisa weinend über dem leblosen Körper.

Geringfügig Beschäftigt

Wilma, achtundfünfzig Jahre, seit fünfunddreißig Jahren verheiratet, einen knapp dreißigjährigen Sohn, arbeitete seit elf Jahren als geringfügig Beschäftigte bei einer Bürgerrechtsbewegung. Nicht alleine am gesellschaftlichen Engagement, sondern auch an der Entlohnung hatte Wilma ihre Freude. Ihr Hans brachte keineswegs zu wenig mit nach Hause. Ihr Verdienst aber rundete die Einnahmen doch auf ein angenehmes Sümmchen. Zu ihrem Aufgabenbereich zählte, alle anfallenden Büroarbeiten in der Geschäftsstelle selbstständig zu erledigen. Die entwickelte Routine war nicht auf dem neuesten Stand und beanspruchte ein mehr an Zeit. Jedoch beanstandete dies niemand. Weder die Mitglieder, noch der Vorstand dieser winzigen Bürgerrechtsbewegung. Langsam aber zuverlässig wurden alle Arbeitsaufträge erledigt. Dass Wilma von sich aus gerne mehr Zeit in der Geschäftsstelle verbrachte als vertraglich vorgesehen, störte niemanden.

Am Wochenende erhielt Wilma regelmäßig einen kurzen Besuch von ihrem Sohn. Neuerdings beschwerte er sich bitter über seine Arbeitsstelle. Nicht alleine über seine Chefs, die natürlich durchweg unfähig waren. Auch über seine Kolleginnen und Kollegen, die an die sechzig Jahre reichten und seiner Meinung nach einfach zu behäbig ihren Aufgaben nachkamen. Oder die neu eingeführten Features nicht mehr begriffen, weil sie sich durchweg an die bisherige Routine klammerten. Immer wieder traten Verzögerungen ein und es mussten intensive Schulungen durchgeführt werden. Trotzdem verweigerten sich Einzelne, die Vorteile der Neueinführungen zu erkennen und zu nutzen. Es kam zu ärgerlich-überflüssigen Verzögerungen. Dabei verlangte die ständige Konkurrenzsituation Modernisierungen. Es fehlte jegliche Einsicht in die Unumgänglichkeit sich ständig erneuernder Entwicklungen. Da blieb Flexibilität einfach auf der Strecke.

„Sind es denn bewährte Neueinführungen?", wollte Wilma von ihrem Sohn erfahren.

„Soweit möglich, ja. Es kann aber schon passieren, dass erst in der Praxis, im direkten Kontakt mit den Kunden, sich mögliche Fehler zeigen."

„Dann kann ich die Zurückhaltung verstehen", argumentierte Wilma.

„Es sind keine Vorbehalte gegen mögliche Fehlfunktionen. Es ist die Angst vor der Veränderung. Bedenken, manchmal sogar Furcht, im Neuen sich nicht mehr zurechtzufinden. Also werden alle Maßnahmen zuerst boykottiert. *Könnte ja passieren*, dass man etwas Neues lernen muss. Man stellt sich also besser gleich auf den Standpunkt: Bloß keinen Handgriff ändern! Dabei spült die Zeit von selber das Verbrauchte und Veraltete einfach vor die Tür."

Bemerkte ihr Sohn, wovon er da sprach? Registrierte er, dass sie sich von dem Problem direkt betroffen fühlte? Weshalb musste vieles, einem gerade aktuellen Prinzip entsprechend, immerfort einer Änderung unterzogen werden? Never change a running System. War das etwa auch eine altertümliche Formel? Auch sie fühlte sich unwohl, falls es um die Neueinführung von EDV-Systemen und Programmen ging. Zumal für sie in ihrem Alter eine Schulung ja gar nicht in Frage kam. Für Wilma galt: Learning by doing. Für eine Weiterbildung stellte ihr Arbeitgeber weder Zeit noch finanzielle Mittel zur Verfügung.

Fast sechzig. Auch Wilma ging auf die *fast sechzig* zu. Im Eifer seiner Ausführungen übersah ihr Sohn speziell diese Befindlichkeit. Konnte sich, angesichts einer solch hitzigen Diskussion, Wilmas Einwand überhaupt noch Gehör verschaffen? Ihre Bemerkungen zum *System*, welches Menschen im Alter degradierte? Zur Missachtung von Berufserfahrung, sowie Umgangsformen in der Berufswelt? Mochten diese altreuchernden Argumente etwas gegen die Macht des Neuen ausrichten? Da schwieg sie lieber. Wie so häufig. Ihr Hans äußerte ohnehin kein Wort während solch ernster Erörterungen. So ließ sie im Gefühl, dass ihr Sohn irgendwann auf das Echo seiner Äußerungen treffen würde, die Auslegungen unwidersprochen.

In letzter Zeit spürte Wilma das Alter immer deutlicher. Sie wurde vergesslich. Neue Zusammenhänge benötigten merklich mehr Zeit, bis sie zu ihr durchdrangen. Gerade in dieser Phase vollzog sich ein Wechsel im Vorstand der Bürgerrechts-bewegung. Im ersten Moment fühlte Wilma Freude darüber, zukünftig mit einer Frau als Vorstandsvorsitzenden zusammen-zuarbeiten. Diese brachte auch gleich den neugewählten Verantwortlichen für die Finanzen mit: ihren Freund. Ein dynamisch wirkendes Paar. Wahrscheinlich ein Aufbruch zu neuen Ufern. Eine Steigerung der öffentlichen Wahrnehmung und größere Stabilität der immer mal wieder schwankenden finanziellen Basis. Wilma begab sich kopfüber in den auf sie wartenden Berg an Arbeit.

Die Abkehr vom ersten Eindruck stellte sich zeitnah ein. Die neue Vorstandsvorsitzende, K. S., begutachtete die Geschäftsstelle und begleitete die Einführung sofort mit einer langen Mängelliste. Wilma war verblüfft. Zwar war es ganz nett, von einer neuen Büroeinrichtung zu sprechen. Was alle anderen Arbeitsbereiche betraf: Es hatte doch bislang alles anstandslos funktioniert! Keine einzige Beschwerde war Wilma angetragen worden. Die Verschickung der Mitteilungen funktionierte einwandfrei. Nun sollte alles anders werden. Während der regelmäßigen Treffen mit Vorstand und Beisitzern stellten sich weitreichende Veränderungsabsichten zur Diskussion. Zu welchem Zweck, fragte Wilma. Die anfallende Arbeit für Mitglieder und alle anderen war befriedigend und zuverlässig von ihr organisiert worden! Es reifte der Verdacht, dass der eigentliche Grund der Änderung in größerer Unabhängigkeit von *ihrer Person* zu suchen sei. Sie hatte nie beabsichtigt, sich durch ihre Tätigkeit unverzichtbar zu machen. Während der Arbeitstreffen äußerte sie diesen Verdacht natürlich nicht. Denn es war ja nicht mehr als ein missgünstiger

Gedanke von ihr. Ihr Hans jedenfalls äußerte sich nicht. Für ihn war die Situation zu undurchsichtig. In ihm fand sie für ihre Situation keine Stütze.

Klimatische Veränderungen im Bereich der geringfügig Beschäftigten

Der erste, tüchtige Eklat entwickelte sich während einer dieser von Wilma als Kontrolle empfundenen Besuche Ks. in der Geschäftsstelle. Sie gingen zwecks Einführung eines neuen Verwaltungsprogramms den bisherigen EDV-Ordner für Mitglieder durch. Wilma hatte bei Bedarf improvisiert.
„Es finden sich in dieser Datei Einträge an dafür nicht vorgesehener Position." K. S. Feststellung war schneidend.
„In der Anwendung der Datei findet sich die Eintragung dort wieder, wo sie sein soll", verteidigte sich Wilma.
„Das hätte ich von dir nicht erwartet, wo du dich doch mit Datenbänken auskennst! Eine klar definierte Position muss mit den dafür vorgesehenen Daten gefüttert werden! Alles hat sich am definierten Platz einzufinden! Ich *will* dergleichen hier nicht mehr *sehen*!"

Das war nicht schneidend. Wortwahl und Ton standen im besten Einklang: vernichtend.
Wilma verstummte in erstaunter, verletzter Verblüffung. K. S. bemerkte anscheinend Wilmas Reaktion und versuchte mit einigen banalen Sätzen darüber hinweg zu argumentieren. Anscheinend wollte sie das Gespräch zwischen ihnen beiden nicht abreißen zu lassen. Nach einiger Zeit fand Wilma ihre Stimme wieder und antwortete genauso banal.
„Gut, dass wir uns ausgesprochen haben. Es soll nichts zwischen uns zurückbleiben", verabschiedete sich K. S..
„Ja. Natürlich!", antwortete Wilma, ohne recht zu wissen: War dieser zum Abschied hingeworfene Satz aufrichtig gesprochen oder doch nur eine weitere, arrogante Geschicklichkeit dieser Vorstandsvorsitzenden.

Zu Hause angekommen schilderte Wilma ihrem Hans das Geschehen. Sie fühlte immer noch jene Verletzung der Aussagen. Also war gar nichts zwischen ihnen beiden ausgeräumt. Wie auch? K. S. hatte die Wahl ihrer Worte oberflächlich zurückgenommen, in der Sache selbst aber keinen Schritt nachgelassen. Wilmas Arbeit wurde massiv in Frage gestellt. Denn sie betraf ja nicht nur diese eine Datei. Alle anderen waren vergleichbar von ihr aufgebaut und zusammengetragen worden. Und plötzlich wollte man dies *so nicht mehr sehen*? Elf Jahre lang war darüber kein Wort verloren worden. Zu keiner anderen Zeit hatte auch nur eine Person einen Blick darauf getan. Und nun sollten die Verwaltungsdatenbanken nicht nur falsch sein (was Unsinn war, denn die Arbeit trug bis zum heutigen Tage Früchte) sondern auch schnellstmöglich in ein neues Programm konvertiert werden. Eigentlich hatte dieses neue Programm Wilma vorgestellt werden sollen. Aber mehr als die Installation, die sie selbst hätte vornehmen können, hatte dieses Treffen nicht gebracht. Hans antwortete auf diese vertrackte Situation mit einem Kopfnicken. Was dies bedeutete, wusste alleine er.

Aufzug des Unwetters

Während der nächsten Vorstandssitzung, die Wilma mit äußerster Zurückhaltung anging, kam die Verwaltung der Mitgliedsbeiträge zur Sprache. Ein Bereich, der während Wilmas Tätigkeit deutliche Fortschritte gemacht hatte, was an dem stetig wachsenden Rücklagenkonto abzulesen war. Natürlich hatten daran, neben Wilma, zeitgleich die für Finanzen Verantwortlichen ihren Anteil.

Der eigentliche Grund dieser Diskussion war Wilma nicht klar. Ging es um die Rechtfertigung der Einführung des neuen Mitgliederverwaltungsprogramms?

„Wie sieht es mit Mahnungen aus?", wollte K. S. von Wilma erfahren.

„Es gibt Mitglieder, die erst die dritte Mahnung abwarten, bevor sie überweisen", berichtete Wilma aus jahrelanger Praxis.

„Wir mahnen in gesonderten Verfahren?", fragte K. S..

„Ja. Wir mahnen schriftlich. Nötigenfalls wiederholt." Was für eine Frage?!

„Das brauchen wir nicht. Sobald der Jahresbeitrag fällig ist, haben alle Mitglieder diesen anzuweisen", stellte K. S. kategorisch fest. „Sind die Mitglieder über den Jahresbeitrag informiert?", folgte die nächste, in einen Vorwurf gehüllte Frage.

„Falls es sich nicht um Neumitglieder handelt, sind alle über den Jahresbeitrag informiert", antwortete Wilma möglichst ruhig, dennoch nicht frei von Ironie.

„Dann mahnen wir in Zukunft nicht mehr!", stellte K. S. abschließend fest.

„Wie kommen wir dann an die Beiträge? Ohne Erinnerung oder eben Mahnung wird dies nicht funktionieren. Nicht alle sind so wie du."

Der dieser Bemerkung folgende Ausbruch von K. S. brachte alle Anwesenden zum Schweigen. Insbesondere Wilma. Was hatte sie Falsches gesagt? Man konnte, wenn es gewollt war, eine Abfälligkeit daraus hören. Und doch war es lediglich die Beschreibung unterschiedlicher Charaktere. Hatte Wilma sich vielleicht im Ton vergriffen? Hatte sie das du in dem Satz hervorgehoben, um es zu desavouieren? Das lag gar nicht in ihrer Absicht. Das nun aufgezogene Klima verhinderte jede Richtigstellung. Wilma sprach bis zum Ende des Treffens kein weiteres Wort. Zu Hause angelangt, verließ Hans die Wohnung, sobald er Wilmas Stimmung bemerkte. Wilma blieb für sich und grübelte. Ihren Sohn mochte sie auch nicht anrufen. Immerhin wurde sie bald neunundfünfzig. Da konnte sie von ihm kein Verständnis für ihre Situation erwarten. Jedenfalls nicht, solange dieses Verständnis auf einem Missverständnis, was ihr eigenes Lebensalter betraf, beruhte. Nur weil er Wilma für jünger hielt, als sie an Jahren war, fiel sie dadurch nicht aus dem von ihm entwickelten Raster. Möglicherweise traf es ja

sogar zu. Sie wurde alt! Sie sehnte sich keineswegs nach Veränderung. Was, wenn zum Beispiel ihr Hans sie verließ? Eine fast sechzig jährige Frau auf den aktuellen *Markt der Gefühle* geworfen. Was käme danach? Womöglich ein: „Ich parshipe jetzt." Was für ein widerlich abstoßender Satz! Waren sich diese Leute noch klar über ihre Gefühle? ‚War das noch eine entscheidende Frage?', schoss es Wilma durch den Kopf. Natürlich hatten sich Vorgehensweisen der Zeit angepasst, also verändert. Nichts konnte so bleiben wie vor vierzig Jahren. Es durfte nicht so bleiben, wie noch vor zehn Jahren. Neue Wege wurden gesucht. Und im parshipen auch gefunden. Wilma überlegte, wie sie sich auf einer derartigen Plattform anbieten sollte. Welche Worte? Welche Bilder? „Ich parshipe jetzt!", sprach sie laut aus, um sich den damit verbundenen Wahn exakt vorzuführen.
„Ich übersehe da was!", schloss sie mit diesen Gedanken ab. „Ich kenne mich nicht aus, was die heute so zerdehnte Kommunikation betrifft. Wahrscheinlich bin ich wirklich zu unflexibel für diese Zeit geworden."
Sobald ihr Hans nach Hause kam, wollte sie mit ihm darüber diskutieren.
Hans kam wieder und wollte in Ruhe essen. So fand das Thema seinen Abschluss.

Die Zeichen stehen auf Sturm

„Darüber müssen wir ebenfalls reden", spie K. S. ihr Feuer auf ein neues Gebiet des nun bereits langen während en Schlachtfeldes.
„Über meine Anwesenheitszeiten?", wollte Wilma wissen. Sie war doch immer wieder überrascht, mit welcher Raffinesse K. S. vorzugehen verstand. Wilma war ihr einfach nicht gewachsen. Immer wieder geriet sie in die Defensive. Und suchte sie sich zu wehren, sogar in die Ecke des Unrechts. Dabei erinnerte sie sich noch genau an den Satz K. S., dass

man sich wehren solle! Wehe aber, Wilma versuchte es! Dann schlugen die Flammen auf diesem Schlachtfeld noch höher in den Himmel und verletzten immer wieder aufs Neue.

„Ich habe zugesichert und eingehalten, jeden Werktag ab vierzehn Uhr in der Geschäftsstelle telefonisch erreichbar zu sein." Das war noch zurückhaltend formuliert. Aber Wilma wagte nur noch faktisch mehrfach abgesicherte Antworten. Dass sie einmal später als vierzehn Uhr im Büro erschien, kam praktisch nicht vor. Jedenfalls erinnerte sie sich an kein Beispiel, Krankheit ausgenommen.

„Von vierzehn bis sechzehn Uhr. Ich versuche es einzurichten, früher und länger im Büro zu sein."

Genau hier hätte sie anführen sollen, dass sie ohnehin mehr Stunden arbeitete, als vom Gesetzgeber für geringfügig Beschäftigte vorgesehen. Das bislang immer alles reibungslos geklappt hatte, sich niemand vom Vorstand oder ein Beisitzer oder Mitglied je hatte beschweren brauchen. Tendenzbetriebe lebten von der Selbstausbeutung ihrer Angestellten. Diese Tatsache war auch Wilma nicht unbekannt. Also kam kein weiteres Wort über ihre Lippen. Wilma war in Sorge, dass sie damit nur eine neue Angriffsfläche bot. Und der Respekt hielt sie davon ab. K. S. war ihr überlegen. Deren verletzende Arroganz war schon lange Zeit kein Thema mehr zwischen ihnen beiden. K. S. spukte immerwährend Galle über Wilma. Die Verätzungen gingen tief und tiefer. Hans wählte augenblicklich irgendein TV Programm, sobald sie von den Arbeitstreffen heimkehrte, um nur ja kein Wort von ihr hören und antworten zu müssen. Mit der Zeit stellten sich Magenbeschwerden ein, sobald K. S. ihr Kommen ankündigte. Eine Einarbeitung in das neue Verwaltungsprogramm für Mitglieder ging in all dem völlig unter. Wilma fand keinen Zugang. Sie fühlte, dass es Scheu, ja so etwas wie Angst war, welche sie rund um die Tätigkeit mit allen vorgestellten und eingeführten Neuerungen begleitete. Wann und wo erfolgte der nächste Angriff? Denn genauso empfand Wilma die Kommunikation: als immerwährende Angriffe einer durchtrainierten Wissens-Stalinistin.

Sie hätte mit jemand aus dem Vorstand sprechen sollen. Weshalb positionierte sie sich nicht? Ihr Wort hatte doch über die Jahre einiges Gewicht erlangt. Falls sie sich über K. S. beschwerte, so fand sich womöglich ein Ausweg aus dieser drohenden Sackgasse. Vielleicht durch eine *Moderation* Dritter. Was sollte sie aber anführen? Welche Worte waren die richtigen? *Eine* falsch platzierte Bemerkung und ihr Anliegen würde unter der Zertrümmerung durch K. S. begraben. Darin war diese Frau einfach unschlagbar gut. Wilma dachte daran, unter welcher Knute der Nachwuchs von K. S. gelitten hätte. Aber was tat dies hier zur Sache! Eine *Moderation* wäre von K. S. mit dem Hinweis auf eigene Fähigkeiten und aus *Ermangelung einer ersichtlichen Notwendigkeit* abgeschmettert worden. Wilma musste anerkennen, dieser Wissens-Stalinistin einfach nicht gewachsen zu sein. So harrte sie in Schockstarre auf das, was da kommen sollte.

Und *es* kam. Und wie! Weit vor der verabredeten Zeit erschien Wilma in der Geschäftsstelle. Sie hatte den letzten Hinweis von K. S. auf Verlegung um eine Stunde tatsächlich übersehen. Aber das machte gar nichts, weil ohnehin genug Arbeit auf sie wartete. Ein Klingeln riss Wilma aus angenehmer Stille. Sie öffnete die Tür und K. S. eilte die Treppe hinauf zur Geschäftsstelle.
In der Tür verharrend zischte K. S. ohne Begrüßung: „Hatten wir nicht fünfzehn Uhr verabredet?"
Fünfzehn oder vierzehn Uhr. Was machte das für einen Unterschied!
„Guten Tag", entgegnete Wilma, vom ironischen Ton selber überrascht.
„Da gibt man sich Mühe, schreibt extra Nachrichten. Mit welchem Resultat!?" Die K. S. Galle sprühte heute hochprozentiger als zuvor.
„Wo ist das Problem? Ich bin anwesend", antwortete Wilma.
„Darum geht es nicht. Es geht um die Einhaltung von Absprachen. Um Präzision. Ernsthaftigkeit …"

Der Schwall K. S. fand kein Ende. Er sprühte unentwegt weiter. Dabei standen beide immer noch im Flur vor der Bürotür. Wilma hörte nicht auf die Worte. Sie fühlte lediglich, dass ausgespiene Gift ihr Gesicht hinunterlaufen. In Ohren, Nase, Mund und Augen. Es drang in sie ein, verätzte alles auf seinem Weg, zerstörte die Nervenverbindungen. Absichtslos hob Wilma den rechten Arm, winkelte ihn an ihren Körper, schoss die Hand aus dieser gespannten Stellung mit ausgebreiteten Fingern vor die schmale Brust K. S.. Diese ätzte tatsächlich ohne Unterlass weiter, während sie nach hinten fiel. Zuerst schlug ihr Gesäß auf die Stufen. Als hätte dieser Aufprall noch mehr Energie freigesetzt, schoss ihr Oberkörper rücklings nach hinten weg gegen die Front der Fensterbausteine. Den Ton eines aufplatzenden Hinterkopfs würde Wilma ihr Leben lang nicht vergessen. Auch war sie nicht sicher, ob K. S. nicht weiteres Gift über sie spie. Auch noch, während eine besorgte Nachbarin ihren Arm senkte, sie vorsichtig umfasste und Wilma in ihre Wohnung zog.

Lektorat

„Was für ein toller Stoff!"

M. K. war angetan. Und dies hatte in ihrer Stellung etwas zu sagen! Als Cheflektorin des Verlages hatte ihr Wort Gewicht.

Und heute lag ein bemerkenswertes Manuskript vor ihr. Auf jeden Fall hob es sich angenehm deutlich von 99 % der üblichen Einsendungen ab. M. K. frohlockte angesichts der Tatsache, dass irgendein nicht nachvollziehbarer Zufall diesen Stoff gerade bei ihrem Verlag hatte stranden lassen. Sie registrierte das Bemerkenswerte dieser Situation, nach all jenen nicht ganz schlechten, aber auch nicht immer des Lesens für würdig gehaltenen Seiten, die aus marktwirtschaftlichen Gründen gedruckt wurden. Der Buchmarkt stagnierte. Falls überhaupt, sorgte nur noch das eBook für einen guten Umsatz. Die Aussicht, die ein vielversprechender Krimi bot, kam da gerade zur rechten Zeit. Voll freudiger Erwartung auf das nächste Verlagsbriefing verschloss sie die Seiten in ihrem Schreibtisch. Angesichts der ergreifenden Erzählweise war es ohne Bedeutung, doch die Zahl der Rechtschreibfehler und das unzureichende Verständnis der deutschen Grammatik setzten M. K. in Erstaunen. War dies die Arbeit eines Naturtalents, das keine Regeln und Vorgaben kannte, weil es sie schlichtweg für bedeutungslos hielt? Aufgrund langjähriger Berufserfahrung entschied sich M. K. in diesem Falle für einen Anruf anstelle des üblichen Schriftverkehrs. Eine persönliche Betreuung stellte rasch und unkompliziert eine Annäherung her. Nicht, dass dieser Schatz aus nichtigen Gründen ihrem Netz entging!

Die Rufnummer fand sich klein gedruckt an ungewohnter Stelle des beigelegten Briefes. Vor dem Anruf las M. K. den Brief aufmerksam. Zuvor hatte sie dem Brief keine Beachtung geschenkt. Was unbekannte und auch weiter unbekannt bleibende Autorinnen und Autoren in solchen Schreiben verbrachten, darüber hätte sie gerne selber ein Buch verfasst.

Doch jeder ihrer Anläufe landete nach spätestens zehn Seiten im Papierkorb. Ein als Schmach empfundenes Scheitern. Sie, die wichtigste Lektorin dieses namhaften Verlages, fand weder Möglichkeit noch Gelegenheit, selber ein Buch zu schreiben. Doch wähnte sie sich längst über diesen Rückschlag hinweg. Nach außen verlor sie darüber kein einziges Wort. Doch wusste sie von den Erwartungen ihrer Mitmenschen, vor allem des Verlagschefs. Selbst Harry, ihr Anvertrauter, nannte sie neckisch „meine kleine Autorin". Dabei war sich M. K. nicht sicher, ob er sie damit nicht doch ein wenig herauszufordern gedachte. Und dies nicht unbedingt in rein freundschaftlich-partnerschaftlicher Absicht.

Jetzt las sie das Schreiben von - wie hieß sie noch gleich? - Gabi Klein.

„Sehr geehrte Damen und Herren!

Nach langen Phasen der Arbeit wage ich, Ihnen die beiliegenden Seiten anzubieten. Bislang ist nichts von mir an anderer Stelle veröffentlicht worden. Weshalb dies so ist, können sie womöglich dem beiliegenden Versuch entnehmen. Dass ich mich in dem gängigen Genre des Krimis versucht habe, erschwert die Sache. Lange habe ich von meinen *Lieblingen* gelernt. Womöglich habe ich unbemerkt kopiert und Sie erkennen Highsmith oder Ambler, Sjöwall und Wahlöö oder Minette Walter. Um nur einige zu nennen. Ist durch diesen Lernprozess versehentlich ein Plagiat entstanden, so werfen Sie diese Zeilen gleich in den Papierkorb. Es bedarf in diesem Falle keiner Antwort Ihrerseits.
Sollten Sie allerdings dieser Arbeit etwas abgewinnen, so wäre ich Ihnen für verbessernde Hinweise dankbar.
Schreiben Sie mir ganz offen, was sie von dem Manuskript halten. Ich kann Ihnen versichern, dass Sie keine Gefühle in mir verletzen werden.

Für Ihre Offenheit bin ich Ihnen dankbar!
Mit freundlichen Grüßen
Gabi Klein"

M. K. überlegte, wo ein Telefonat anknüpfen sollte. Bloß keine Versprechungen und keine Erfolgsaussichten formulieren! Aber schon ein handfestes Interesse. In Schriftform sorgte ihre, M. K's. Antwort, womöglich für ein einzig großes Missverständnis. Also zog sie den Telefonapparat zu sich und wählte die kleingedruckte Nummer.

„Gabi hier."

Die Stimme, eindeutig defensiv, passte zu dem Schreiben.

„M. K. vom Verlag ... ."

„Wer ist dort bitte?"

„M. K.. Sie haben uns freundlicherweise ihr Manuskript geschickt."

„Vom Verlag ...?"

„Ja."

„Wirklich?"

„Wirklich, wirklich!", schmunzelte M. K.. „Hören sie, es interessiert uns, wie sie auf diesen Plot gekommen sind."

„Das kann ich ihnen in wenigen Worten nicht beantworten."

„Ich meine vielmehr, ob sie diesen Plot *möglicherweise* irgendeiner Vorlage entnommen haben?"

„Nein. Ganz bestimmt nicht." Ein wenig Empörung schwang durch die Leitung.

„Bewusst habe ich keines der mir bekannten Bücher als Vorlage genutzt."

„Das ist erfreulich zu hören. Nun, wir haben uns einen ersten, oberflächlichen Überblick verschaffen können.", log M. K.. „Was wir jetzt bereits sagen können: Wir wollen mit ihnen gerne über eine mögliche Zusammenarbeit sprechen."

„Wirklich?" Der Ton Gabi Kleins hellte mit einem Mal auf.

M. K. überlegte kurz, erneut mit „wirklich, wirklich" zu antworten, wurde sich aber sogleich bewusst, dass diese Bemerkung als Überheblichkeit ausgelegt werden könnte und hielt sich zurück. Denn immerhin wollte M. K. ihr Gegenüber als neue Autorin gewinnen. Und das so preiswert wie möglich. Ganz im Sinne des Verlags.

„Haben sie etwas Zeit", fragte M. K..

Ein Knacken in der Leitung war die Antwort. Also keine Zeit.

„Entschuldigung. Die Leitung war gestört. Mein Freund bastelt gerade an der Telefonie über Internet. Deshalb funktioniert die Verbindung nicht einwandfrei."

M. K. stellte sich den Haushalt vor. Schmuddelig. Unaufgeräumt. Wollmäuse. Aber was machte das?! Sie telefonierte mit einer möglicherweise begabten Autorin.

„Das macht gar nichts. Und natürlich rufen wir sie gerne an, damit sie Verbindungskosten sparen." Diese Bemerkung war spontan. In ihrer Vorstellung lebte Gabi Klein in einfachen Verhältnissen. Womöglich in einer prekären Lebenssituation. Dies wäre eine Erklärung für die Authentizität der Zeilen, die so direkt und empfindsam aufs Papier gezaubert worden waren.

„Auf jeden Fall sollten wir versuchen, an dem vorliegenden Stück," M. K. vermied bewusst die Bezeichnung Werk, „zu arbeiten. Falls sie dies wünschen, würde ich mich gerne dessen annehmen und ihre Ansprechpartnerin werden. Haben sie die Möglichkeit, mir den Text als Datei zu senden? Dann könnte ich meine Bemerkungen und Vorschläge einarbeiten. Erst danach legen wir", wir?, „das Schriftstück zur Veröffentlichungsentscheidung dem verlagsinternen Gremium vor. Was halten sie von diesem Vorgehen?"

Es kam keine Antwort.

„Frau Klein? Sind sie noch am Apparat?"

„Ja", knackte es. Denn die Überraschung war derart überwältigend, dass ihr der Telefonhörer aus den Händen gefallen war.

„Es war nur wieder diese dumme Störung in der Leitung. Ich habe gehört und verstanden", schummelte Gabi Klein. „Noch heute sende ich ihnen die Datei."

M. K. vernahm die kindliche Begeisterung. Das war eine für Erstautorinnen und Autoren gewöhnliche Reaktion.

„Gut. Dann sprechen wir, nachdem ich ihre Nachricht erhalten habe. Kann ich sie tagsüber erreichen?"

„Ja. Ich arbeite zu Hause. Sie können mich unter dieser Nummer immer erreichen. Auf Wiederhören!"

Wie erwartungsvoll dieses „Wiederhören" Gabi Kleins klang. M. K. freute sich auf die kommende Arbeit. Da waren keine Probleme zu erwarten. Kein versteinerter Professor, der um keinen Preis die Änderung auch nur eines Satzes gestattete. Keine über ihre eigene Arbeit gefrustete Autorin, die ihren Ärger während des Lektorats abarbeitete. Niemand, der um Titel, Layout oder Preis feilschen würde. Niemand, der einen Anspruch stellte. In weit entfernten Gedankenhorizonten regte sich ein absurder Gedanke. Sie verwarf den Ansatz auf der Stelle!

Niemandem gegenüber verlor M. K. auch nur ein einziges Wörtchen über den Vorgang. Nicht einmal ihrem Harry erzählte sie davon. Im Gegenteil streute sie in Gesprächen mit Harry gezielte Andeutungen über eine anstehende Überraschung. Ihre tiefer liegenden Absichten blieben dabei für sie selber im Unerkannten. Die *Entdeckung* von Gabi Klein, deren Name natürlich noch geändert werden musste, um die Attraktivität bereits auf dem Cover hochzuhalten, war eine Überraschung. Ein wenig des zu erwartenden Glanzes würde auf sie zurückfallen. Zugegeben: nur ein wenig. War ein Buch erst einmal erschienen, fand die Mühe der Lektorin weiter keine Beachtung. Und die Autorinnen und Autoren vergaßen die Zusammenarbeit im Erfolgsfall sehr schnell. Alle waren sie ganz normale Menschen. Mit all ihren Schwächen. Da stellte Gabi Klein trotz ihrer besonderen Zurückhaltung sicher keine Ausnahme dar. Obwohl, M. K. war der Ansicht, dass ihr die Dankbarkeit Gabi Kleins etwas länger erhalten bleiben würde. Sie wirkte verhuscht, unselbstständig und ohne Selbstvertrauen. Dieser Umstand würde M. K. länger im Fokus von Gabi Klein halten.

Die Lektoratsarbeit schuf ein Klima der Gemeinsamkeit. Dessen war sich M. K. sicher. Weshalb sie aber ihrem Harry gegenüber eine Erwartungshaltung geschaffen hatte, blieb im Unverständlichen. War sich M. K. zur Gänze der von ihr geschaffenen Situation und Folgen bewusst? Oder hielt sie eigene Absichten hinter einer verdunkelnden Wolke versteckt und ließ fremden Kräften freien Lauf?

„Sie haben also alle meine Bemerkungen nachvollzogen?", fragte M. K. in einem der nächsten Telefonate.

„Ja!" Die Antwort klang erfreut. „Zuerst gab es Probleme mit der Bearbeitung ihrer Kommentare und den Änderungen im Text. Aber nachdem mein Freund ..." Erneut nur Knacken in der Leitung. Hatte dieser Blödmann von Freund auch weiterhin vor, die Telefonie an seinem Anschluss zu boykottieren?

„ ... Umgang mit dem Programm einmal gezeigt hat, ging es gut voran. Ich bin ihnen wirklich dankbar für ihre Unterstützung. Alle ihre Bemerkungen sind berechtigt und durchaus nützlich."

Aha. Genau wie sie es sich vorgestellt hatte.

„Dass alles nur unverbindliche Vorschläge sind, wissen sie schon?", gab sich M. K. ganz gönnerhaft.

„Aber natürlich. Trotzdem helfen sie mir sehr. Ich bin schon dabei ....", wieder eine Störung, „alles einzuarbeiten", antwortete Gabi Klein.

„Das ist nicht nötig. Die Änderungen sind im Text ja bereits vermerkt. Sie brauchen nur ihr Einverständnis zu geben und dann werden sie übernommen."

„Hiermit erteilt!", kam gedankenlos schnell die Antwort.

„Gut. Einen Titel müssen wir wählen. Und: Wollen sie unter ihrem Namen oder einem Synonym veröffentlichen?"

„Veröffentlichen?", schallte es zurück. Das war voreilig. Vorsicht!

„*Falls* es zur Veröffentlichung kommt", korrigierte sich M. „Aber die beiden Punkte sind nicht so wichtig. Wir benötigen eine Kurzvita und ein Foto von ihnen."

„Oh." Die äußerste Zurückhaltung war unüberhörbar. „Eine Vita. Da gibt es nichts Erwähnenswertes. Und ein Bild von mir in dem Buch wünsche ich eigentlich nicht."

Völlig ohne Selbstvertrauen. Gerne hätte M. K. gefragt, ob sie denn auch kein Honorar wünsche. Die diesem Satz inne-wohnende Ironie verbot die Formulierung.

„Na ja. Ist alles nicht so wichtig", schloss M. K..

„Wie ist denn das weitere Vorgehen?"

„Ich werde den Text entsprechend unseren Änderungen umgestalten und ihn dann dem betreffenden Gremium in unserem Hause vorlegen. Dieses fällt eine Entscheidung über eine Veröffentlichung. Haben sie eigentlich noch weitere Manuskripte in Arbeit?"

„Wie meinen sie das?"

„Weiß ihr Freund oder eine ihrer Freundinnen von diesem Buch? Haben sie irgendwo Vorarbeiten gespeichert oder handschriftlich erstellt? Das könnte für weitere Anregungen genutzt werden.", log M. K..

„Nein. Mein Freund ist ja tagsüber auf der Arbeit und ich habe ja auch meine Aufgaben hier, die ich täglich erledigen muss."

Kaum zu glauben, dass dieser drögen wirkenden Person ein derart spannender Krimi gelungen war.

„Sie haben mir versichert, diesen Text von niemandem übernommen zu haben. Sie erinnern sich?", forschte M. K. sicherheitshalber abermals nach, obwohl sie Gabi Klein eines geistigen Diebstahls gar nicht für fähig hielt.

„Nein. Sie haben dies bereits schriftlich erfragt. Und ich kann es telefonisch nur nochmals bestätigen. Die Ideen kamen mir während der vielen Stunden hier zu Hause. Irgendwie haben sie mich überfallen und eingenommen."

Kaum zu glauben, welches Glück manchen ausgesuchten Menschen winkte. Waren da vielleicht irgendwelche weit entfernte *Götter* mit der Zuteilung beauftragt?

„.... und so ging es immer weiter. Die Story ging mir praktisch durch den Kopf. Nachts konnte ich nicht schlafen, musste die Gedanken aufschreiben, damit sie *im Original* auf das Papier gelangten. In mir gab es keinen ruhigen Moment. Deshalb fühle ich mich jetzt auch völlig ausgelaugt. Mein Freund ärgert sich schon mächtig über meine Müdigkeit. Ich bin sogar irgendwie froh, *es* hinter mir zu haben. Es war wirklich anstrengend."

Nicht zu fassen, worüber Gabi Klein sich da beklagte. Was hätte M. K. darum gegeben, diese Erschöpfung zu fühlen! Ihren linken Arm? Nein. Denn dann hätte sie nicht mehr beidhändig tippen können.

„Sie haben es wirklich gut hingekriegt", lobte M. K.. Sie fühlte, dass unterstützende Worte immer wichtiger wurden.

„Wirklich gut", beendete M. K. das mit Störungen durchsetzte Telefonat. Sie packte alles zusammen. Gabi Klein hatte keine Vorstellung von dem, was sie da geschaffen hatte. Konnte M. K. in diesem Falle nicht ein wenig mehr partizipieren als üblich? Sollte sie am Verlag vorbei als Autorenmanagerin von Gabi Klein auftreten? Dann musste es ein ganz großer Treffer werden. Denn ihre Kündigung war das Mindeste, was ihr widerfahren würde. Wahrscheinlich würde ihr zusätzlich ein Verstoß gegen irgendwelche vertraglichen Pflichten nachgewiesen, die sie gegenüber ihrem Arbeitgeber eingegangen war. Vergängliche Dankbarkeit namenloser Autoren betrachtete M. K. als zu geringe Entschädigung für das, was sie bisher in ihrem Leben geleistet hatte.

Und es brach aus ihr heraus, was sich durch vielerlei unauffällige Kleinigkeiten bereits angekündigt hatte. Begegnete sie sich selbst offen und ehrlich, so hatte sich dieser Gedanke tatsächlich bereits während des ersten Telefonats in ihrem tiefsten Inneren eingenistet. Die Natur dieses Gedankens war absurd und abwegig, ja irgendwie brutal. Nun aber stach er wie ein Messer durch sie hindurch und verlangte nach Gehör. Was sie sehnlichst zu verwirklichen suchte, war die Veröffentlichung eines *eigenen* Buches. Und dieser Krimi war dafür wie geschaffen. Ein klassisches Erstlingswerk. Frisch. Unbekannt. Verlockend.

Wie sollte sie es nur angehen? War Gabi Klein so dumm, ihr Werk zu veräußern? Welche Summe wirkte verlockend genug? Verfügte sie, alle Rücklagen zusammengerechnet, über eine derartig hohe Summe? Noch wichtiger: Kam die Sache raus, womit hatte sie dann zu rechnen?
Nein. So ging das nicht. Abkaufen war keine Option. Gabi Klein hatte aufrichtig und glaubhaft versichert, keine weiteren Kopien erstellt und verschickt zu haben. Ging sie einmal von der Möglichkeit aus, dass dies zutraf, welche Wege öffnete ihr dies? Nur einen: Gabi Klein musste verschwinden. Und zwar ein für alle Mal. War das Krimi genug oder Wirklichkeit? M. K. wurde angesichts der Ernsthaftigkeit ihres Vorhabens übel.
Welch glückliche Wendung, dass M. K. keine auch nur annähernd zu verwirklichende Weggabelung fand. Auch nicht nach Wochen. Und nun war der Zeitpunkt gekommen. Das Manuskript konnte nicht länger in ihrem Schreibtisch versteckt gehalten werden. Die Vorstellung des Manuskriptes war bis zum letztmöglichen Zeitpunkt verzögert worden. Unerbittlich kroch dieser heran. Es fand sich kein Grund für einen weiteren Aufschub. Weder der fehlende Titel, noch ein Künstlername

oder Klappentext verschaffte ihr weitere Bedenkzeit. Was hielt sie auch davon ab? Es war höchste Zeit für ihren Verlag, mal wieder einen Treffer zu präsentieren.

Sie griff ein letztes Mal zum Hörer, um Gabi Klein die erfreuliche Mitteilung anzubieten.

„Hallo?" M. K. spürte die überwältigend-maßlose Depression dieser Stimme.

„Frau Klein. Ich darf ihnen die erfreuliche Nachricht mitteilen ..."
Störung in der Leitung.

„Hallo! Frau Klein? Sind sie noch am Apparat?"

Keine Antwort.

Am nächsten Tag las M. K. einen unauffällig gehaltenen Vermerk in der Tagespresse:

„Aufgrund ungeklärter Ereignisse kam am gestrigen Tage Gabi Klein zu Tode. Suizid ist nicht ausgeschlossen. Sie hinterlässt keine Familie. Ihr Begräbnis findet im persönlichen Rahmen auf dem Ostfriedhof am Donnerstag früh statt."

Abgesang

„Frau M. K.! Ich kann einfach nicht mit dem Staunen aufhören! Welches Talent haben sie jahrelang vor uns verborgen! Und ich frage mich: Weshalb nur? Um sich auf diesen großen Wurf vorzubereiten? Dann kann ich ihnen und uns nur gratulieren! Das wird der Bestseller der Saison. Wenn nicht sogar bis ins neue Jahr hinein! Meiner Freude kann ich nicht genug Ausdruck verleihen!"

Ihr Chef nahm sie doch tatsächlich in seine feisten Arme. Wie abstoßend! So aber war wenigstens ihr gerötetes Antlitz niemandem aufgefallen. Die Scham trieb Farbe in ihr Gesicht und die Freude aus ihrem Gemüt. Zerknittert nahm sie die Gratulation der gesamten Redaktion entgegen. Man interpretierte ihr Verhalten als vornehme Zurückhaltung.

„Folgendes möchte ich hier und jetzt zum Ausdruck bringen: Wir sind *mehr als gespannt* auf die völlig *unverzichtbare Fortsetzung*", kreischte der Chef in voller Lautstärke.

Diktat

Wann genau der Prozess begann, blieb für Jan im Dunkel. Vielleicht irgendwann im Dezember. Mächtige Magenschmerzen streckten ihn auf das Krankenbett nieder. Damals schenkte er diesen Magenbeschwerden keine Aufmerksamkeit. Kurze Zeit später griff er nach Stift und Papier und setzte sich an seinen Schreibtisch, um eine Geschichte aufzuschreiben. Seine liebste Irma zeigte sich verblüfft. Anderen gegenüber erwähnte Jan nichts von dieser Tätigkeit.

In den ersten Wochen, etwa bis Ende Januar, es waren zwei Kapitel abgeschlossen, schenkten weder Jan noch Irma dieser Schreibtätigkeit irgendeine Beachtung. Es war eine Grille Jans. Nicht unangenehm. Doch nicht mehr als ein neu erwachtes Hobby. Während des ersten Wochenendes im Februar, Jan saß jede freie Minute am Schreibgerät, fragte Irma nach dem Resultat seiner Tätigkeit.
„Ich weiß nicht so recht. Noch habe ich keine der geschriebenen Seiten selber durchgelesen. Es ist mir peinlich, falls du krudes Kauderwelsch durchlesen musst."
„Lass das meine Sorge sein! Du bist so vertieft in die Arbeit. Ich bin gespannt, was du geschrieben hast."
Irma war eine *professionelle* Leserin. Kein Buch war vor ihr sicher. Mit schlafwandlerischer Sicherheit jagten ihre Leseaugen über hunderte von Seiten. Nicht ganz so schnell, doch ebenso schlafwandlerisch, bewegt sich Jans Stift über die zu füllenden Seiten
Widerwillig machte Jan eine einladende Bewegung auf den wachsenden Stapel beschriebenen Papiers. Irma griff nach den untersten Seiten und zog diese behutsam hervor. Sie verzog sich in ihren Lesesessel, während Jan sich weiter seinem aktuellen Kapitel widmete. Er fühlte sich etwas ausgelaugt. Doch das hinderte ihn nicht an seiner Tätigkeit.
„Als die Kanonen und Bajonette endlich schwiegen, begann ein neues Zeitalter der Liebe. Wilhelmine von Sagan erhielt diese ermutigende Nachricht in einem mit zärtlichen Worten

durchzogenem Schreiben Metternichs mitgeteilt. Die kommenden Monate sollten für sie beide tatsächlich jene unerwartet-glückliche Situation bereithalten, sich persönlich, wenn auch im offiziellen Rahmen, begegnen zu können."

Irma stockte. Was war denn das? Sollte Jans Schreibarbeit eine historische Liebesgeschichte entwickeln? Wann war Jan je mit Geschichte oder literarischer Liebe in Berührung geraten? Sie las erwartungsvoll weiter: „Ich will heute so sehr lieben, dass ich mich später einmal in die Erinnerung an diese Liebe verlieben kann."

Währenddessen fuhr Jans Feder fieberhaft über jedes unbeschriebene Blatt Papier. Am frühen Abend holte Irma ihn zum Abendessen. Jan, mit gerötetem Gesicht, entschuldigte sich und ging zu Bett. Er fühlte sich nicht wohl.

Am nächsten Tag, einem Montag, schlief Jan ohne Unterbrechung bis zum späten Nachmittag. Selbst die obligatorische Information des Arbeitgebers unterblieb. Am frühen Abend war es dafür zu spät. Im Morgenmantel und mit nur einer Tasse Kaffee begab er sich an seinen, mittlerweile neuen Arbeitsplatz und begann unmittelbar mit der Fortsetzung seiner Niederschrift. Irma kam heute spät von der Arbeit. Er hatte also noch einige Stunden.

Als Irma von der Arbeit kam und Jan im Morgenmantel und ohne Socken am Schreibtisch vorfand, fühlte sie leichte Irritation.
„Was ist los mit dir?"
„Ich hab bis spät in den Tag geschlafen. Da es für alles andere zu spät war, hab ich die Zeit genutzt, um noch einige Seiten zu schreiben."
„Hast du dich telefonisch krank gemeldet?"
„Nein. Wie gesagt. Es war bereits zu spät dafür, als ich erwachte."

„Dann mach dies morgen bitte als erstes", entgegnete Irma mit
ein wenig Sorge in der Stimme. Denn sie wusste wohl von den
anstehenden Umstrukturierungen in Jans Firma. Vor möglicher
Arbeitslosigkeit empfand sie ein gehöriges Maß an Respekt.
„Werde ich!", versprach Jan.
Und Jan erschien am nächsten Tag an seiner Arbeitsstelle. Der
eine Fehltag fiel nicht weiter ins Gewicht.
Am Freitag, sofort nachdem Jan nach der Arbeit seine
Wohnung betrat, setzte er sich augenblicklich in seinen
Schreibtischstuhl. Der Stapel an beschriebenen Seiten auf der
linken Schreibtischseite wuchs. Vergleichbar mit Irmas
Erstaunen. Es entwickelte sich tatsächlich eine Liebesge-
schichte unter Jans Feder. In kitschig bunten Worten erzählte er
von zärtlich aufgeregter Liebe zweier verheirateter Figuren im
Jahr 1815. Enthusiastisch und fast körperlos. Die beiden
Protagonisten schwebten, während für Europa bedeutende
Entscheidungen getroffen wurden, in einer rosaroten Wolke der
Entrücktheit. Die Ausdrucksform war pathetisch und
empfindsam. Vergleichbar mit einer zu dieser Zeit neuentdeckte
Attitüde des „Sturm und Drangs". Irma beurteilte die Geschichte
weder gut noch schlecht. Sie war vom Schaffenswillen verblüfft
und deshalb interessiert. Woher nahm ihr Jan all diese Ideen?
Sie überprüfte die historischen Daten auf ihre Korrektheit.
Wilhelmine von Sagan und Metternich pflegten bereits vor dem
Wiener Kongress im Jahre 1815 eine Beziehung. Vorsichtig, in
dem Gefühl, niemanden aufschrecken zu wollen, teilte sie dies
Jan möglichst neutral mit.
„Das mag sein. Ich habe mich mit dieser Zeit nicht eingehender
auseinandergesetzt. Macht das denn etwas aus?", war die
einzige Reaktion Jans.
„Nein. Für mich nicht. Ich wollte dich lediglich darauf hinweisen.
Von weiterer Bedeutung ist es nicht."
„Na, dann fahre ich einfach fort", lächelte Jan. Irma bemerkte
seine geröteten Augen.

Anfang April. Wie oft Jan montags die Arbeit schwänzte,
registrierte er nicht. Gerade zu Wochenbeginn fühlte er sich
körperlich völlig außer Stande, einen Arbeitstag zu bewältigen.
Alle Kraft war aufgebraucht. Der Eindruck erhöhter

Körpertemperatur wurde nach einigen Messungen zur Gewissheit. Bereits seit Dezember verlor er Gewicht. Er trank keinen Alkohol und aß wenig. Falls er an seiner Story arbeitete: Gar nichts. Um nur ja keine Zeit zu verlieren. Irma begegnete dem mit wachsender Besorgnis. Was ging in Jan eigentlich vor?

Jan fühlte eine *Besessenheit* in sich. Und zwar im wahrsten Sinne des Wortes. Gleich welche Tageszeit: Er konnte sich an seinen Schreibtisch setzen und schreiben. Liebesbriefe. Historische Ereignisse rund um den Wiener Kongress, obwohl er diesbezüglich lediglich über oberflächlich ergatterte Kenntnisse verfügte. Während der gesamten Zeit entwickelte er keinen Plan oder machte irgendwelche Notizen, recherchierte nicht oder richtete Fragen ans Internet. Fakten interessierten nicht. Immerzu *hörte* er in seinem Innern eine Stimme. So absonderlich dies auf ihn selber wirkte, verlor er lieber kein Wort darüber.

Die wiederholte Abwesenheit vom Arbeitsplatz verlangte den rechtfertigenden Besuch eines Arztes. Jan verlor weiter an Gewicht. Auch stellte sich wiederholt erhöhte Körpertemperatur ein. Jan informierte brav und unbeteiligt seinen Hausarzt, während dieser intensiv seinen Bildschirm begutachtete. Das Ergebnis dieser Untersuchung interessierte Jan nicht wirklich. Er gab sich nur so viel Mühe, damit Irma sich beruhigte. Natürlich wurde er zur weiteren Untersuchung an andere Krankenplätze überwiesen. Der Arzt riss seinen Blick vom Monitor los und verabschiedete sich von Jan, der den zur Beruhigung formulierten Sätzen des Arztes keine Beachtung schenkte. Es war weiter Zeit gewonnen. Und das zählte für Jan. Sonst nichts.

„Mach eine Pause und nimm etwas von dem Salat und Fleisch. Wir schauen uns zusammen einen Film an. Anschließend verordne ich dir strikte Bettruhe", befahl Irma. Besorgt prüfte sie Jans Stirn. Sie war heiß. Und seine Hände kalt. Seine Füße noch kälter.
„Hast du die Überweisung benutzt und die weiteren Termine abgesprochen?"

„Aber ja", log Jan. „Gleich nächsten Monat schauen sie durch mich durch, um festzustellen, was nicht richtig ist." Falls er morgen die Termine besprach, konnte er diese immer noch für den nächsten Monat verabreden. Hauptsache schreiben. Immer weiter schreiben.

„Du bist unglaublich weit gekommen", bemerkte Irma. „Wie wäre es, wenn du mal eine längere Pause einlegst und dich erholst? Ich möchte nicht unken: Aber falls sich nichts ändert, verlierst du noch deinen guten Job. Wie soll es dann weitergehen?", drückte Irma ihre Sorgen aus. „Ich kann die finanzielle Last für unser Leben nicht alleine tragen."

„Das musst du auch nicht, Liebste. Hältst du es nicht für möglich, dass diese Geschichte veröffentlicht wird?"

Irma war verblüfft. „Nein, Liebster. Das glaube ich nicht. Glaubst du denn daran?"

„Ehrlich gesagt, mache ich mir darüber keine Gedanken."

„Es ist ein bemerkenswerter Haufen handschriftlich beschriebenen Papiers entstanden. Aber wer das alles lesen mag, kann ich mir beim besten Willen nicht vorstellen", bemerkte Irma. „Mach doch bitte eine Pause. Mir zu liebe."

„Es geht nicht."

„Was meinst du mit: *Es geht nicht*?"

Der Moment war gekommen. Jan berichtete von einer Stimme tief in seinem Inneren. Diese diktierte ihm Wort für Wort den zu schreibenden Text. Er musste nur mitschreiben. Sonst nichts. Konzeption oder Plan waren hier nicht vonnöten. Nachts war diese Stimme besonders vernehmbar. Sie ließ ihn nicht zur Ruhe kommen. Ab und zu schlief er während des Diktats ein. Sobald er aufwachte, rührte sich die Stimme erneut. Und zwar genau von dem Punkt der Unterbrechung an. Jan fühlte sich diesem Phänomen praktisch ausgeliefert. Irma empfand, nach dieser absurden Geschichte, ihre Sorgen für allzu berechtigt.

Vier Wochen später. Jan war weiter abgemagert und litt ständig unter erhöhter Temperatur. Oder noch schlimmer: Fieber und Schüttelfrost. Sein Hausarzt befahl ihm einen Krankenhausaufenthalt. Und das umgehend.

„Heute muss ich erst noch etwas erledigen", antwortete Jan.

Er suchte seine Arbeitsstelle auf. Dort angekommen, wurde er sorgenvoll begrüßt. Denn jeder erkannte auf den ersten Blick, dass mit Jan irgendetwas nicht stimmte. Manche hielten Abstand. Möglicherweise litt Jan unter einer ansteckenden Krankheit. Ihm war alles gleich. Er sammelte lediglich einige wenige Sachen und das Diktiergerät ein. Das gehörte eigentlich der Firma. Aber er verstaute es unbemerkt unter all seinen persönlichen Sachen.

Wieder zu Hause, berührte er den stolzen Stapel handgeschriebenen Papiers. Eine Seligkeit durchrieselte Jans Körper. Auch wenn er sich nicht als der Schöpfer dieser Seiten empfand, war er doch dafür verantwortlich und stellte sich vorbehaltlos dieser Herausforderung.

Im Krankenhaus angekommen, setzte er seine Schreibarbeit fort. Personal und Ärzte waren zufrieden mit ihm. Er meldete sich nicht, beklagte sich mit keinem Wort, ließ vielmehr alles über sich ergehen. Doch wichtiger war: Er drängte keinen der Ärzte. Eine komfortable Situation für die Behandelnden. Denn über die Art der Erkrankung waren sie sich nicht bewusst. Nur Irma polterte lautstark. Doch immerzu befreite sie Jan von ihren Sorgen.

Von Tag zu Tag wurde er weniger. Sie sah es. Er aber schien glücklich mit seinen Ampullen im Arm. Und er war es tatsächlich. Denn dieser Krankenhausaufenthalt ermöglichte ihm eine ununterbrochene Periode der Niederschrift. Der Stapel Papier auf seinem Krankenhaustisch wuchs rasch. Jan bat Irma, die Seiten mit nach Hause zu nehmen.

Irma wandte sich an die Ärzte mit dem Wunsch, dass sie weitere Schreibarbeiten unterbinden sollten. Sie taten den Wunsch ab. Oder vergaßen ihn. Sollten sie einen Patienten etwa um das berauben, was ihm offensichtlich Freude bereitete?!

Nach sechs Wochen Krankenhausaufenthalt war von Jans Körper praktisch kaum mehr etwas übrig. Das Schreiben hatte er aufgeben müssen. Nun machte sich seine Vorsorge bezahlt: das Diktiergerät. Zwar protestierten seine beiden Nachbarn angesichts des ununterbrochenen nächtlichen Gemurmels und verlangten vom Personal, dass sie Jan sedierten, was regelmäßig und ohne Auftrag Jans auch erfolgte. So erholte sich sein Körper für die letzte Runde. Irma beschwor Jan, ihr zu berichten, was vor sich ging.

„Liebste, ich kann nur wiederholen, was ich bereits beschrieben habe. Nur, dass die Stimme heute zu einem Riesen in mir angewachsen ist, mich vollständig ausfüllt. Ich habe gar keine Wahl, als weiterzumachen."

„Wie lange noch, mein Schatz?", Irma rannen die Tränen über beide Wangen.

„Bis die Geschichte zu Ende erzählt ist. Würdest du dich bitte um die Bänder kümmern? Sie müssen nur abgetippt werden. Für zwei, drei neue Bänder wäre ich dir dankbar. Obwohl ich vermutlich nicht mehr so lange benötige."

Letzteres hatte er alleine der Beruhigung Irmas wegen angefügt. Er wusste nicht, an welcher Stelle er angelangt war. Und es interessierte ihn auch nicht. Er spürte keine Schmerzen. Dafür erhielt er zu viele Präparate. Er fühlte keinen Hunger. Keinen Wunsch, sich von hier wegzubewegen.

Dann war es soweit. Irgendwann in der Nacht sprach die innere Stimme ihre letzten Sätze und begann, sich allmählich zurückzuziehen. Und Jan folgte diesem Rückzug und erlosch mit einem seligen Lächeln auf dem Gesicht.

Publikation

Irma bemühte sich nachdrücklich um die Veröffentlichung des historischen Liebesromans. Sie fühlte sich Jan gegenüber verpflichtet, obwohl der sie schmählich verlassen hatte. Die Verlage reagierten irritiert. Die Seitenzahl, der Plot und der Stil stammten nicht aus dieser Zeit. Es blieb ihr nichts Anderes übrig, als sich an den Kosten zu beteiligen, was angesichts des Umfangs ruinös für sie war. Außerdem musste sie alle Rechte für fünf Jahre abtreten. Sie fand sich in diesen Vertragssachen nicht zurecht. Deshalb wählte sie den Verlag rein nach Sympathiepunkten. Weitere drei Jahre nach Erscheinen geschah praktisch nichts, von vereinzelten Bestellungen abgesehen, die ihre nahen Freunde und Verwandten ihr zu Gefallen orderten.

Im vierten Jahr meldete sich dann völlig unerwartet das ZDF. Sie wollten aus Jans Buch einen dieser sonntäglichen Schmalzstreifen machen. Zuerst begegnete Irma diesem Vorschlag mit größter Zurückhaltung. Wahrscheinlich war eine derartige Verarbeitung seines Buches nicht in Jans Interesse. Sie fühlte immer noch eine Verpflichtung, selbst nach all den Jahren.

Allerdings hielt ihre Ablehnung nur bis zur Erwähnung des für sie, als Jans Rechtsnachfolgerin, vorgesehenen Honorars. In dieser Hinsicht fühlte Irma sich sicher, dass diese Summe völlig in Jans Interesse war.

Nach Erscheinen der Schmonzette schossen die Verkaufszahlen unerwartet in die Höhe. Irma war dem Verlag für seine Unterstützung dankbar. Und der Verlag froh über diesen unerwarteten Erfolg.

Irma hätte sich sehr darüber verwundert, mit welcher Zufriedenheit *ihr* Jan dies auf seiner Wolke sitzend registrierte.

Berichterstattung

Das viele Jahre während Berufsleben verursachte H. F. ein ausgeprägtes Glücksgefühl. In ausgesuchten Momenten erfuhr H. F. dieses Gefühl sogar körperlich. Schaute er auf die sich ständig wandelnde Arbeitswelt, so steigerte sich diese Empfindung sogar. Ob bewusste Wahl, Zufall oder wohlmeinende Fügung ihn in diese Position befördert hatte, war H. F. so was von gleichgültig, dass kein einziger Gedanke daran verschwendet oder auch nur ein Quantum seines Glückes deswegen verloren ging. Er lebte seinen Job in genussvollen Zügen.

Ein Nutznießer dieser Begeisterung war sein Arbeitgeber. Jederzeit verfügbar, niemals um ein Gehalt oder eine Sonderzahlung feilschend, stellte H. F. für diesen einen Glücksfall dar, der auch weidlich auszunutzen war. Familie, Freunde und Angehörige H. F's. sammelten sich um diesen Arbeitsmittelpunkt. Und war dies jemandem zu wenig, so verschwand er unbemerkt aus dem Umkreis. Mag sein, dass ihn seine Kinder noch am meisten vermissten. Doch waren sie mittlerweile alle zu Menschen mit eigenem Leben herangewachsen und mochten H. F. nicht länger seine Erziehungsdefizite vorhalten. Dergleichen Klagen wären ohnehin wirkungslos an H. F. abgeglitten.

So erreichte H. F. sein fünfundsechzigstes Lebensjahr mit dem Gefühl, seit Jahrzehnten nicht gealtert zu sein. Es mag damit zusammenhängen, dass er von einem Höhepunkt zum nächsten eilen durfte. Routine, Langeweile und Müdigkeit waren ihm gänzlich fremd. Ödete ihn etwas an, so berichtete er darüber, was seine Seele rein hielt und den Magen vor Geschwüren bewahrte.

Abermals kündigte sich einer dieser Höhepunkte an. Sein Arbeitgeber stellte die überflüssige Frage: „Bist du bereit für den 21. Mai?"

„So sicher, wie dieser Termin im Kalender feststeht", lächelte H. F. zurück. Damit erhielt er sein Ticket und einiges statistische Material ausgehändigt. Nicht, das H. F. dies nötig hatte. Doch nahm er die Seiten ohne ein weiteres Wort entgegen, um anschließend gleich die nötigsten persönlichen Sachen zu packen und sich auf die kurze Dienstreise zu begeben. Niemand aus seiner Umgebung musste informiert werden. Allen war klar, was H. F. an diesem 21. Mai erledigen würde. Und zwar so zuverlässig, unterhaltsam und erfolgreich, wie zu jeder anderen Zeit während seiner langen beruflichen Laufbahn.

Im Taxi zum Flughafen nickte H. F. kurz ein. Der Fahrer weckte ihn am Ziel mit einem lauten Ruf. H. F. schreckte hoch, gab ein für seine Verhältnisse üppiges Trinkgeld und begab sich zum Flughafenschalter. Ihn schwindelte ein klein wenig. Das führte H. F. auf den groben Weckruf im Taxi zurück. Auch fühlte er sich durch den kurzen Schlaf keineswegs erfrischt. Im Gegenteil eher neblig und dumpf. Das oftmals durchlebte Procedere am Flughafen drückte ihm unerwartet scharf auf die Nerven. Er musste es über sich ergehen lassen.

Sobald er seinen Sitzplatz in der Maschine erreicht und das Handgepäck verstaut hatte, verfiel er ungewohnter Weise sofort wieder dem Schlaf. Der dauerte ohne Unterbrechung bis zum Sinkflug der Maschine. Erholter fühlte sich H. F. immer noch nicht.
Sobald er in Berlin landete, suchte er eine Fahrgelegenheit zum Hotel.
„Dort werde ich mich erfrischen und ausruhen", nahm er sich vor. Denn in neun Stunden musste er fit, ausgeruht und frisch sein.

„Sind sie nicht H. F.?", fragte ihn der Taxifahrer. Keine Frage war ihm öfters in seinem Leben gestellt worden. Aber erstmals antwortete er abweisend. Überrascht von dieser Laune legte er sich im Hotel gleich zu Bett. Ohne Erfrischung. Die konnte warten.

H. F. erwachte nicht, er schreckte mit dem deutlichen Gefühl, verschlafen zu haben, übergangslos hoch. Wirklich zeigte der Wecker bedenkliche Nähe zur verabredeten Stunde. Eine wütend anmutende Welle durchschwappte seinen Körper von oben nach unten und wieder zurück. Hatte er keinen Weckdienst bestellt? Erbost griff H. F. zum Hörer um sich lauthals zu beschweren und sich so von dieser wütenden Welle zu befreien. Die Antwort war höflich, aber bestimmt: Er hatte keinen Weckdienst gewünscht. Auch nicht auf Nachfrage. Man hatte, gewöhnt an seine regelmäßige Anwesenheit, von Seiten der Rezeption selbstverständlich direkt nach seiner Ankunft darauf aufmerksam gemacht. „Danke nein!", war die unmissverständliche Antwort.

H. F. wollte nicht streiten, konnte nicht streiten. Denn seine Erinnerung in dieser Angelegenheit war nicht der gewünscht zuverlässige Partner. Also ließ er es, machte sich frisch, um unverzüglich an den für ihn reservierten Platz zu eilen.

„Du bist spät dran", begrüßte ihn eine besorgte Stimme. „Wir hatten schon Sorge, jetzt noch einen Ersatzmann für dich aus dem Hut zaubern zu müssen."
Mit einem süffisanten Lächeln wischte H. F. diese Sorge beiseite.
„Wo sind denn deine Unterlagen?", fragte die besorgte Stimme.
Tatsächlich wusste H. F. nicht, wo er das statistische Material gelassen hatte. Im Hotel? Im Taxi?
„Was soll es. Ziehe ich halt meine reichhaltige Erfahrung zu Rate, falls es nötig werden sollte. Die Zuschauer interessieren ohnehin nicht die genauen Einsatzzeiten oder ehemaligen Positionen und dergleichen gesammeltes Stückwerk", wischte H. F. jovial über seinen Fauxpas weg. Jedenfalls versuchte er es. Denn der unmissverständliche Gesichtsausdruck seines Gegenübers zeigte ihm deutlich an, dass ihm dies nicht gelungen war.
„Ist alles in Ordnung mit dir?" Der Grad der Besorgtheit in der Stimme war deutlich vernehmbar.

„Aber natürlich! Ich hatte nur nicht die Zeit, auch noch einen Frisör aufzusuchen." Wieder der Versuch, unter zu Zuhilfenahme eines Scherzes die Situation zu bereinigen. „Dann lass uns gleich beginnen. Achtung! Kamera! Es geht los."

„Guten Abend meine sehr verehrten Damen und Herren! Ich darf sie auf das herzlichste hier aus dem Olympiastadion von Berlin an diesem herrlichen Samstagabend begrüßen. Die Temperaturen betragen angenehme achtzehn Grad und wir erwarten ein spannendes Spiel zweier großer Mannschaften. Das Olympiastadion ist mit vierunddreißigtausend Menschen ausverkauft."

Ein Assistent fuchtelte mit den Armen. H. F. verstand nicht, weshalb. Eine Tafel wird hektisch beschriftet und über den Köpfen geschwenkt. Darauf steht in großen Ziffern: Vierundsiebzigtausend.

Es dauert lediglich einen kleinen Moment und H. F. fährt fort: „Vierunddreißig tausend Anhänger von Borussia und", H. F. benötigte einen langen Moment um die korrekte Differenz auszurechnen. Schon heftete der Assistent erneut seinen Blick auf H. F.. „Vierunddreißig tausend Anhänger der Bayern. Fünf tausend neutrale Zuschauer kommen hinzu. Macht zusammen: Vierundsiebzig tausend erwartungsfrohe Gesichter. Und eines davon ist das meine. Und ich hoffe, Sie werden dieses sicher spannende Spiel genauso erwartungsfroh erwarten," der Assistent verschwand aus H. F's. Blickfeld, „wie ich selber. Nun gebe ich gleich weiter, an meine Kollegin am Spielfeldrand. Sie hat einige interessante Interviewpartner für Sie. Wir hören uns in wenigen Minuten wieder."

Statt des Assistenten hechtete der Regisseur persönlich herbei.

„Was ist los mit dir?", fragte er nicht besorgt, sondern aufgebracht.
In ebenfalls aufgebrachtem Tonfall antwortete H. F.: „Was soll schon sein?"

„Erwartungsfroh erwarten! Dergleichen geht gar nicht. Gerade nicht aus deinem erlauchten Mund. Und vierunddreißigtausend plus vierunddreißigtausend plus fünftausend sind dreiundsiebzig-tausend."
Das war wirklich nicht nett formuliert. Und: H. F. hatte es tatsächlich nicht bemerkt. Er durfte dies hier und jetzt natürlich nicht zugeben. Eine passende Antwort fiel ihm auch nicht ein. So ging er schweigend über diesen Fauxpas hinweg.

„Wo ist das aufgearbeitete Material?", wollte nun auch der Regisseur erfahren. H. F. wand sich mit einem Hinweis auf das Taxi aus dieser peinlichen Situation. Ein klein wenig mehr Erregung als üblich empfand er schon.

„Bist du fit um den heutigen Abend durchzuhalten?", wollte der Regisseur von H. F. wissen. Der tat einen empörten Satz und verabschiedete den Regisseur aus diesem Gespräch.

„Dann sei bereit. In einer knappen viertel Stunde geht es los. Für die dort auf dem Spielfeld und für dich!" Abgang des Regisseurs.

„Sehr verehrte Damen und Herren!
Die Zeit des Wartens ist vorüber, der Anstoß erfolgt. Beide Mannschaften agieren in diesen ersten Minuten zurückhaltend. Das Spielgerät wird behutsam hin und her geschoben. Und erneut ein Rückpass. Da ist es interessanter, über das gute Wetter und die Aussichten auf die nächsten Tage zu berichten. Und wieder zurück."
Schweigen am Mikrofon.
„Überbrücken wir die Zeit mit Anekdoten. Es gab des Öfteren schlechte Spiele. Anno 1983 in Köln etwa. Als der 1. FC ein schmähliches 1:0 gegen die Fortuna aus Köln in neunzig Minuten littbarskirisierte - Pardon - zusammen zimmerte. Oder 1993, als Leverkusen gegen die Amateure von Berlin sich zum unverdienten Sieg quälte. Das waren ähnlich langweilige Spiele. Keine Torannäherung. Eigentlich könnten wir erneut zu den Interviews schalten. Das wäre für den Zuschauer interessanter. Doch während des Spiels mag sich ja niemand

bestimmt äußern. Der erwarteten Neutralität gehorchend. Oder eines vor der Öffentlichkeit verborgenen Fußball-Unverstandes wegen. Zahlreiche Persönlichkeiten des öffentlichen Interesses gehören zu dieser Gruppe. Dabei muss sich wahrlich niemand dafür schämen, nichts von dieser Sportart zu verstehen."

„Der nennt doch hoffentlich keine Namen!", echauffiert sich der Produktionsleiter in der Aufnahmekammer. „Weiß dieser Kerl, wer heute alles zuhört und wer sich alles angesprochen fühlen *könnte*?"

H. F., unbeirrt, aber doch in einer Art schwebendem Zustand, fuhr fort in seiner Livereportage: „Und nun ein Wort an die Zuschauerinnen. Da sich auf dem Spielfeld auch weiterhin nichts von Belang ereignet, bitte ich, die Aufmerksamkeit auf das modische Outfit der Beteiligten zu richten. Zugegeben: Bis in die siebziger Jahre war die Hose sehr viel knapper. Und die Burschen stämmiger. Bis auf einige ausnehmend filigrane Techniker, Pardon: Spieler. Heute fallen in erster Linie die Tattoos ins Auge. Aber, sehr verehrte Damen, finden sie diese Hautverfärbungen nicht in vielen Fällen verunstaltend?"

Der Regisseur schoss aus seinem Stuhl. War dieser H. F. noch bei Trost? Er sollte gefälligst sein vorbereitetes Material benutzen. Welche Absichten verfolgte der Kerl? Was war in H. F. gefahren? Klang seine sonst so angenehme Stimme nicht irgendwie abgehoben?

„Aber zurück zum Spiel."

Dem Himmel sei Dank - so der Regisseur und Produktionsleiter unisono.

„Zwischen der 1. und 35. Minute hat sich nichts getan. Ich kann dieses Spiel nicht schönreden. Versuche ich es also mit rühmlichen Ereignissen aus der Vergangenheit. Kennen sie den ehemaligen Hertha Torhüter Dieter Quasten?"

Beinahe erwartungsvoll-gespannte Ruhe im Produktionsraum.

„Dieser Torhüter schoss während seiner Laufbahn sieben Feldtore. Er absolvierte 43 Spiele im DFB Pokal. Am 09.08.1980 verwandelte er in der 2. Bundesliga Nord als Herthaner gegen den VC Viktoria Köln bei Stand von 4:0 einen Handelfmeter, schoss zwei Handelfmetertore im DFB Pokal am 29.09.1979 in der Partie FC 08 Homburg gegen Würzburger FV. Es endete 5:0. Bemerkenswert auch sein *Abstaubertor* beim 4:1 der Hertha gegen Stuttgarter Kickers in der 67. Minute am 05.09.1981."

„Wer bitte ist Dieter Quasten? Woher hat der all diese Dinge? Klingen wie abgelesen. Der soll von allseits bekannten Kickern reden. Gab es überhaupt einen Dieter Quasten?"
„Aber natürlich, Chef", antwortete eine rücksichtsvolle Stimme aus dem Hintergrund. „Wahrscheinlich war der wegen Berlin in seinem Material vermerkt und H. F. hat sich an ihn erinnert. Allerdings heißt er nicht Dieter, sondern Gregor."
„Und was bitte soll *littbarskirisiert* bedeuten?"
„Eine Verballhornung des damaligen Torschützen", gab die rücksichtsvolle Stimme zur Antwort.

Live

„Doch nun zur Halbzeitpause eines Spiels, welches ob des eklatanten Mangels an Qualität eigentlich keiner Pause bedarf."

Alle Mitarbeiter des Programms erstarrten. Derart heftige Kommentare waren selten. War es demnach heldenhafte Verteidigung der Realität oder Vorgriff auf die Kündigung?

Weiter H. F.: „Im Moment bin ich nicht informiert, wer Ihnen, liebe Zuschauer, über die nächsten Minuten helfen soll. Mit dem Pausenfüller eines langweiligen Kicks möchte ich nicht tauschen."

„Sofort nach unten schalten, bevor dieser Kerl noch schlimmere Statements über den Kanal verbreitet. Sofort!"

„Ist geschaltet."

„Und her mit dem Kerl! Holt mir ein Mikrofon und lasst mich mit ihm reden."

Eilig wird eine Verbindung zum Arbeitsplatz von H. F. geschaltet.

„Hör mir gut zu, H.! Was du heute von dir gibst, will niemand hören! Jedenfalls niemand in der Redaktion. Passiert nichts auf dem Spielfeld, so lese brav das aufbereitete Infomaterial vor. Damit ist die Zeit sinnvoll genutzt. Unterlass aber diese kruden Kommentare! Die will niemand hören und dafür interessiert sich auch niemand! Zuallerletzt wirst du dafür auch nicht entlohnt. Hast du mich verstanden?"

„Aber ja!", entgegnete H. F.. Dabei nahm er sich im Gegenteil vor, noch schrägere Geschichten einfallen zu lassen. Augenblicklich fiel ihm leider nichts für seinen Geschmack Passendes ein. Aber noch war ja ausreichend Zeit.

Plädoyer gegen die Zeitverschwendung

„Sehr verehrte Damen und Herren. Wir treffen uns zum Anpfiff der 2. Halbzeit. Falls es nach neunzig Minuten noch unentschieden steht, wird es eine dreißig minütige Verlängerung geben. Bleibt es auch danach bei einem Unentschieden, folgt ein Elfmeterschießen. Das sind zusammen nochmals mehr als fünfundvierzig Minuten, die wir miteinander verbringen werden. Ich freue mich darauf und hoffe, Sie gut unterhalten zu können."

„Der soll die Zuschauer nicht unterhalten, sondern das Spiel kommentieren", murmelt der Produktionsleiter.

„Das Spiel der zweiten Halbzeit beginnt wie die erste. Beide Mannschaften tasten sich vorsichtig ab. Wenden wir uns deshalb den ungewöhnlichen Fähigkeiten der Spieler zu. Ein Mensch benötigt geschätzte zehntausend Stunden, um eine besondere Fähigkeit zu entwickeln. Talent und Neigung einmal nicht gerechnet. Nun nehmen Sie ihr Hobby und fragen sich, wie viele Stunden Sie investieren. Vermutlich durchschnittlich keine Stunde am Tag. Bei 362 Tagen sind das knapp 28 Jahre, bis Sie soweit sind. Natürlich je nach Neigung und Hobby. Sie könnten diese Zeit verkürzen, in dem sie die tägliche Übung um eine Stunde verlängern und die Lehrzeit damit halbieren. Allerdings sind 14 Jahre ja auch noch eine Adresse."

„Um Himmels willen! Jetzt hat H. F. den Verstand verloren."

„Nun vertraue ich Ihnen ein Geheimnis an: Rechnen Sie sich aus, wie viele Stunden Sie vor dem Apparat sitzend Fußballspiele verfolgen. Und addieren Sie diese Stunden mit der wöchentlichen Stundenzahl für ihr Hobby. Und Sie werden schnell erkennen, dass der Gewinn bemerkenswert ist. Sie haben also die Wahl: Falls Fußball schauen ihr Hobby sein sollte, bleiben Sie bei uns. Anderenfalls: Holen sie ihr Schachbrett oder Malkasten, ihr Häckelzeug oder was auch immer Ihre Wahl sein sollte und machen Sie sich daran, einfach besser zu werden!"

„Abschalten. Sofort Abschalten!"

Bote

Dunkle Bühne. Zwei schwache Scheinwerfer. Einer auf eine gesichtslose, verhüllte Gestalt, einer auf eine fünfund-dreißigjährige, männliche Person gerichtet.

Der Bote: „Die Zeit ist gekommen!"
„Wie meinen?"
„Ich bin der Bote und überbringe lediglich die Nachricht."
„Welche Nachricht bitte?"
„Dass es zu Ende ist."
„Was ist *es*? Und wer *sind sie*?"
„Der Bote. Und mit *es* ist dein Dasein gemeint."
„Ist das ein schlechter Scherz?"
„In 95 % aller Fälle ist dies die erste Frage. Nein. Kein Scherz. Kein Streich missgünstiger Freunde. Schlicht die Nachricht: Das Ende steht bevor."

Stille

Absichtliche Stille, damit diese Situation ein Ende findet. Die Situation? Vielleicht ein Rausch? Oder ein Traum? Ohnmacht? Die beiden Figuren stehen sich gegenüber. Der Bote und K.

„Ich bin kein gläubiger Mensch. Weshalb also sollte gerade *mir* die Nachricht über mein nahendes Ende angekündigt werden?"

„Soweit der Bote informiert wurde: Weil du häufig dein Ende herbeigerufen hast."
„Intimes Wissen. Oder nur gut geraten?"
„Ich bin kein Diskussionspartner. Ich bin der Bote."
„Wie konnte ich das vergessen!? Tiefe Einsicht muss ja rätselhaften Ursprungs sein. Sonst fehlt die Spannung. Aber wen bitte soll ich sonst fragen?"

K versucht, die ihn umgebende Gegenwart zu durchbrechen.

„Mein Wissen ist begrenzt. Aus diesem Grund kann ich wenig Antworten bieten", so der Bote.
„Dann verstehe ich den Sinn der Botschaft nicht."
„Genaugenommen überbringe ich die Botschaft - und damit ist meine Aufgabe abgeschlossen. Über Sinn und Zweck kann ich keine Auskunft geben. Kenntnisse über den jeweiligen Sachverhalt sind mir nie bekannt."
„Träume ich? Oder befinde mich in einem Rausch? Was hat es mit dieser Inszenierung auf sich?"

„Diese Frage wird mir häufig gestellt. Allein, mir ist keine befriedigende Antwort darauf vergönnt. Möglicherweise liegt in dieser vorzeitigen Information eine Chance für die Betroffenen. Ich kann es wirklich nicht mit Sicherheit sagen."
„Prima. Eine fragwürdige Situation und zweifelhafte Gesellschaft. Dies alles geschieht demnach in meiner Einbildung. Eine Theateraufführung meiner regen Phantasie. Eigentlich eine feine Sache. Wenn nur das Thema ein anderes wäre."
„Mitempfinden ist mir fremd. Ich kann lediglich darauf hinweisen, dass es dich mehrfach nach dem Ende verlangt hat. Nun ist es nah."
„Werde ich leiden?"
„Konkrete Folgen oder Auswirkungen sind mir unbekannt."
„Aha. Wahrscheinlich eine andere Abteilung, dort oben?"
„Ich registriere wohl den subtilen Spott."
„Das soll eigentlich nach gar nichts klingen. Ich will Antworten. Gewissheiten. Zumindest Erklärungen. Von welchem Wert ist anderenfalls eine solche Botschaft?"
„Vielleicht eine Chance, noch etwas zu regeln was bisher versäumt wurde, oder noch dringend zu erledigen ist!"
„Wenn mir hier und jetzt das Ende meines Daseins angekündigt würde ..."
„Wird!"
„... wo sollte ich beginnen? Die Liste ist lang."
„Schade."
„Weshalb schade?"

„Weil ich in deinem Fall davon ausging, dass die wenigen Angelegenheiten schnell und reibungslos abgewickelt werden könnten."

„Aha. Also gibt es da doch einige Gedanken hinter dieser verschlossenen Fassade."

„Nur ein Rückschluss aus bereits bekannten Begebenheiten. Wird wiederholt nach dem Ende gerufen, setze ich voraus, dass der Protagonist mit sich im Reinen ist und dementsprechend handelt."

„Eine *Reinheit*?"

„Nun ja. Vielleicht auch nur ein Bewusstsein für die Ereignisse entwickelt hat."

„Ehrlich gesagt: Ich bin etwas überrascht von der Tatsache, dass ich gehört worden bin. Die Annahme, dass dort jemand ist, befremdet mich."

„Gut! Der *Tatsache*. Das gefällt mir besser. Allmählich setzt sich die Erkenntnis durch."

„Nichts setzt sich hier durch! Der Vorhang wird sich öffnen und ich werde diese Bühne unbescholten verlassen."

„Bühne? Unbescholten verlassen? Keineswegs."

„Was soll das heißen? Noch weiß ich nicht einmal, ob ich nicht nur heftig träume."

„Kein Traum. Dessen sei dir gewiss."

Es öffnet sich ein Vorhang kurz hinter den beiden Figuren. Ein schwach ausgeleuchteter Raum mit spartanischer Einrichtung wird sichtbar. Dunkles braun-rot. K schaut sich um.

„Und wer soll mich hindern, diesen Raum zu verlassen?"

„Niemand. Es ist an sich unmöglich."

„Blödsinn!" Eilig begibt sich K an die Tür und rüttelt heftig am Türgriff. Danach schlägt er mit der flachen Hand gegen die Türfüllung. Keine Bewegung. Niemand reagiert. Niemand hört sein Rufen. Nach Minuten der Anstrengung lässt K davon ab, dreht sich zu der Figur und nimmt sie erstmals genau in Augenschein.

„Wer sind sie?"

„Wie bereits gesagt: Der Bote."

„Was soll das Ganze?" K's Stimme steigert sich um Nuancen.

„Ich dachte, wir wären über dieses Stadium hinaus."

„Welches verdammte Stadium?"

„Der Verweigerung dieser besonderen Situation. Wirklich schade. Allerdings bin ich an die Wiederholung gewöhnt. Also nochmals: Das Ende ist nah."

„Falls dies ein Traum ist und ich mich im Wachzustand daran erinnern kann, werde ich aus dem Staunen nicht mehr herauskommen."

„Falls es überhaupt noch einen *anderen Zustand* für dich geben wird, so lediglich um ein oder zwei unerledigte, nicht unbedeutende weltliche Dinge zu erledigen. Also nicht einmal vierundzwanzig Stunden. Gibt es deinem Verständnis nach nichts mehr zu tun, mach dich mit dem Hier und Jetzt vertraut."

Das Herz K's schlug tonnenschwer. Denn allmählich, aber nachdrücklich, machte sich eine Verunsicherung in ihm breit. Er saß auf dem einzigen Sofa im Raum, nahm sich endlich die Zeit, sich umzuschauen. Das von ihm benutzte Sofa, eine Kommode, Vorhänge, die den Hintergrund verdeckten. Und wieder der Blick auf die Figur. Das Staunen K's wuchs, weil ihm eine Schilderung dieser Figur, ein Erfassen und Beschreiben, ausgeschlossen war. Wie war ein solcher Effekt nur möglich? K wagte nicht, nach dieser Figur zu greifen, aus Furcht, sein ephemerischer Eindruck würde sich bestätigen. Ersatzweise tastete K an sich herab. Seine Hosenbeine waren greifbar. Er war also kein Geist. Zumal das Herz absolut zuverlässig und deutlich vernehmbar in seiner Brust schlug.

K stellte fest: „Ich lebe."

„Wenn du diesen Zustand so beschreiben magst", antwortete der Bote.

„War da nicht vom Ende die Rede?"

„Vom *nahenden* Ende. Ich bitte, genau hinzuhören."

„Und wann ist es soweit?"

„Kann ich nicht sagen."

„Weil sie es nicht sagen wollen?"

„Weil ich es nicht weiß."

„Weshalb bin ich an diesem rätselhaften Ort?"

„Damit die Nachricht übermittelt und aufgenommen werden kann."

„Das ist nun geschehen. Weshalb bin ich immer noch hier?"

„Weil die Übernahme nicht funktioniert hat."

„Wie macht sich das bemerkbar?"

„Bei gelungener Übernahme wären wir beide nicht mehr an diesem Ort."

„Was muss ich dafür tun?"

„Das entscheide nicht ich. Und bevor die nächste, aufdringliche Frage gestellt wird: Weil ich es nicht weiß! Nur so viel: Den nächsten Schritt zu tun, gehört zu deiner Aufgabe. Anschließend sehen wir weiter."

„Sehe ich das richtig? Weil mir irgendetwas entgangen ist, halten wir uns beide an diesem befremdlichen Ort auf?"

„So kann man es darstellen."

„Sie sind mir keine Hilfe."

„Ist der Postbote eine Hilfe, falls er ein bedeutungsschweres Schreiben aushändigt? Nein. Er übergibt das Schreiben, vergewissert sich durch Empfangsbestätigung und zieht danach seiner Wege."

„Sie stehen allerdings immer noch am selben Platz wie zu Beginn dieser ..." K fehlten die treffenden Worte „... Szene."

„Weil die Übergabe noch nicht bestätigt wurde. Solange ist meine Anwesenheit möglich, nötig und gestattet."

„Gestattet? Wie interessant! Wer *gestattet* dergleichen?"

Ein Kopfschütteln als Antwort

„Sie sind keine große Hilfe."

„Richtig. Das ist auch nicht meine Aufgabe. Oder vielmehr: Das sprengt meinen vorgegebenen Aktionsradius. Du bist der Empfänger. Das Siegel ist gebrochen. Die Nachricht weitergegeben. Der nächste Schritt liegt alleine bei dir!"

K dachte nach. Es war an der Zeit, sich aus diesem Traum zu verabschieden. Aber wie? Für eine Einbildung war die Szene zu konkret. Konnte irgendein Rausch derartige Halluzinationen hervorrufen? K erinnerte sich an keine Drogen oder Alkohol. Überhaupt fehlte jede Erinnerung an ein *Vorher*. Also doch nur ein ganz bemerkenswerter Traum. Ob er sich nach Erwachen an diese Intensität erinnerte? Welches Verhalten wird dieser Absurdität gerecht? Sollte K einfach *mitspielen*? Ein wenig neugierig war er schon, wohin das Szenario führen würde. Solange er sich nicht zu befreien wusste - was blieb anderes übrig?!

„Meine Aufgabe, falls ich richtig verstanden habe, soll die konstruktive Übernahme der Nachricht meines nahenden Endes sein."

„Mit allen Konsequenzen."

„Mit allen, mir bislang unbekannten, rätselhaften Konsequenzen."

„Von meiner Seite ist alles gesagt.

„Dann sollten wir beide von diesem unleidlichen Ort verschwinden!"

„Sobald du den nächsten, konkreten Schritt reichlich erwogen und direkt anschließend ergriffen hast, können wir *verschwinden*. Aber noch sträubst du dich geschickt und wirksam. Wir haben allerdings so viel Zeit wie nötig. An diesem Ort und *für mich*, sind Menschenjahre ein Wimpernschlag. Wie ein weicher Windhauch vergeht ein Monat. Hast du dich entschlossen, sind wir hier schnell fertig."

„Ständig ist die Rede von einer Entscheidung, die ich zu treffen habe. Dann entscheide ich mich, mein nahendes Ende abzuwenden."

Ein Kopfschütteln des Boten war die Antwort.

„Hör in dich hinein! Gibt es kein Bedürfnis, noch etwas zu erledigen? Lohnt es sich nicht, wenigstens noch ein Vorhaben zu verwirklichen? Teil es mir mit, dann sind wir beide hier gleich fertig."

„Ich versteh´nicht."

„Doch. Du verstehst. Du sträubst dich nur. Denk nach! Such! Fühle!

„Meine Verwirrung ist hoffentlich verständlich. Fasse ich mal zusammen: Falls ich nicht halluziniere oder mich im übelsten Rausch meines Lebens befinde, halte ich mich in einem bizarren Raum mit einem mysteriösen Boten auf, der mir die Nachricht vom nahenden Ende meines Daseins überbringt, sich sonst nur in Andeutungen gefällt und mir eine Entscheidung zuschiebt, noch ein oder zwei bodenständige Angelegenheiten zu erledigen. Und natürlich nicht von dieser Stelle aus, sondern

nach meiner Entlassung aus diesem bizarren Raum. Und unter einem eng begrenztem Zeitrahmen. Wie hört sich dies für die Ohren meines *außerweltlichen Boten* an?"
„Wie das Strampeln eines gefangenen Fisches. Der Haken dringt allerdings mit jeder Bewegung nur tiefer in das Fleisch."
„Ich bin aufgefordert, meinem Abschied konstruktiv entgegenzuziehen. Brav meiner Liebsten mitteilen, dass sie nicht traurig sein braucht. Ich wandle ja nur zusammen mit einer absurden Figur in die Hölle. Oder doch vielleicht in den Himmel? Meinem Arbeitgeber, treu ergeben, keine Krankmeldung, sondern das endgültige Aus mitteilen, damit dieser sich zeitnah um Ersatz bemühen kann. Da hab ich mir das Fegefeuer doch anders vorgestellt."
„Fegefeuer gefällt mir."
„Gibt es möglicherweise im Jenseits ebenfalls eine Hierarchie? Kann ich in diesem Fall mit dem *Vorgesetzten* sprechen?"
„Ein gelungener Scherz. Vorgesetzter," gurrte der Bote. Und weiter: „Hast du darüber nachgedacht, ob man nicht vielleicht wegen deines vorlauten Gehabes zu dem Ergebnis gekommen ist, dass du die Spielregeln verstanden hast?"
„Spielregeln? Die da wären?"
„Immerhin die freie Entscheidung, wenn auch im Rahmen begrenzter Möglichkeiten."
K lachte: „Allerdings begrenzt. Die Freiheit, diese Lokalität zu verlassen, hab ich nicht. Ein Traum ist dies ebenfalls nicht. Keine mir bekannte Droge verursacht ein solches Szenario. Geistige Ungesundheit schließe ich aus. In einer derartigen Situation soll ich Entscheidungen treffen?! Ohne auch nur eine Ahnung über mögliche Folgen? Noch besser: Ich spüre keine Tendenz zu dem, was man offensichtlich irgendwo und anonym von mir erwartet zu tun. Vielleicht würde ich mich entscheiden, wenn mir eine Richtung vertraut wäre. Sicher soll ich die Welt nicht über dies", K deutet mit seinem Arm in die Runde, „in Kenntnis setzen. Wäre auch zwecklos. Bis auf wenige Spinner schenkt mir niemand Glauben. Und welchen Zweck könnte eine solche Schilderung überhaupt erfüllen? Bewusster zu leben? Dankbarkeit für ein erfülltes Dasein? Eine Steigerung der Hilfsbereitschaft? Solidarität? Nein. Nichts davon. Mir ist keine Angelegenheit bewusst, die es angesichts dessen wert wäre,

erledigt zu werden. Unnötige Aufregung würde ich auslösen. Die an mich gestellte Erwartung muss ich leider unerfüllt von mir weisen. Falls ich einer Strafe gewärtig sein muss, so lass hören. Ich bin bereit."

„Große Worte. Strafen liegt außerhalb meines Wirkungskreises. Was hätte sie hier auch für einen Sinn! So werden wir hier gemeinsam Zeit verbringen, bis deine Entscheidung gefunden ist."

„Eine derartige Ausnahme stelle ich dar, dass alleine für mich ein Bote reserviert wird? Und das über einen unbegrenzten Zeitraum? Na - kann ich darauf nicht ein wenig Stolz sein? Auch wenn ich diese Situation als Vergeltung auffasse, mich nicht entscheiden zu wollen. Richtig verstanden geht es für mich ja nur weiter, wohin auch immer, falls ich mich zu einer Sache durchringe. Das könnte dauern."

„Zeit ist an diesem Platz und für mich relativ. Lass uns die Unerschütterlichkeit und Stärke deines Beharrens auf die Probe stellen."

K geht zur Kommode, sucht vergeblich nach Schubladen. Eine Öffnung gibt es nicht. Auch keine Gegenstände auf der Platte. Er geht zurück zum Sofa und setzt sich still in eine Ecke. Der Bote bleibt unbeweglich am selben Fleck.

Die Szene verschwindet allmählich im Dunkel. Schnitt.
„Das ist der Patient, Herr Doktor."
„Also der Motorradunfall von heute Vormittag? Hat sich eine Änderung seines Zustandes eingestellt?"
„Nein. Er liegt nach wie vor im Koma. Gehirnwellen sind vorhanden. Aber jeder Versuch, ihn zurückzuholen, ist gescheitert. Lungenmaschine und künstliche Ernährung sind implantiert."
„Hat er Verwandte, die eine Entscheidung über das weitere Vorgehen treffen dürfen?", fragt der Arzt.
„Nein, Herr Doktor. Außer einer Freundin hat er keinen Besuch erhalten."
„Dann bleibt alles auf unabsehbare Zeit, wie es ist! Achten sie darauf, dass er sich nicht wundliegt."
Vorhang fällt.

Werdegang

Mama und Papa drängten Jens in eine Ausbildung zum kaufmännischen Angestellten. Der schwänzte die Schule und ließ sich am Ausbildungsplatz nur sehen, wenn es unausweichlich notwendig wurde. So zum Beispiel immer dann, falls sein Elternhaus über Fehlstunden schriftlich informiert werden sollte. Schule und Ausbildungsplatz hatten wenig bis kein Interesse an dem Schüler. Das nutzte Jens für seine Zwecke, indem er jede freie Minute seiner eigentlichen Leidenschaft opferte.

Kurz vor seinem achtzehnten Lebensjahr lernte er Anne kennen. Und ohne Anne, seiner zweiten Leidenschaft, wäre er keinen Schritt weitergekommen. Sie war ein Jahr älter als Jens und stand bereits mit beiden Beinen in ihrem Leben. Eigenes Einkommen, eigene kleine Wohnung, also weitestgehende Unabhängigkeit von den Klammern der Erwachsenenwelt. Was Anne an Jens fand, können wir hier nicht ausbreiten. Davon hält uns kein Unwille ab, sondern pure Unkenntnis. Es gibt halt für jeden Pott einen Deckel. Zum Glück für die Beteiligten! Jens fand den für sein Vorhaben nötigen Rückhalt, inklusive einer ansehnlichen Person und sogar angenehme körperliche Ent-spannung. Anne dagegen einen netten Kerl, der nach ihrem Verständnis anspruchslos, freundlich und hilfsbereit ihren persönlichen und körperlichen Bedürfnissen entsprach. Seine Pläne unterstützte sie vorbehaltlos, ohne sich auch nur für einen Augenblick in konkreten Zukunftsaussichten zu verlieren. Das wusste Jens an seiner Anne zu schätzen. Aufmerksam erfüllte er Aufgaben, die seine Altersgenossen lediglich mit einer abfälligen Handbewegung abgetan hätten. Dafür durfte er sich von seinem Ausbildungsplatz verabschieden. Anne fand es bemerkenswert angenehm, nach einem langen Arbeitstag in eine geputzte, aufgeräumte Wohnung heimzukehren. Alles war eingekauft. Das Essen vorbereitet. Selbst die Toilette war geschrubbt. Für einen Achtzehnjährigen fand sie Jens schon etwas zu ordentlich. Doch erwähnte sie dergleichen mit keinem

Wort. Dieses Arrangement wollte sie nicht angerührt wissen. Dafür war sie bereit, die Wochenenden zu opfern. Denn Jens Berufung führte sie immerzu an andere Orte. Klaglos fuhr sie ihn an jeden ausgesuchten Ort und verbrachte die übrige Zeit mit einem guten Buch. Manchmal beobachtete sie Jens auch bei seiner Tätigkeit, falls er dies vorab bei ihr angemeldet hatte. Liebenswürdig, wie sie war, erhielt er Unterstützung, obwohl Anne gar nichts von der Sache selbst verstand. Mit der Zeit lernte sie die in diesem Umfeld gängigen Umgangsformen kennen. Und Jens wurde so schön verlegen, wenn sie in naiver Aufrichtigkeit seine Leistungen in überschwänglichen Worten lobte. Er drückte sie dann immer so fest, dass sie vor Freude platzen mochte.

Jens selber war sich über die erfreuliche Wendung seines Lebens sehr wohl bewusst. Und seine Dankbarkeit gegenüber Anne kannte keine Grenzen. Er liebte sie dafür, wie sie für ihn einstand und unterstützte. Seine Kameraden blickten neugierig und ein wenig neidisch auf diese Gemeinsamkeit. Natürlich erwähnten sie dies mit keinem Wort. Im Gegenteil verspotteten sie seine ernsthafte Art zu Leben, sobald sie Einzelheiten erfuhren. Doch in Wirklichkeit beneideten sie ihn. Natürlich in aller Heimlichkeit. Allerdings nicht alleine der Beziehung, sondern auch seines offensichtlichen Talents wegen. Alle waren sie sich bewusst, davon zu profitieren. Und Jens tat mehr als alle anderen, um dieses Talent wirklich zur Geltung zu bringen. Er war ihnen etwas zu ehrgeizig. Und dadurch schuf er ungewollt einen Abstand zwischen sich und seinen Kameraden. Zum Beispiel feierte er die gemeinsam errungenen Erfolge ohne einen Tropfen Alkohol. Und bereits am nächsten Tag wollte er mehr, feuerte sie an, trieb sie immer weiter. Dabei waren sie durchaus zufrieden mit dem Erreichten, wollten sich ausruhen, viel lieber weiter feiern. Er nervte gerade in diesen Momenten. Keinen einzigen Einwand ließ Jens stehen. Er drängte sie weiter und immer weiter. Und ein oder zwei Jahre ging das auch gut. Denn sie gelangten gemeinsam in weit höhere Regionen, als erwartet. Dort angekommen, fand ihr gemeinsamer Weg den Abschluss. Der ehrgeizige Jens fand kein gutes Wort mehr für sie. Seine Laune war permanent angespannt. Gereizt wurde jede Aktion kritisiert. Und alle verloren die Lust, mit Jens gemeinsam dieses Projekt weiter zu verfolgen.

Jens spürte, dass es Zeit für eine Veränderung war. Für seinen weiteren Weg benötigte er allerdings noch mehr Hilfe von außen. Nicht nur von Anne, die praktisch als sein Chauffeur fungierte. Er musste sein Talent ins Schaufenster stellen. Das war keine leichte Aufgabe. Aber die ununterbrochenen Mühen sollten sich doch irgendwann lohnen. Also verlor er keine Minute und bemühte sich um einen Ortswechsel. Dabei half sein unbändiger Ehrgeiz, nötigenfalls sieben Tage die Woche an sich zu arbeiten.
Anne stieß dieser permanente Ehrgeiz ein wenig auf. In langen Gesprächen vergewisserte Jens seiner Anne, dass diese Phase vorübergehend sei und er mit etwas Glück in den Stand gelangen könne, alles - und noch einiges mehr - zurückzugeben. Anne solle nur noch etwas länger Durchhalten und Geduld zeigen. Nach diesem Gespräch lobte sie ihn wieder mehr für seine Taten.

Wirklich schaffte Jens den angestrebten Ortswechsel und damit verbundenen Qualitätssprung. Erstmalig war er in der Lage, sich nennenswert an den Kosten des gemeinsamen Lebens zu beteiligen. Von seiner Natur getrieben, gab er alles ab, was er erübrigen konnte. Nur die für sein Handwerk nötigen Kosten behielt er für sich. Plus den ab und an nötigen Taxifahrten. Denn für Anne wurden die Entfernungen wirklich zu groß. Zeit für die Führerscheinprüfung fand Jens keine. Er hätte ja ein oder zweimal die Woche an seinem Platz gefehlt. Nicht, dass dies von Seiten seines neuen Arbeitgebers verhindert worden wäre. Für Jens kam diese Abwesenheit schlicht und einfach nicht in Frage.

Hier und da, in kleinen Ecken am unteren linken Rand regionaler Berichterstattung, fand sich sein Name. Gerne hätte er die Artikel ausgeschnitten und seinen Eltern in den Briefkasten gesteckt. Doch waren ihm seine Taten noch zu klein geschrieben. Er erwartete mehr. Also steigerte er seine

Bemühungen bis zu einem Grad, der seine Umwelt in Staunen versetzte, in Person von Anne sogar erschreckte. Seine ehemaligen Kameraden hörten nichts mehr von ihm. Er war ihnen fremd geworden und sie ihm. Man verlor sich aus dem Blickfeld.

Jens bat Anne erneut um einen Umzug. Dies führte zum ersten, ernsthaften Konflikt in ihrer Beziehung. Denn Anne sah nicht ein, ihr kleines aber feines Heim zu verlassen. Und was geschah mit ihrer Arbeit? Sollte sie jeden Tag die Tortur einer deutlich längeren Wegstrecke auf sich nehmen? Oder etwa einen neuen Arbeitsplatz suchen? Wie stellte sich Jens dies vor!? Sie war zufrieden mit dem gegenwärtigen Zustand. Sollte doch Jens einen Führerschein machen und die Kosten für einen Umzug in einen Pkw investieren. Jens argumentierte mit der Unterstützung seines aktuellen Arbeitgebers dagegen. Zudem zeichnete er ihre Zukunft in den schillerndsten Farben. Anne tat dies als übertriebenen Klein-Jungen-Kram ab. Sie zankten lange Zeit, ohne eine für beide akzeptable Lösung zu finden. Jens zögerte geraume Zeit. Angetrieben von seinen Vorgesetzten verließ er zwei Monate später die gemeinsame Wohnung. Sein bisheriges zu Hause. Anne weinte bittere Tränen. Auch Jens schluckte, ließ sich allerdings nichts anmerken. In den neuen Räumen angekommen, verlor er keine Minute damit, sich einzurichten und genau umzusehen. Vielmehr stürzte er sich kopfüber und noch intensiver in seine Aufgabe. Seine Vorgesetzten beobachteten dies mit Genugtuung. Jens dagegen spürte nur bitteren, verletzten Stolz. Diese Verkrampfung führte dazu, dass er sich in einer völlig harmlosen Situation die Hand brach. Für Jens war diese an sich harmlose Verletzung mehr als ein körperliches Gebrechen. In seinem Drang aufgehalten, spürte er eine nie für möglich gehaltene Leere in seinem Gemüt. Nach einiger Zeit gelang ihm die Überwindung seines Stolzes und er rief Anne an. Nach kurzem Telefonat trafen sie sich zu einem Gespräch. Im Anschluss zog Anne bei ihm ein. Und Jens putzte die große, helle und freundliche Wohnung weitaus intensiver als je zuvor. Anne fand tatsächlich eine neue, angenehme Arbeitsstelle, nicht ohne Unterstützung von Jens gegenwärtigem Arbeitgeber.

So scherten sie beide wieder zurück auf ihren gemeinsamen Weg. Beide empfanden ihr Glück und feierten den Alltag. Die Handverletzung verheilte und Jens widmete sich zu 110 % seiner unverzichtbaren Leidenschaft. Der Verlauf der Ereignisse machte ihn umgänglicher und offener als zuvor. So erklärte er sich nach Abschluss eines aufgebesserten Arbeitsvertrages bereit, Anne zu heiraten. Jens wusste es einfach nicht besser zu treffen. Weshalb also nicht dem Wunsch von Anne entsprechen!? Gerade nachdem *sie* ihm einen großen Schritt entgegengekommen war. Die nächsten anderthalb Jahre bescherten beiden Glück und Zufriedenheit. Und der sich schleichend nähernde Zersetzungsprozess ward unbemerkt. Denn der ehrgeizige Jens war, nach seinem Befinden, noch lange nicht am Ziel seines Weges angelangt. Nur die Vorzeichen veränderten sich. Anne wurde schwanger. Jens hatte nicht gewagt, diese normale Entwicklung hin zu einer Familie seinen Zwecken zu opfern. Andererseits bohrte sein, wenn das noch möglich war, gewachsener Ehrgeiz in ihm. Und dieser traf auf aufnahmebereite Schichten in Jens Persön-lichkeit. Die Unfähigkeit, ja Unmöglichkeit sich darüber zu äußern, veränderten Jens. Er wurde unruhig, unleidlich und abwesend. Die in seine Laufbahn investierte Zeit erreichte ein Maß, welches selbst seinen Arbeitgeber in ungläubiges Staunen versetzte. Aufgrund dieses Starrsinns begann er sein gesamtes Leben einem nicht näher spezifizierten Ziel zu unterwerfen. Anne war mit Julia, ihrer gemeinsamen Tochter, beschäftigt und wollte ein zweites Kind. Jens ließ sich seine Ablehnung nicht anmerken. In aller Heimlichkeit ließ er eine Vasektomie vornehmen. Anne gegenüber verheimlichte er diesen Schritt, entschuldigte seine Abwesenheit mit plötzlich nötigen Dienstreisen.

Artikel erschienen nun in ausreichendem Umfang, um sie zum Beispiel seinen Eltern vorzulegen. Doch Jens reichten sie bei weitem noch nicht, um ihm eine Genugtuung zu verschaffen. Sein Ehrgeiz sprengte alle bisher gesetzten Grenzen. Dabei registrierte Jens nicht, wie weit er auf seinem persönlichen Weg bereits fortgeschritten war. Nie zufrieden, nie ruhig, vergiftete er mit seinem Ehrgeiz die Umwelt. Selbst sein Arbeitgeber versuchte in Gesprächen, einen Sinn für Gemeinsamkeit aufzubauen. Er hatte nur Spott und Hohn dafür übrig. Doch musste er diesen zurückhalten. Denn weder seinem aktuellen Arbeitgeber, noch Anne und Julia war ein erneuter Umzug zuzumuten. Er musste um innere Ruhe bemüht sein. Jedenfalls, um wenigstens nach außen eine angebliche, innere Ruhe vorzutäuschen. Auf die Dauer veränderte dieses Bemühen Jens Persönlichkeit. Er wurde zum *falschen Fuffziger*. Selbst erstaunt, wie leicht ihm dieser Betrug an seinen Mitmenschen von der Hand ging, baute er seine Absichten von allen unbemerkt immer weiter aus. Zum Beispiel suchte er in aller Heimlichkeit Unterstützung in Form von professionellen Beratern. Natürlich fanden sich einige geschäftlich wendige Personen, die ihn in seinen Absichten unterstützten. So trat das Gewicht des blanken Mammons als ein bemerkenswerter Aspekt in sein Leben. Ihm wurden vergoldete Aussichten präsentiert. Vom Ehrgeiz zerfressen verlor Jens die Fähigkeit der realistischen Einschätzung. Ihm wurde alles außer dem persönlichen Fortkommen völlig gleichgültig. Alleine darauf war sein gesamtes Sinnen gerichtet. Anne spürte dies als einen Riss zwischen ihnen beiden, wagte allerdings kein Gespräch mit Jens. Denn sie ahnte etwas von den Kräften, die in ihm wirkten.

Der angebotene Profivertrag hätte jeden anderen zufriedengestellt. Nicht aber Jens. Seine Berater störten das Verhandlungsklima. Sein Arbeitgeber machte dies unmissverständlich klar. Jens setzte seine Ziele dagegen. Er wünsche lediglich einen seinen weiteren Plänen ent-sprechendes Vertragspapier. Mehr nicht. Aber keinesfalls weniger. Sie machten ihn auf die Gefahren aufmerksam, die damit verbunden waren. Jens wischte jeden Einwand vom Tisch. Ihm ging es im Gegenteil noch zu langsam. Den ersten, behutsamen Gedanken über einen erneuten Ortswechsel folgten ernstzunehmende Pläne. Doch mussten dafür immer weiter herausragende Leistungen gezeigt werden. Wenn überhaupt möglich, intensivierte Jens seinen Einsatz unter

Hinzunahme persönlicher Ausbilder. Das war nicht gern gesehen, aber auch nicht zu verhindern. Sollten sie doch froh sein über seinen Einsatz!

Jens wusste um den, wie er es nannte, persönlich wertvollsten Moment. Und er wartete. Bei aller Unruhe, die sein Ehrgeiz in anderen Bereichen verursachte, hier lauerte Jens wie eine Spinne in ihrem Netz. Unbeweglich. Geduldig und ausdauernd. Keine Bewegung verriet seine innere Anspannung. Er wartete ja bereits seit Jahren. Das schulte und stählte ihn. Er *wusste*, dass es diesen herausragenden Moment in seinem Leben geben würde. Zwangsläufig. Unausweichlich. Garantiert. Und dann würde er die Chance beim Schopfe packen.

Und so sollte es kommen. Im Ringen um den Pokal kam es nach einem umkämpften Spiel, in dem er bereits durch mehrere Paraden glänzen konnte, zum unausweichlichen Shout out. Jens war nicht gespannt. Er erwartete diesen Moment wie das Turnier seines Lebens. Er war nicht nervös. Er war nicht wild entschlossen. Er hängte seinen gesamten Lebensfaden an die eine Aktion. An die eine Sekunde des Erfolges. Nein: des Triumphs. Sein gesamtes bewusstes Leben lief hier in diesen einen Augenblick zusammen. Und er spürte die ihm zulaufende Kraft wie eine übermächtige Droge in seinem gesamten Körper. Er sah nicht. Er fühlte nicht. Er wurde nur kalt. Kalt wie ein Eisblock. Er schaltete alles ab. Sein Gehör. Seinen heftigen Herzschlag. Die wenigen Meter, die er zu gehen hatte, wurden ein Weg im Unendlichen. Zentral auf ihn abgestimmt. Keine Farben. Keine Stimmung. Er stand in der Mitte. Seltsam, dass er den Körper wie einen Steinblock empfand, während er doch alle Schnellkraft in einem einzigen Punkt zusammenzog. Sein Blick fand den einen Punkt und würde diesen nicht mehr aus den Augen lassen. Den Pfiff nahm er nicht wahr. Er sah niemanden auf sich zulaufen. Der Blick verengte sich auf eine runde Winzigkeit, die in plötzliche Bewegung geriet. Und genau in diesem Moment, nur hier und jetzt, verlangsamte sich die Zeit für Jens. Er erfasste ohne Verzögerung, bewegte sich ohne jede Anstrengung, verdoppelte seine ohnehin außergewöhn-lichen Kräfte. Er flog, wie ein Mensch aus eigener Kraft zu fliegen vermag. Und er fing den Ball.

Auf der Tribüne saß Ernst Happel und notierte seinen Namen.

Busfahrt

Jeden frühen Morgen der lautstarke Wecker. Gleich darauf ein starker Kaffee. Moderne Technik erleichtert die tägliche Auferstehung durch einen automatisierten Start des Kaffeeautomaten. Kein Radio. Das Singleleben führt zu dem bemerkenswerten Wunsch, morgens und abends kein Wort hören und sprechen zu wollen. Der Blick aus dem Fenster. Welche Witterung beherrscht den heutigen Tag? Bitte kein Eisregen! Ebenso kein Neuschnee. Das verlängert den Arbeitstag um Stunden. Staus. Unfälle. Langsames kriechen durch verschneite Straßen. Lange Dunkelheit. Frühe Dunkelheit. Der Winter ist grausam zu den Menschen. Hat man nicht davon gehört, dass im Winter die meisten Menschen mit ihrem bisherigen Leben abschließen? Kranke. Deprimierte. Pensionierte. Alkoholisierte. Tablettisierte. Alfons fragte sich, zu welcher Gruppe er sich zu zählen hätte, gab allerdings schnell auf. Anderenfalls würde er sich der zweiten Gruppe angehörig fühlen.

Auf Dunkelheit und Eiseskälte vorbereitet, verließ er sein Appartement. Nur kurz verabschiedete er sich mit einem Blick von seiner Dieffenbachie. Der Wasserstand war noch ausreichend. Heute Abend würde sie frisches Nass benötigen. Alfons merkte sich dies vor. Er war stolz darauf, als Mann eine Zimmerpflanze auf die außergewöhnliche Höhe von Zweimeter fünfzig gezogen zu haben. Erfasste weiblicher Besuch mit einem Blick seine Palme, so fühlte er sich verstärkt zu diesem Besuch hingezogen und entwickelte einen um zwei Grade höheren Sympathiewert. Andere augenfällige Gegenstände im korrekt eingerichteten und sauber gehaltenem Appartement fanden seine Besucherinnen nicht. Keinen Kunstgegenstand. Keine Bilder. Und kein einziges Buch.

Das Buslager war nicht weit entfernt von seinem Wohnort. Um die Gefahren einer Verspätung zu minimieren, benutzte Alfons ein Fahrrad. Gerade an witterungsbedingt schlechten Tagen.

Lieber kleidete er sich, an der Arbeitsstelle angekommen, vor seinem Spind um, als ungeduldig fluchend in einem trockenen, warmen Pkw in einem Stau festzusitzen. Verspätung stand unter Strafe. Seine ununterbrochene Pünktlichkeit brachte dagegen Pluspunkte. Gerade angesichts seines Strebens nach einer Versetzung in den Innendienst waren diese Pluspunkte unverzichtbar. Irgendwann musste nämlich Schluss sein mit dieser menschenverachtend frühen oder späten Arbeitszeit. Der Verschleiß nagte an Alfons Körper und Verfassung. Noch konnte er seinen Krankenschnitt unter dem Durchschnitt halten. Doch er rechnete jeden Winter mit einer Änderung hin zum Schlechten. Und noch bevor diese Veränderung tatsächlich einsetzte, wollte er seine Versetzung in trockenen Tüchern wissen.

„Morgen Alfons", tönte ein Kollege ihm die ersten Worte dieses Tages entgegen.
Alfons schaffte nur ein Brummeln: „Morgen."
„Wir haben das Profil in der Nacht geprüft. Kannst heute bedenkenlos Gas geben. Wirst durch keinen Schnee aufgehalten werden. Die Reifen sind im besten Zustand. Der Fahrplan wird also nicht gefährdet."
„Danke", quetschte Alfons durch die geschlossenen Zähne. Als ob Reifen ihm halfen, wenn vor ihm zwei ineinander verkeilte Blechkisten den Weg versperrten. Aber lieber hielt er seinen Mund. Er wollte auf keinen Fall unfreundlich wirken.

Im Fahrersitz angekommen, meldete er sich an, überprüfte Tür, Zahlgerät und alle Lichtschranken des Innenraums. Danach startete er seine *Emma* und bog langsam aus der Halle. Sein Bus sollte nicht plötzlich aus der mulligen Wärme der Halle in die Kälte des frühen Morgens einbiegen. Erst einmal schön aufwärmen, bevor die täglich unvermeidlich identische Tour begann. An der Pforte grüßte ihn ein Kollege und entließ ihn in die Wildnis des städtischen Straßendschungels. Alfons schaltete nicht alleine seine Emma einen Gang höher. Er selbst sollte sehr bald auf Betriebstemperatur sein. Denn der erste, durchnässte und schlecht gelaunte Fahrgast würde ihn in wenigen Minuten erwarten.

Zur anhaltenden Dunkelheit gesellten sich Nebelschwaden in den Schneisen, die die Straßen durch die Stadt schnitten. Die Häuserfronten rechts und links traten ganz allmählich zurück. Alfons verlangsamte das Tempo seiner Emma um die auf ihn wartenden Haltestellen exakt anzusteuern. Die erste erleuchtete Insel tauchte aus der wattigen Luft rechts von ihm auf. Emmas Fortkommen wurde nochmals gedrosselt. Alfons erkannte nicht, ob am ersten Halt Fahrgäste auf ihn warteten. Wie selbstverständlich verharrte das Gefährt an der dafür vorgesehenen Stelle. Die Tür öffnete sich. Aus dem Unterstand trat ein einzelner Mann. Langer Regenmantel. Hut. Alfons sprach die ersten, deutlichen Worte dieses Morgens:
„Guten Morgen. Wohin bitte soll es gehen?"
„Good Morning. I have an invitation to visite the Literation Club in the Borg Street. I don't know, where it is. So give me a ticket for the whole day."
„Was bitte?" Alfons war überrascht. Wahrscheinlich ein Amerikaner. Und das in dieser Herrgottsfrühe.
„You dosn't understand me. What a fuck is this?"
„I sorry. Understand Borg Street. Hier ist the ticket. I call you, when wir arrived."

Verstohlen schaute Alfons auf die übergroße Visitenkarte am Revers des Mantels. James Ellroy war der Name seines ersten Gastes. Alfons wusste nichts von Ellroys Hardboiled Novel. Am geschriebenen Wort zeigte er kein Interesse.

Der Amerikaner legte einen zehn Euro Schein auf das Zahlgerät, nahm das Ticket an sich, wartete nicht ab, ob dieser Schein seine Fahrt bezahlte oder vielleicht Wechselgeld ausgehändigt wurde und verdrückte sich, unverständliche Worte murmelnd, in den hinteren Teil des Busses.
Das fängt ja gut an, dachte Alfons. Weshalb nahm dieser Tourist kein Taxi? Der Geldschein wurde verstaut und die Fahrt mit dem Betätigen des Blinkers fortgesetzt. Sollte ein Fahrradfahrer ohne Lichte den Weg seiner Emma kreuzen, so war eine Kollision unvermeidlich. Alfons nahm möglichst behutsam seinen vorgeschriebenen Weg.

Kein Fahrradfahrer zu sehen. Weder hinter, noch vor ihm. Im Rückspiegel beobachtete Alfons, wie der Amerikaner seinen Hut abnahm. Es zeigte sich eine glatte, blitzende Glatze. Die runde Hornbrille wischend, bewegte sich der Mund des Fahrgastes ohne Unterlass. Führte er Selbstgespräche? Alfons war es gleich. Emma schnurrte. Die Heizung surrte und verbreitete Wärme und die eindringende Feuchtigkeit wurde zurückgedrängt.

‚Woher weiß ich eigentlich, dass er Amerikaner ist?', fragte sich Alfons. Hatte er ihn an der Aussprache erkannt? Seine Englischkenntnisse waren keineswegs ausreichend. Eigentlich war es gleich. Alfons vergaß die Frage und kutschierte seine Emma tiefer auf die Stadt zu. Nur ab und zu kreuzte der Lichtkegel entgegenkommender Fahrzeuge seinen Weg. Noch waren die Bewohner dieser Stadt nicht erwacht. Die Rushhour (Alfons war stolz, dass er in der englischen Bezeichnung dachte) begann erst in drei Stunden.

Nächster Halt. Die Behinderung durch Dunkelheit und Nebel war unverändert. An der zweiten Haltestelle warteten Fahrgäste. Langsam steuerte Alfons seine Emma in Richtung der vorgesehenen Haltebucht, betätigte den Türöffner und erwartete die Fahrgäste mit einem „Guten Morgen" auf den Lippen. Ein „Bonjour" stoppte die beabsichtigte Begrüßung. Zwei kleine Gestalten stritten sich genau vor der geöffneten Tür. Der französische Akzent war unüberhörbar. Allerdings unterhielten sie sich in Alfons Landessprache.

„Natürlich versteh ich, was du mit deinem Mythos vom Sisyphus zum Ausdruck bringen willst. Doch ist das Leben weit mehr als ein fest getrampelter Pfad am Fuße irgendeines Hügels, den jedes einzelne Individuum als Lebenswerk zu bewältigen hat. Und dann noch mit schweren Gewicht als Gepäck!"

Der andere Franzose mit ernstem, vom Maghreb gezeichnetem Tonfall, antwortet: „Dies ist mein Versuch, den Menschen die Absurdität ihres Daseins zu vergegenwärtigen. Nicht zuletzt soll ihnen dieses kleine Büchlein ein wenig Mut mit auf ihren beschwerlichen Weg geben."

„Gut und schön. Aber ist es nicht wesentlich bedeutender, den Menschen die Möglichkeit einer Wahl zu vermitteln, damit sie sich innerhalb ihrer Grenzen freier bewegen lernen, anstatt immer wieder den ausgetretenen Pfaden zu folgen, die wegen ihrer absurden Richtung ohnehin zu keinem Ziel führen", konterte der andere Franzose.

„Ähem - wollen Sie bitte einsteigen?" Alfons lud die beiden Persönchen ein, damit sie endlich die Tür freigaben und ihm die Weiterfahrt ermöglichten. Beide schauten ihn ohne Worte an. Alfons erkannte auf den Schildchen die Namen Albert Camus und Jean-Paul Sartre.

Alfons fragte: „Wohin soll's denn gehen?"

Die Franzosen kletterten die Stufen hinauf und zogen gleichzeitig ihre Freifahrtscheine. Alfons nahm beide an sich. Bislang hatte er dergleichen noch nicht zu Gesicht bekommen. Möglicherweise Ausweise für ausländische Diplomaten oder dergleichen. Jedenfalls für irgendwelche wichtigen Personen. Durch die fremde Situation verunsichert, zögerte Alfons.

„Ist etwas nicht in Ordnung?", fragte der Franzose mit dem schiefen linken Auge hinter der großen Brille herausfordernd. Alfons wusste sich nicht zu helfen. Um einen Konflikt zu vermeiden gab er die Karten zurück, nickte den beiden zu, schloss die Tür und setzte seine behutsame Fahrt fort.

Das mochte ja heiter werden an diesem trüben Morgen. Ein Amerikaner, zwei Franzosen - und das nach nur zwei Haltestellen. Vielleicht wurde irgendein internationaler Kongress in der Stadt abgehalten, von dem Alfons nichts gehört hatte. Gut möglich. Weshalb seine Gäste allerdings kein Taxi nutzten, wusste Alfons nicht zu beantworten. Sicher handelte es sich um ein völlig unbedeutendes internationales Treffen mit armen Schluckern als Teilnehmer. Alfons war es recht. Diese Tour versprach eine Abwechslung von der üblichen Tagesroutine. Wer weiß, wer noch zustieg! Alfons lächelte und sprach den vorgefassten Text über Route und Haltestelle durch das Mikrofon. Niemand achtete darauf. Die zwei Franzosen diskutierten heftig, wobei Schiefauge weitaus nachdrücklicher auftrat als sein Gegenüber, der eher sanft und zurückhaltend agierte. Der Amerikaner saß einige Reihen entfernt von ihnen und schenkte niemand Beachtung.

„Zentrale an Emma. Zentrale an Emma."
„Ich höre", antwortete Alfons.
„Wie kommst du mit den widrigen Wetterverhältnissen zurecht?"
„Noch keine Probleme. Ich hänge lediglich vier Minuten hinter dem Fahrplan. Sobald sich der Nebel verzieht, kann ich die aufholen."
„Der Wetterbericht verheißt keine Besserung. Lass besser Vorsicht walten!"
„Mach ich. Emma Ende."
„Zentrale Ende."

Wann dämmerte es heute eigentlich? Normalerweise war Alfons über die genaue Uhrzeit informiert. Doch vor der heutigen Tour hatte er sich in der Zentrale nicht vergewissert. ‚Nicht weiter wichtig', dachte Alfons. ‚Dann lass ich mich eben überraschen, fahre dem Morgen entgegen. Zunächst einmal die nächste Haltestelle erreichen. Danach seh ich weiter.'
Der Nebel lichtete sich nicht. Trotzdem nahm Alfons die Umrisse zweier ungleicher Figuren in der Dunkelheit wahr. Alfons verzögerte die Fahrt und öffnete die Tür, wünschte nach den bisherigen, frühmorgendlichen Erlebnissen nur zurückhaltend einen ‚Guten Morgen'.
Der weitaus Ältere von den Beiden antwortete höflich. Der kleine junge Mensch blieb allerdings stumm.
„Wohin soll's gehen?"
Kaum war diese Frage ausgesprochen, zogen beide den nun schon bekannten Freifahrtschein. Alfons beließ es dieses Mal bei einem kurzen Blick auf das für ihn unbekannte Siegel auf diesem Stück Papier und winkte die Gäste einladend in seinen Bus. Unfreiwillig nahm er an der Konversation Anteil.
„Bist du nun mit dem Erreichen zufrieden?", fragte der Alte in unüberhörbar missfälligem Tonfall.
„Zu keinem Zeitpunkt war ich *zufrieden*, Papa. Weder mit meinen Erlebnissen, noch mit allgemeinen Ereignissen in unserer Gesellschaft. Erst recht nicht mit meinem persönlichen

Werdegang. Und schon gar nicht mit der damaligen politischen Entwicklung. Es ging mir nie um Zufriedenheit. Selbst bei Erfolg meiner Tätigkeit wäre die Entscheidung nicht anders ausgefallen. Sie wäre nur aufgeschoben worden."

„Ich kann nur hoffen, dass du dich nicht als Opfer deiner Zeit verstehst. Das wäre völlig sinnlos", insistierte der Alte.

„Ach, Papa. Was soll ich dir auf deine ununterbrochenen Vorhaltungen noch antworten?", resignierte der junge Mann. „Sie sind ja Teil meiner Entscheidung."

Daraufhin zeigte der Alte ein wirklich böses Gesicht. Alfons schaute irritiert auf die Namensschilder dieser beiden. Er war sich jetzt schon sicher, dass diese Beiden ebenfalls zum erlauchten Kreis der Eingeladenen gehörten. Beim alten Herrn las er Thomas Mann. Der jüngere Mann hatte sich bereits abgewendet, drehte sich allerdings nochmals um, als er das Interesse von Alfons bemerkte.

„Ich heiße Klaus Mann und wünsche ihnen einen schönen Tag."

Alfons wurde etwas verlegen wegen seiner offensichtlichen Neugier und konzentrierte sich deshalb besonders auf seine Fahrt.

Nächste Haltestelle. Fünf gesetzte Herren warteten auf den Bus. Alfons verwunderte das nicht weiter, weil er mittlerweile ganz sicher war, dass irgendwo in der Stadt eine internationale Veranstaltung abgehalten wurde, dessen Gäste genau auf seiner Tour lagen. Nur das mit den Freifahrtscheinen stieß ihm auf. Niemand hatte es für nötig gehalten, ihn zu informieren. Was für eine Blamage hätte ihn erwartet, falls er ein Aufheben darum gemacht hätte! Nur der Amerikaner, wie hieß er denn gleich, hatte gezahlt. Wahrscheinlich war der nicht über die freie Fahrt in Kenntnis gesetzt worden.

Die fünf älteren Herren verursachen ein richtiggehendes Aufsehen.

„Wer von uns hat denn die Anerkennung erfahren, die er verdient? Niemand! Wir durften schaffen …"

„Wir konnten schaffen", wurde der Redende korrigiert.

„... aber niemand von uns erlebte auch nur annähernd den Genuss und Vorteil, einer breiteren Öffentlichkeit bekannt zu werden. Geschweige denn die damit einhergehenden materiellen Vorteile. Weder Robert noch Heimito. William hat wenigstens den Literaturnobelpreis erhalten."

„Weiß du, wann ich den erhalten habe?", fragte William. „Mit zweiundfünfzig Jahren. Und auch dann erst mit einem Jahr Verspätung. Erst wollten sie mich nicht. Einige der Herren sperrten sich gegen meine Person. Und was sollte ich in diesem Alter noch mit einer interessierten Öffentlichkeit anfangen? Zu Beginn meiner Arbeit, da wollte ich mit einem Krimi viele Leser interessieren. Doch schon bald habe ich von diesem Vorhaben abgelassen und lieber erzählt."

„Was du geschrieben hast, war in aller Munde", bemerkte Robert. „Mein Lebenswerk fand zwar lobende Worte einiger Kritiker. Gelesen hat meine Zeilen aber niemand. Obwohl Thomas Mann mir geholfen hat. Frag ihn ruhig. Er sitzt dort hinten."

„Was könnte ich erst klagen", bemerkte Heimito. „Mit achtundfünfzig haben sie mir in Wien eine *Ehrengabe* vom Kulturkreis der *Deutschen Wirtschaft* überreicht. Das muss man sich auf der Zunge zergehen lassen! Die Deutsche Wirtschaft zeichnet meine Schreiberei aus." Heimito lachte.

„In meiner Heimat ließ gerade die Wirtschaft kein einziges gutes Haar an mir", wusste John zu berichten.

„Das wundert dich aber nicht wirklich?", fragte Albert.

John lächelte verschmitzt. Alle drängelten sich an Alfons vorbei in den Fond des Busses, während der konzentriert alle Namensschilder studierte. Robert Musil. Heimito von Doderer. John Steinbek. Albert Vigoleis Thelen. Zuletzt ein Herr namens William Faulkner. Alfons beobachtete, wie James Ellroy ehrfürchtig und zusammengesunken auf Steinbek und Faulkner starrte, während die beiden ungerührt an Ellroy vorbei drängten. Nun war sich Alfons sicher: Er beförderte einen Käfig voller Narren. Da hatte er nach dem Ende seiner Schicht wirklich einiges seinen Kollegen zu erzählen. Ob die seinem Bericht glauben schenkten? Solch seltsame Figuren hatte Alfons nie zuvor chauffiert. Zwar ging es hauptsächlich um

Bücher und fehlende Auszeichnungen, die Alfons allesamt unbekannt waren. Doch direkt nach der Rückkehr in sein Appartement wollte er alle Namen und Titel sogleich im Internet recherchieren. Er war schon richtig gespannt darauf nachzulesen, wen er hier alles beförderte und wen wohl die nächste Haltestelle in seinen Bus spülen würde!

Einen dicken Italiener und einen uralten Franzosen. Beide prätentiös. Der Italiener starrte lange auf den Franzosen, bevor er mit seiner Ansprache begann. Alfons bemerkte, dass dem Italiener jedes Wort im Halse stecken blieb. Der Uralte verharrte währenddessen unentschlossen vor der Tür.
„Was ist nun? Wollen sie beide einsteigen oder doch lieber draußen in der Dunkelheit auf den nächsten Bus warten? Ich darf allerdings hinzufügen, dass ihre Kollegen bereits im Bus sitzen. Also nur herein mit ihnen. Ich habe einen Fahrplan einzuhalten."
„Wer's glaubt ...", kommt es im tiefsten österreichisch aus den Sitzreihen.
„Werter Herr", wendet sich der Uralte an Alfons. „Was habe ich hier verloren? Ich muss auf der Stelle zurück in mein Zimmer. Für heute habe ich mir fest vorgenommen, etwas über Albertine zu verfassen. Es ist mir schon fast wieder entwunden. Deshalb bitte: Bringen sie mich schnell in mein Zimmer zurück!"

Der Italiener fiel aus seiner Starre. Deshalb lösten sich auch endlich die lange zurückgehaltenen Worte: „Ich träume! Sie sind Marcel Proust! Oder zumindest sein Doppelgänger."
„Ganz recht, mein Herr. Und zwar natürlich im Original. Und wer, bitte, sind sie? Ich kenne sich nicht", säuselte Proust.
„Mein Name ist Umberto Eco. Ich bin einer der ungezählten Bewunderer ihrer *Suche nach der verlorenen Zeit*."
„Aber die ist doch noch gar nicht verloren. Geschweige denn veröffentlicht", quäkte Proust. „Und nun noch diese ungebetene Unterbrechung. Ich weiß wirklich nicht, wie ich diese Zeit wieder einholen soll, so sie doch so schnell verloren geht."
„Darüber würde ich mir an ihrer Stelle keine Sorgen machen", grinste Eco.

Derweil schallt es aus dem Bus: „Umberto Eco? Habe ich richtig gehört. Ich kenne sie ja nicht. Nur ist mir angetragen worden, dass sie eine ganze Seite aus meinem Mann ohne Eigenschaften in einem ihrer Bücher zitiert haben. Ist das zutreffend?", erkundigte sich die echauffierte Stimme Musils.

Umberto Eco lächelte, wie es nur ein Italiener verstand zu lächeln.

„Herr Musil, machen sie sich keine Sorgen. Ihre Stellung in der Welt der Literatur ist derart gefestigt, dass kein Zitat eine Zacke aus dieser Krone zu brechen vermag. Und außerdem: Wie, bitte, sollte ich sie fragen?" Er fuhr an Proust gerichtet fort: „Wir beide, Herr Proust, wollen uns noch ein wenig unterhalten."

„So, wollen wir? Ich wüsste nicht, was wir uns zu berichten hätten", wies Proust das Anerbieten zurück.

„Und ob!", lächelte Eco verschmitzt.

Und wirklich schaffte es Eco, innerhalb weniger Minuten Proust so sehr zu fesseln, dass beide ineinander versunken ihren Platz suchten und Alfons die Emma ihren weiteren Weg suchen lassen konnte.

Während dieses Tohuwabohu hatte sich unbemerkt ein weiterer Fahrgast in den Innenraum geschummelt. Verstohlen verdrückte er sich in die hinterste Ecke, griff umgehend zu einer Lektüre, um sich hinter dem Umschlag zu verstecken. Ein *Schwarzfahrer* wie er im *Buche* stand.

Die beiden letzten Gäste hatten Alfons nicht einmal den Freifahrtschein vorgezeigt. Und dieser wagte nicht nach einer Fahrberechtigung zu fragen. Übrigens hatte er aus demselben Grund den jungen Kerl in Ruhe gelassen. Sollte er ruhig denken, unbemerkt an ihm vorbeigekommen zu sein. Wegen der besonderen Umstände tolerierte Alfons am heutigen Tage diesen Schwarzfahrer. Wer wusste schon, wie viele der anderen Fahrgäste ebenfalls ohne Ticket befördert wurden. Niemand konnte Alfons aus diesem Grund einen Rüffel erteilen. Dafür war der heutige Morgen zu außergewöhnlich. Übrigens: Wo blieb er denn, der Morgen? Weshalb ließ er auf sich warten? Gewöhnlich konnte man an dieser Stelle der Tour schon die Innenbeleuchtung abstellen. Heute war nicht daran zu denken. Nachher brach sich noch einer der Herren einen kostbaren Knochen.

„Nächster Halt: Freiherr vom Stein Straße, Ecke Bismarck Allee", ließ er seine Fahrgäste vernehmen. Die zeigten keine Reaktion auf seinen Hinweis.

Am nächsten Haltepunkt warteten vier weitere Fahrgäste. Sie hatten sich allesamt unter das Dach zurückgezogen um sich vor der rau-feuchten Witterung zu schützen. Der Bus verzögert. Alfons öffnete beide Türen. Möglicherweise wollte ja einer der Herren aussteigen. Oder der Schwarzfahrer. Niemand rührte sich. Dafür betraten vier neue Fahrgäste den Bus. Der Amerikaner merkte auf, weil er unter den neuen Fahrgästen Eric Ambler zu erkennen glaubte. Ein leidlich gekleideter Schwede, ein kleiner Pole und zwei ausgewählt gut gekleidete Engländer betraten den Bus. Alle zeigten brav ihren Freifahrtschein.

Alfons registrierte jedes Namensschild. Der Engländer namens Aldous Huxley bemerkte zu seinem Landsmann Eric Ambler: „Man könnte meinen, dies sei ein Drogentrip. Doch kann ich mich nicht erinnern, halluzinogene Substanzen zu mir genommen zu haben."
„Machen sie sich mal keine Sorgen. Ich habe das Gefühl, mit beiden Beinen auf der Erde zu stehen", antwortete Ambler.
Darauf Huxley: „Na, wenn sie sich da mal nicht irren."

Der Schwede Per Wahlöö und der Pole Stanislaw Lem suchten sich eine gemeinsame Sitzgelegenheit, nachdem sie sich bekanntgemacht hatten. Beiden war die Überraschung im Gesicht abzulesen. Sofort vertieften sie sich in ein Gespräch.

Alfons fühlte sich ganz schwindelig und hoffte, seine Nervosität nicht auf Emma zu übertragen, war er doch eins mit seinem Blechkasten. Kein Licht durchbrach die Dunkelheit. Aufmerksam beobachtete Alfons die Straße und die direkte Umgebung, um möglichen Hindernissen rechtzeitig auszuweichen. Schon lange war ihm kein anderes Fahrzeug begegnet. Außer seiner rätselhaften Fracht auch keine andere Person. Deshalb wunderte Alfons jenes wuchernde, mulmige Gefühl in seinem Brustkorb nicht. Die Situation hatte etwas von jener Absurdität, die einer der Franzosen, Alfons glaubte, es war Camus, bei seinem Eintritt umschrieb. Also abwarten und die Tour anstandslos bis zur Endstation durchhalten. Anschließend konnte er sich immer noch Gedanken über dieses Ereignis machen.

Unerwartet trat der hässliche, kleine Franzose an das Fahrerpult und redete auf Alfons ein. Irgendwas von Derealisierung der Realität. Was, zum Teufel, meinte er damit? Die Sätze verwirrten Alfons so sehr, dass er den dritten Gang nicht einlegen konnte. Emma tat durch ein hässliches Knarzen ihr Missfallen kund. Was erwartete der kleine Kerl mit französischem Akzent? Seine, Alfons, Realität stand ihm direkt vor der Windschutzscheibe. Er solle sich doch bitte wieder auf seinen Platz begeben, bat er den in zwei Richtungen gleichzeitig schauenden Franzosen. Sartres Landsmann Camus kam herbei, griff Sartre zärtlich am Arm und führte ihn auf seinen Platz zurück. Kaum angekommen begann Jean-Paul erneut eine Diskussion, die sein Gegenüber stoisch über sich ergehen ließ. Alfons registrierte das Zittern seiner Hände.
Die nächste Haltestelle hielt eine Überraschung bereit. Eine Frau betrat den Bus. Für ganz kurze Zeit verstummten alle intensiv geführten Gespräche und die Blicke hefteten sich auf den Neuankömmling.
„Wohin bitte fahrt ihr?", fragte eine raue Stimme mit eindeutig englischem Unterton.
„Patricia!", rief einer der Engländer aus dem Fond des Busses.
„Eric, bist du das wirklich?", antwortete der neue Gast und bewegte sich gleich in seine Richtung.
„Was hat dich hierher verschlagen?", wollte Ambler wissen.
„Ich kann keine Antwort darauf geben. Und das ist kein gutes Gefühl. Es macht mich nervös." Die Highsmith fuchtelte mit beiden Armen durch die Luft.

„Mir geht es ebenso", entgegnete Ambler. „Auch Huxley fühlt sich nicht wohl in seiner Haut. Er glaubt allerdings immer noch, irgendwelche bewusstseins-erweiternde Drogen zu sich genommen zu haben. Mir fehlen die passenden Worte, um ihn von diesem Gedanken abzubringen. Komm, setz´dich doch gleich zu uns. Dann können wir uns unterhalten."

Die Highsmith freute sich: „Gerne. Dass ich einmal mit Aldous Huxley sprechen werde, habe ich nicht für möglich gehalten!"

„Ganz Realistin, die du nun einmal bist." Ambler konnte sich dieses Hinweises nicht enthalten.

Das weitere Gespräch ging im Rumpeln der Busfahrt unter.

„Können sie nicht rücksichtsvoller steuern?", fuhr Ellroy den Alfons an.

„Ich habe schließlich, wie es scheint, als einziger noch etwas zu verlieren."

Alfons antwortete, in dem angestrengten Bemühen, den sicheren Weg durch die in Undeutlichkeit versinkende Umgebung zu finden, nicht. Fahrgäste durften in keinem Falle verunsichert werden. Das war die erste zu erlernende, goldene Regel jedes Busfahrers und jeder Busfahrerin. Alfons ließ sich deshalb äußerlich nichts anmerken. Allerdings griff er zum Mikrofon und unterrichtete die Zentrale von den sich merklich verschlechternden, äußeren Bedingungen. Vielleicht hatten sie ja einen Notfallplan, den sie ihm übermitteln konnten. Jedenfalls hatte er mit diesem Funkspruch seiner Pflicht entsprochen. Auch wenn die Antwort nur in Form eines sphärischen Knisterns erfolgte. Aufmerksam beobachtete er seine Gäste im Rückspiegel. Achtzehn an der Zahl verursachten ein Getuschel und Getratsche, wie er es von keinem anderen Morgen her gewohnt war. Soweit Alfons sich erinnern konnte, stiegen die frühen Fahrgäste sonst immer still, in sich versunken, sogar recht brummelig in seinen Bus. Wer, bitteschön, hatte zu dieser Tageszeit schon Lust auf ausgiebige Diskussionen! Und nun dieses Geschnatter in seinem Rücken. Da konnte Alfons nur mit dem Kopf schütteln und schweigend seine Fuhre dem herbeigesehnten Ende entgegensteuern.

„Haltestelle Brunnenstraße Ecke Rosenstraße."

Niemand reagierte auf seinen Hinweis. Im Gegenteil nahm der Geräuschpegel eher noch zu.

Mehrere Personen tummelten sich an der Haltestelle. Alfons zügelte seine Emma, die brav seinen Pedalbefehlen folgte. Die Tür öffnete sich.

„Wohin fahren sie?", fragte ein junger Bursche mit angelsächsischem Akzent. Sein Namensschild bezeichnete ihn als Brian Jones.

„Endstation ist die Borg Straße", antwortete Alfons.

„Das ist nicht unser Bus!", bemerkte eine Gestalt in auffällig bunter Kleidung und Wuschelkopf.

„Halts Maul Jimi. Du gehörst gar nicht hierher. Du bist nicht ertrunken, du bist an deiner eigenen Brühe erstickt!" Dieser Brian Jones war offensichtlich ein unverschämter Kerl, dachte Alfons.

„Und was mache ich hier?", fragte Esbjörn Svenson.

Jeff Buckley fühlte sich angesprochen zu antworten: „Genau dasselbe wie wir alle. Wir warten! Mutmaßlich sind hier alle ertrunkenen und erstickten Musiker versammelt."

„Stimmt. Ich habe lange nicht mehr am Piano gesessen. Das fehlt mir." Man spürte förmlich die tiefe Traurigkeit Svensons.

Jeff Buckley versuchte sich in Aufmunterung: „Wird sich gleich ändern, falls wir den richtigen Bus erwischen. Dieser hier," er deutete auf die offene Tür, „ist nicht der richtige."

„Lassen Sie niemanden von denen herein!", ereiferte sich Ellroy. Zur Unterstützung fuchtelte er mit beiden Armen.

Alfons Antwort war von seiner Dienstvorschrift diktiert: „Ich verweigere niemanden den Zutritt!"

„Aber das sind alles Krawallmacher. Die machen mich wahnsinnig. Dann kann ich nicht bleiben."

„Ihre Vorlieben kenn´ ich nicht. Doch es bleibt dabei: Keinem Gast, der sich nichts hat zuschulden kommen lassen, wird der Zutritt verweigert!" Da blieb Alfons fest.

„Ich hasse Rockmusik!" Ellroy zeterte einfach weiter.

„Lassen sie nur!", besänftigte Jeff Buckley. „Das ist nicht unser Bus. Wir müssen offensichtlich weiter auf ein anderes Gefährt warten."

„Woher willst du das wissen?", nuschelte Jimi Hendrix.

„Einige Informationen liegen mir schon vor, wo ich bereits so lange ausharre. Du kannst mir vertrauen", beruhigte Buckley erneut die anwesenden Gemüter. Alle an dieser Musiker-Haltestelle Anwesenden wendeten sich von der Eingangstür ab und richteten sich, so gut es ging, im Haltehaus ein.

Alfons Erstaunen war nicht mehr zu steigern. Er schloss die Tür, blickte erzürnt auf Ellroy, der die Fahrgäste mit seiner Intoleranz verscheucht hatte und lenkte seine Emma auf den letzten Abschnitt seiner täglichen Tour. Bald war es geschafft. Das Ende der Strecke kam näher. Danach sollte sich doch wohl all dies in Luft auflösen. Diese Figuren, das rätselhafte Verhalten, die zurückgelassenen Fahrgäste, die anhaltende Dunkelheit, der Nebel.

Endstation

„Was in Teufels Namen machen sie?", herrschte Thomas Mann Alfons an. „Haben sie sich etwa verfahren? Weshalb sind wir noch immer nicht am Ziel?"
„Meine Route ist noch nicht beendet", rettete sich Alfons in eine Notlüge.
„Wir sitzen aber doch schon allzu lange in diesem Gefährt", zischelte James Ellroy. „Ich habe hier ohnehin nichts verloren, zwischen all diesen edlen Herrschaften und schrecklichen Rockmusikern."
„Meine Herren!", versuchte, Stanislaw Lem zu beruhigen. „Das Außergewöhnliche dieser Situation ist jedem von uns bewusst! Von der Realität ausgeschlossen, sitzen wir hier alle miteinander in diesem unattraktiven Gefährt fest."
„Vielleicht befinden wir uns in einer Art *Zwischenreich?* Denn das wir uns noch inmitten des Lebens bewegen, wage ich nicht mehr, mit der nötigen Sicherheit zu behaupten", mutmaßte Aldous Huxley.

„Immer diese feinsinnigen Engländer", stichelt James Ellroy. „Ich habe gerade erst mein Frühstück genossen und mich auf den Weg zu einer öffentlichen Lesung begeben. Ihre Anwesenheit macht *mich* noch lange nicht zu einem Geisterwesen."

„Ich bitte doch sehr!", fährt ihm Eric Ambler in die Parade. „Nur weil wir uns auszudrücken wissen, müssen sie nicht in diese burschikos-amerikanische Wesensart verfallen."

Tatsächlich zog sich Ellroy ein Stück weit zurück. Amblers Schriften nötigten ihm seinen selten vergebenen Respekt ab. Diese Persönlichkeit fand Achtung vor Ellroy.

„Niemand von uns kennt den Grund, weshalb er hier in diesem Gefährt weilt", ergreift Per Wahlöö das Wort. „Haben wir vielleicht etwas gemeinsam?"

„Was sollte das sein?", fragte Patricia Highsmith.

„Ganz einfach: Wir alle haben geschrieben!", stellte Stanislaw Lem nüchtern fest.

„Ist das nicht eine recht oberflächliche Gemeinsamkeit?", wendete Heimito von Doderer ein. „Jeder Mensch hat geschrieben."

„Das", antwortete Thomas Mann, „bezweifele ich. Jedenfalls, wenn das Wort Schreiben einen Wert haben soll. Was aber, so frage ich mich, haben die Schriften von Robert Musil mit denen von zum Beispiel John Steinbek gemein?"

Die leise Stimme einer bislang unbemerkt gebliebenen, weil schwarzfahrenden Person aus der letzten Reihe, meldete sich zurückhaltend zu Wort: „Das alles kann meine Schuld sein. Ich habe während vieler Jahre alle ihre Werke mit Begeisterung gelesen."

Ungläubige Stille.

„Und was ist mit Simone?", fragte Sartre. „Es kann doch nicht gut sein, dass der Wicht meine Simone nicht gelesen hat!"

„Habe ich. Mit ungehinderter Begeisterung. Sie aber wollte nicht in diesen Bus steigen."

„Weshalb denn nicht?", fragte Sartre erbost.

Auf diese Frage wollte der Wicht die Antwort lieber schuldig bleiben.

„Aber was habe denn *ich* mit dieser ganzen Geschichte zu

tun?", meldet sich Alfons zu Wort.

„Keiner der Anwesenden kann ein solches Gefährt bedienen", antwortete der nimmermüde, vernunftbegabte Stanislaw Lem.

In diesem Augenblick öffneten sich alle Türen des Busses.

„Ich heiße sie herzlich willkommen. Bitte aussteigen! Sie haben die Endstation erreicht. Das gilt übrigens für *alle!*", forderte eine freundliche, unpersönliche Stimme.

„Auf mich", gellt Ellroy, „bezieht sich diese Aufforderung ganz gewiss nicht! Ich habe noch einen Haufen unerledigter Sachen, die auf mich warten."

Das Gesicht zu der unpersönlichen Stimme schaut erstaunt, aber freundlich in das des Sprechers. Alle und alles verstummt. Selbst das dieselige Brubbeln der Emma.

Liste der Autoren:

James Ellroy (zahlt als Einziger - 1948 - ....)
William Faulkner (1897 - 1962)
John Steinbek (1902 - 1968)
Albert Camus (1913 - 1960)
Jean-Paul Sartre (1905 - 1980)
Marcel Proust (1871 - 1922)
Thomas Mann (1875 - 1955)
Klaus Mann (1906 - 1949)
Robert Musil (1880 - 1942)
Albert Vigoleis Thelen (1903 - 1989)
Heimito von Doderer (1896 - 1966)
Umberto Eco (1932 - 2016)
Per Wahlöö (1926 - 1975)
Eric Ambler (1909 - 1998)
Aldous Huxley (1894 - 1963)
Stanislaw Lem (1921 - 2006)
Patricia Highsmith (1921 - 1995)
Alfons - der Busfahrer (1958 - 2016)
und die leise Gestalt (unbekannt)

Leere Seiten

„Was ist? Kommst du mit ins Bett?", fragte Laura ihren Bernard.
„Nein. Noch nicht. Ich mach mich nochmal an den Schreibtisch und versuche, ein paar Sätze aufs Papier zu bringen", antwortete Bernard.
„Ach, tatsächlich?" Der Ton von Laura war treffend und schneidend. Er verursachte ein Rieseln in Bernard. So, als fiele Abrieb innerhalb seines Körpers in seinen Unterleib. Bernard spürte, wie es durch seinen Körper glitt, vergleichbar einer Sanduhr. Falls er spontan reagierte, würde sich daraus eine Auseinandersetzung ergeben, in der er auf verlorenem Posten stand. Laura wollte mit ihm schlafen. Und es war wirklich Zeit, sich auf diese körperliche Verbindung einzulassen. Das wusste Bernard. Aber er konnte nicht. Den Grund dafür ahnte er. Worte, diesen Anlass Laura verständlich zu machen, fand er keine. Dabei wähnte er sich als Meister der Worte, war er doch ein leidlich erfolgreicher Schreiberling. Zwar fehlte ihm ein Werk in der Königsdisziplin, dem Roman, aber seine kurzen Storys waren erfolgreich. Zwei Bände waren mittlerweile veröffentlicht. Und der Rubel rollte. Was also wollte er mehr? Einfache Antwort: Eine Veröffentlichung in der Königsdisziplin. Dabei war ihm gleich, ob dieser zum kommerziellen Erfolg werden würde. Hauptsache, das Schriftstück zog sich über viele Seiten. So dehnte er seine Lieblingsstory so weit wie möglich in die Länge. Das Resultat war unlesbar. Ab einem gewissen Zeitpunkt hatte er sich nicht einmal mehr getraut, Laura die geschriebenen Seiten zur ersten Durchsicht anzubieten. Unbegreiflicher weise hatte er den Faden verloren. Die Erzählung plätscherte dahin. Es war uninteressant, weiter als Seite fünfzehn zu lesen. Diese Seitenzahl galt als Höchstgrenze für seine Shortstorys. Bernard war es demnach nicht möglich, ein Schriftstück über fünfzehn Seiten hinaus zu schreiben. Er mühte sich seit vielen Monaten damit ab. Und sollte er wirklich während all der Zeit mit Laura nicht mehr geschlafen haben? Bernard wusste es nicht. Diese Unklarheit verursachte zusätzliche Beschwerden. Er musste achtgeben, dass aus dem Rieseln keine Lawine würde.

War dieses Scheitern der wirkliche Anlass für sein schlechtes Gefühl? Bernard erinnerte sich noch gut an das letzte Gespräch mit Viktor und Clemens. Sie saßen in ihrer Kneipe, als Viktor Bernard darauf aufmerksam machte:

„Sag mal, weshalb schwebt denn diese graue Wolke über deinem Haupt?"

„Was meinst du bitte?", fragte Bernard, schon in einem ganz leicht aufgebrachtem, weil ertapptem Tonfall.

Clemens mischte sich mit ein: „Was er meint? Diese zur Schau gestellte Dauerdepression! Selbst nach ein paar Bier. Was gibt es denn, dass du ein solches Gesicht ziehst?"

„Gar nichts", verwarf Bernard ihre Fragen.

„Na klar", antwortete Viktor. „Es ist nur die schlechte Luft hier drin. Und das Bier ist schal. Die Sitze hart."

„Und die Preise hoch", ergänzte Clemens, um fortzufahren: „Deine Bücher verkaufen sich. Was ist das für ein toller Zustand! Wie lange ist es jetzt her, dass du die beiden Bände veröffentlicht hast? Drei Jahre?"

„Vor ziemlich genau dreißig Monaten habe ich die erste Rate überwiesen bekommen."

Darauf Clemens: „Ich kann mich noch gut an das Fest hier an diesem Ort erinnern. Du warst völlig aus dem Häuschen und hast mit Freirunden nur so um dich geworfen. Und das tolle ist: Deine Ware wird niemals faulen! Du verkaufst weiter. Die Geschichten werden noch über Jahre zu beziehen sein. Das nenne ich mal eine lohnende Mühe."

„Und dabei sitzt er hier", fährt Viktor fort, „als würde er morgen Konkurs anmelden. Oder ist vielleicht was mit deiner Laura nicht in Ordnung?"

„Soweit alles gut", log Bernard.

„Also - was ist es dann", wollte Viktor wissen.

„Ich fühle mich leer."

Viktor und Clemens im Chor: „Na und?" Viktor alleine: „Das ist doch eine unglaublich komfortable Situation. Du hast was geschaffen, bist fertig damit, verdienst aber weiter Geld. Das kann unmöglich der Grund für dieses Gesicht sein. Du müsstest nach wie vor auf Wolke Sieben schweben."

„Das sagt sich so leicht."

„Aha. Und was beschäftigt dich so sehr, dass du den einen, gemeinsamen Abend nicht einfach genießen kannst?"
Was Clemens aussprach, hatte Bernard wortgetreu von Laura bereits mehrmals vorgehalten bekommen. Aber auch hier blieb Bernard still, antwortete nichts.
„Jetzt aber raus damit," forderte Viktor. „Sonst verabrede ich mich erst wieder mit dir, wenn diese Phase vorüber ist."

Bernard wusste, dass dies nicht ernst gemeint war. Viktor und Clemens waren seine Kumpel. Vielleicht sogar etwas mehr als das. Klar, sie waren stolz darauf, einen nicht völlig erfolglosen Autor zu kennen. Und lange Zeit waren seine Shortstorys das gewichtigste Thema an solchen Abenden. Irgendwann einmal war es den Beiden aber genug. Und es wurde wieder über Politik, Sport und anderen Kram diskutiert. Bernard vermochte das Thema nicht länger auf seine Schreiberei zu lenken. Dabei war es ihm wichtiger als je zuvor. Während des Schreibens der Shortstorys, den Korrekturen und dann der Veröffentlichung, eilten die Gespräche immer nur von Erfolg zu Erfolg. Und erst, als wirklich ausreichend Bücher gekauft wurden! Nicht zuletzt durch die Übersetzung ins Englische und der damit verbundenen, deutlichen Ausweitung des Marktes. Amerikaner waren von Shortstorys eher zu begeistern als Europäer. Aus Bernard platzten die neuesten Verkaufszahlen manchmal regelrecht heraus. Dabei hätte er besser geschwiegen. Denn ein wenig unheimlich wurde es den beiden Kumpel schon. Wurde Bernard etwa ein reicher, weil erfolgreicher Autor? Das überstieg ihre Phantasie. Also schwieg er sich über den zurückgegangenen, immerhin aber beständigen Verkauf weiterer Exemplare ihnen gegenüber aus. Sie sollten ihn auch weiter behandeln wie jeden anderen ihrer Kumpel. Eben nicht als etwas Besonderes. Am Ende geriet er dadurch nur in eine für ihn unleidliche Situation. Zwar hatte Bernard immer wieder betont, dass er für die Shortstorys praktisch nicht besonders aktiv sein müsste. Einfach abwarten. Etwa eine schlaflose Nacht. Irgendwann fiel ihm zu dieser Zeit zuverlässig ein des Schreibens werter Plot ein, den er tags darauf nur noch *wahrheitsgetreu* niederschreiben musste. Also genauso, wie er während der schlaflosen Nacht in seinem Kopf abgelaufen war.

Als er diese Übung einmal beherrschte, gab es kein Halten mehr. Die Schlaflosigkeit musste nicht einmal künstlich hergestellt werden. Bernard benötigte nichts weiter als Geduld. Es war nur wichtig, sich nicht gedrängt zu fühlen. Die Storys bauten sich allmählich in ihm auf. Waren sie erst einmal reif, brauchte er sie nur noch zu pflücken, Pardon: aufzuschreiben. Danach ein, zwei Kontrollen und ab damit in den Druck. Die obenhin schwierige Suche nach einem Verlag, der diese Storys veröffentlicht, war ebenfalls beschämend schlicht verlaufen. Einige wenige Postsendungen, ein dutzend E-Mails, schon meldeten sich die Interessenten bei ihm. Besser noch: Sie überboten sich gegenseitig. Auch Laura war angetan. Nicht zuletzt, weil diese vordergründige Spielerei unerwartet in harte Münze umgesetzt werden konnte. Eine glorreiche Zeit. Hier an der Theke und zu Hause mit Laura. Mit der Zeit beruhigte sich Bernards Umfeld. Nur er beruhigte sich nicht. Sein Verlag bot ihm für einen dritten Band eine für ihn traumhaft wirkende Summe. Aber bevor Laura in unlautere Pläne verfiel, sagte Bernard diesen dritten Band ab. Damit war er für den Verlag erledigt. Das beeinflusste den Verkauf seiner ersten beiden Bände keineswegs. Und es zeichnete sich die Möglichkeit am Horizont ab, nach dem Ablauf der vertraglich festgelegten fünf Jahre den Verlag zu wechseln und nochmals zu verdienen. Diese Möglichkeiten verursachten einen wahren Schwindel. Bernard verdiente mit seinem leichtgewichtigen Hobby mehr Geld als in seinem herkömmlichen Beruf. Aber vielleicht war die Kündigung doch ein Fehler. Denn seitdem saß er zu Hause und hatte mehr Zeit, als ihm lieb war, seine Situation zu überdenken. Während der schlaflosen Nächte fielen ihm nun keine Geschichten mehr ein. Viele Monate rechnete er während dieser Nächte seinen Verdienst hoch, teilte ein und erstellte vernünftige finanzielle Pläne für das nächste Jahrzehnt. Dann war auch mit dieser Rechnerei Schluss. Und er lag wach. Noch während der Überlegungen zum dritten Band kroch *es* langsam an ihn heran. Dieses Angebot vor Laura zu verheimlichen, hatte er nicht für nötig erachtet. Es ergaben sich erste, irritierende Gespräche. Ganz in dem Sinne: „Was willst du mehr, mein Lieber? Sie lassen dir Zeit. Die Themen scheinen ebenfalls nicht vorgegeben. Und zuletzt betonen sie, keinen irgendwie gearteten Druck ausüben zu wollen. Ehrlich gesagt, hätte ich ein solches Angebot gar nicht für möglich gehalten. Du bist offensichtlich viel besser, als ich angenommen habe."

„Unsinn. Es ist der angelsächsische Markt, der einfach alles schluckt. Wie eine beliebige Straßenhure. Ich soll einfach liefern. Qualität ist dabei nicht gefragt. Nach den ersten beiden Bänden gehen die Marktspezialisten im Verlag davon aus, dass sich ein Dritter ebenfalls befriedigend verkaufen lässt. Völlig gleich, was drinsteht. Wie eine der Endlosfolgen im TV. Bis die Zuschauer, in diesem Fall Leser, ausschalten oder kapieren, dass die ihnen vorgesetzt Qualität mit der Zeit immer schlechter wird, hat der Verlag sein Soll bereits erreicht. Was die Leserschaft davon denkt, interessierte dort keinen."

„Soll heißen: Dich interessiert es?", fragte Laura.

Bernard lachte verächtlich. „Die machen automatisch aufgrund der ersten beiden Bände mit einem dritten Kohle. Das ist fast ein Gesetz des Marktes."

„Und du willst dich diesem *Gesetz des Marktes* nicht unterwerfen. Sehe ich das richtig?"

„Ich weiß es wirklich noch nicht, Laura. Es ist schwierig für mich, weil es so offensichtlich ist."

„Offensichtlich sind erst einmal die Zahlen in diesem Vertrag. Hast du dieses Schriftstück einmal durchgelesen? Was willst du mehr? Ich kann es nicht fassen! Selbst angesichts allem, was du vorträgst. Schreib diesen verdammten dritten Band und mach danach was du willst. Besser: Wir machen danach, was wir wollen. Hast du daran gedacht?"

Bernard erinnerte sich noch gut an dieses zurückliegende Gespräch. War dies die Ursache für den ersten, kleinen Riss? Jedenfalls fühlte es sich in Bernard so an. Der erste Abstand, den er seit einem gemeinsamen Jahrzehnt gegenüber Laura empfand. Sie war ihm nicht böse. Nein, sie wunderte sich nur darüber, was Bernard anderes erreichen wollte angesichts der aktuell-rosigen Aussichten. Er lag danach viele Nächte wach.

„Haaaalloooo", rief ihn Viktor aus der Erinnerung zurück. „Dürfen wir mit einer Antwort rechnen?"

„Wovon soll ich euch berichten? Es gibt nichts Neues."

„Doch, dieses Gesicht."

Nur Viktor antwortete. Clemens hielt sich still im Hintergrund.

„Tut mir leid. Mir ist heute eine Laus über die Leber gelaufen."

„Ärger mit Laura?"

„Nein. Das ist es nicht."

„Ich hab aber schon das Gefühl, dass es zwischen euch nicht mehr so ist, wie früher. Was hast du angestellt? Wenn du zu Hause jeden Tag veranstaltest, was gerade hier abläuft, kann ich Laura gut verstehen."

Bernard schwieg.

„Nun mach deinen Mund auf und erzähl! Ist ja nicht auszuhalten. Früher warst du kaum zu halten. Was hat sich getan? Ist dir gekündigt worden und du traust dich nicht, uns davon zu berichten?"

„Ach was. Ich habe nur den neuen Vertrag nicht abgeschlossen, werde also keinen dritten Band mit Shortstorys schreiben."

„Schade."

„Ich kann einfach nicht mehr."

„Dann gehen dir ein paar Kröten durch die Finger. Na und? Es reicht doch auch so zu mehr als Brot und Wasser. Oder bist du sauer, dass du sie nicht schreiben *kannst*?"

„Ich *will* keine Kurzgeschichten mehr schreiben."

„Gut. Dann mach was Anderes. Oder geht es genau darum?"

„Ja. Irgendwie schon."

„Ich ahne da etwas. Du willst einen Roman schreiben. Richtig?"

Bernard wusste wirklich nicht, was er antworten sollte. Oder ob überhaupt. Exakt hier entlang zog sich die Deadline für Gespräche. Niemand konnte seine Position verstehen. Er mochte keine Kurzgeschichten mehr schreiben. Vielleicht brachte er auch keine mehr zu Papier. Aber das war es nicht. Immer auf einer Stelle stehen und dieselbe Bewegung machen? Er war doch kein Bandarbeiter. Und die Stelle war bereits ganz ausgetreten. Allmählich versank er darin.

„Ich erhalte schon Briefe von Lesern."

„Du erzählst mir hier ernsthaft, dass derartige Post dich runter zieht? Gut, ich weiß nicht, wie es ist, für eine Arbeit kritisiert zu werden ..."

Hier mischte sich Clemens doch ein. „Weil du keine Kritik verträgst und sie deshalb erst gar nicht an dich heranlässt."

Viktor ignorierte diesen Einwurf: „... aber lass sie doch alle tönen! Was kann dir das ausmachen! Du hast was geschaffen. Klar gefällt es nicht jedem. Aber eine Beschwerde sollte an dir abperlen. Lass sie doch ihre fünfzehn Piepen ausgeben. Dann machen sie wenigstens keinen anderen Unsinn damit."

„Überwiegend wollen sie mehr von dem, was sie gelesen haben."

„Aha - und das ist ein Problem? Vertröste sie meinetwegen auf den Sankt Nimmerleinstag. Aber vielleicht siehst du die Sache in einem Jahr anders und begibst dich wieder an den Schreibtisch."

„Ich habe den Schreibtisch auch in der Vergangenheit nicht verlassen."

„Also schreibst du doch?", fragte Viktor etwas verblüfft.

„Nein. Ich versuche, etwas zu schreiben. Es klappt aber nicht."

„Jetzt versteh' ich gar nichts mehr. Worüber beklagst du dich denn?"

Nun platzte es doch aus Bernard heraus, obwohl er seine Worte solange zurückgehalten hat.

„Über den Mist, der dabei herauskommt."

Die Gesichter von Viktor und Clemens zeigten unverfälschte Verblüffung.

„Es reicht mir, zweitausend Wörter auf fünf Seiten zu verteilen. Das kann jeder."

Viktor deutete einen Vogel an.

„Ich will etwas Anderes schreiben. Eine längere Geschichte. Meinetwegen einen Krimi. Oder auch eine Liebesgeschichte. Was auch immer. Die Kurzweiligkeit muss ein Ende haben."

„Dann mach das doch. Es steht dir nichts im Wege."

„Offensichtlich doch", antwortete Bernard auf Viktors Einwand. „Den Krimi habe ich liegen lassen. Es ging einfach nicht voran. Natürlich muss ich darauf achtgeben, niemanden zu kopieren oder versehentlich einen *Tatort* auf Papier wiederzugeben. Dann glaubte ich, einen Plot gefunden zu haben. Allerdings bin ich nicht über die ersten Seiten hinausgekommen."

„Erzähl. Was wolltest du schreiben?"

„Über einen unglücklich Verliebten, der den garstigen Freund seiner heimlich Geliebten aus dem Weg räumt aber trotzdem nicht das begehrte Ziel erreicht."

„Klingt nicht schlecht."

„Ich habe mich dabei ertappt, wie ich unbewusst Patricia Highsmith kopierte. Und zwar schlecht kopierte."

„Das wird heute kaum jemand bemerken, weil die Highsmith nicht mehr gelesen wird."

„Glaubst du? Es reicht aber schon, dass ich das weiß. Also habe ich davon abgelassen und was Anderes versucht."

„Die Liebesgeschichte. Ehrlich gesagt, war ich schon gespannt darauf", wurde Clemens aktiv. „Was für eine Liebesgeschichte schreibt Bernard? Das ist eine reizvolle Frage. Doch nicht die von Laura und dir? Das glaube ich mal nicht. Dagegen wird Laura was haben. Aber welche dann?"

„Die von Metternich und Wilhelmine von Sagan", antwortete Bernard.

„Von wem bitte?", musste Clemens nachfragen.

„Metternich. Der berühmte österreichische Außenminister. Und eine seiner damaligen Geliebten, Wilhelmine von Sagan."

Viktor und Clemens schauten sich fragend an.

„In der Zeit um 1814 bis 1815. Ich habe ein paar Bücher darüber gelesen und mich informiert. Es ging aber gar nicht voran. Aus der Zeit habe ich erzählt. Also wie Napoleon geschlagen wurde und so was. Von der Liebe der beiden kam in dieser Liebes-Geschichte allerdings wenig vor. Kurz bevor ich aufgab, habe ich mich dabei ertappt, wie ich aus einem unbedeutenden Geschichtsbuch die Briefe von Metternich und Sagan abgeschrieben habe. Nur, um überhaupt etwas zu schreiben. In beiden Fällen ist es mir nicht gelungen, die Handlung an einem Faden aufzuziehen. Ich bin durcheinandergeraten, habe wild daher fabuliert."

„Das ist doch auch schon was", tröstete Viktor.

„Nein. Es war nicht lesbar. Völlig ungenießbar."

„Und das kannst du so ohne weiteres beurteilen?"

„Viktor, falls ich eines kann, dann beurteilen, falls ich Mist geschrieben habe."

„Und jetzt? Wie gedenkst du weiter vorzugehen?"

„Ich weiß es wirklich nicht. Jeden Abend …"

„Jeden?"

„Ja, jeden Abend setze ich mich an den Schreibtisch. Manchmal trinke ich vorher einen Whiskey, um auf Touren zu kommen. Oder ich schaue einen guten Film, höre gute Musik. Aber nichts hilft. Die Seiten bleiben leer. Und je länger ich darauf starre, umso leerer werden sie."

„Kein Schneehase irgendwo versteckt", frotzelte Viktor.

Bernard reagierte nicht. Er trank sein Bier aus und bestellte sofort nach.

„Deine Probleme möchte ich haben", meinte Viktor.

„Das sagt Laura auch zu mir."

„Und was noch?"

„Das ich doch endlich mal anerkennen soll, was bislang geschafft wurde. Und zufrieden damit sein. Sich ausruhen. Abwarten. Sie versteht meine Unzufriedenheit und Ungeduld nicht."

„Versteh´ich auch nicht", schüttelt Viktor seinen Kopf und Clemens winkt ab. „Und der *Schornstein dampft* wohl auch nicht mehr", bemerkt Clemens.

Darauf antwortet Bernard nicht. Er schüttet sein frisch gezapftes Bier herunter, zahlte, verabschiedete sich kurz und verließ die Kneipe. Dunkler als je zuvor. Er hätte auf gar keinen Fall mit den Beiden über dieses Thema reden sollen. Nun fühlte er sich seines letzten Tropfen Selbstbewusstseins entledigt. Er war ausgelaufen. Leer. Und, er wollte es sich nicht eingestehen, weil es so lächerlich und kindisch klang, einsam. Gerne hätte er sich ausgetauscht. Aber mit wem? Es war nicht möglich, weil sein Problem von allen anderen als ein Luxusproblem betrachtet wurde. Da war genügend Geld, ein wirklich geliebter Mensch, eine Herausforderung. Doch genau an dem Umgang mit dieser Herausforderung drohte Bernard zu scheitern. Denn es war kein Wunsch oder eine Absicht. Es war eine Obsession. Kein Projekt unter zweihundert Seiten fand eine gnädige Aufnahme vor seinem Schreibgericht. Die beiden Bändchen waren erschienen. Gut und schön. Aber das zählte heute für nichts. Sie waren lediglich der Einstieg zur eigentlichen Aufgabe gewesen. Das hatte Bernard begriffen und damit jeden

Trost verloren. Falls er keinen Roman schuf, war alles vergebens gewesen. Makulatur. Dünnste Isolierung gegen die Eiseskälte. Das nahm ihm niemand ab.

Zu Hause angekommen setzte er sich an die Schreibmaschine. Heute musste es gelingen. Wenigstens einige Sätze. Er sah das enttäuschte Gesicht Lauras vor sich, hörte das nutzlose Gerede von Viktor und Clemens, las die überheblichen Briefe seines oder anderer Verlage. Sie alle hatten keine Vorstellung von dem inneren Druck während einer schlaflosen Nacht. Der aufkommenden Depression vor dem Versagen. In einem aussichtslosen Unterfangen versuchte er das, was andere *seine Ansprüche* nannten, zu reduzieren. Aufrichtig gesprochen, hätte er lieber nichts geschrieben, als diese zwei Bände, nur um jetzt vor dem nächsten Schritt zu versteinern. Langsam trank er einen Whiskey. Die Seiten blieben weiß. Kein Anschlag eines einzigen Buchstabes war Bernard vergönnt. Wie war das möglich? Er kam sich vor wie der Esel, der einer verlockenden Möhre hinterher trabt, die vor seinen Augen an einer Angel baumelt. Ihm war etwas in Aussicht gestellt worden. Doch nachdem er lediglich einen Blick darauf hatte tun dürfen, verschwand diese Verheißung für immer.

Dann endlich löste sich etwas in ihm und er begann zu tippen. Schnell und sauber, wie noch nie zuvor.

Er hörte im Morgengrauen die freundlichen Gesänge der Vögel. Dieses Gezwitscher war wie immer. Aber seine Ohren nicht!

Am nächsten Morgen, Bernard schlief tief und fest auf der Couch, bewegte sich Laura auf leisen Sohlen durch die Wohnung. Sie hoffte inständig, dass ihrem Bernard endlich etwas aus der Feder geflossen war. Gestern Abend wollte er sich mit seinen Freunden treffen. Vielleicht hatte dieses Gespräch etwas in ihm gelöst. Denn dass sie nicht zu helfen vermochte, war ihr schon seit Monaten klar. Immer wieder blockte Bernard ihre Worte ab, ohne sie, wie ihr schien, überhaupt ernsthaft erwogen zu haben. Ihre Freundinnen lachten, nachdem sie ihnen ihr Herz ausgeschüttet hatte.

Empfand Bernard während ihrer aufrichtig und freundschaftlich gemeinten Mahnungen Vergleichbares, wie sie in diesem Moment gegenüber ihren Freundinnen?

Es lagen viele, sehr viele Seiten auf der *richtigen* Seite des Schreibtisches. Nämlich dort, wo nur die beschriebenen Blätter sich zu sammeln hatten. Unglaublich, wie hoch der Stapel war! Sollte es ihrem Geliebten gelungen sein? Endlich. Endlich. Endlich, erhoffte sich Laura. Das wäre die Wende. Auch für sie Beide. Die Aussicht, auch in nächster Zeit gut miteinander auszukommen. Denn wie weit es Bernard noch zu treiben gedachte, davor spürte Laura tüchtigen Respekt.

Jetzt nur leise. Bernard war sicher total erschöpft in einen glücklichen Schlaf gefallen. Ganz in dem Bann, seine erste Leserin zu sein, griff sie sich den Stapel und schlich von der Schreibkammer in die Küche, um sich bei einem schwarzen Kaffee seine neueste Schöpfung zu Gemüte zu führen. Das Wasser lief kochend durch den Filter. Sie griff zur zweiten Seiten. Denn auf dem Titelblatt hatte sie nur ein großgeschriebenes „X" vorgefunden. ‚Seltsamer Titel', dachte sie noch. Ein Vorwort oder eine Inhaltsangabe gab es eben so wenig. Auf der Seite zwei stand geschrieben:

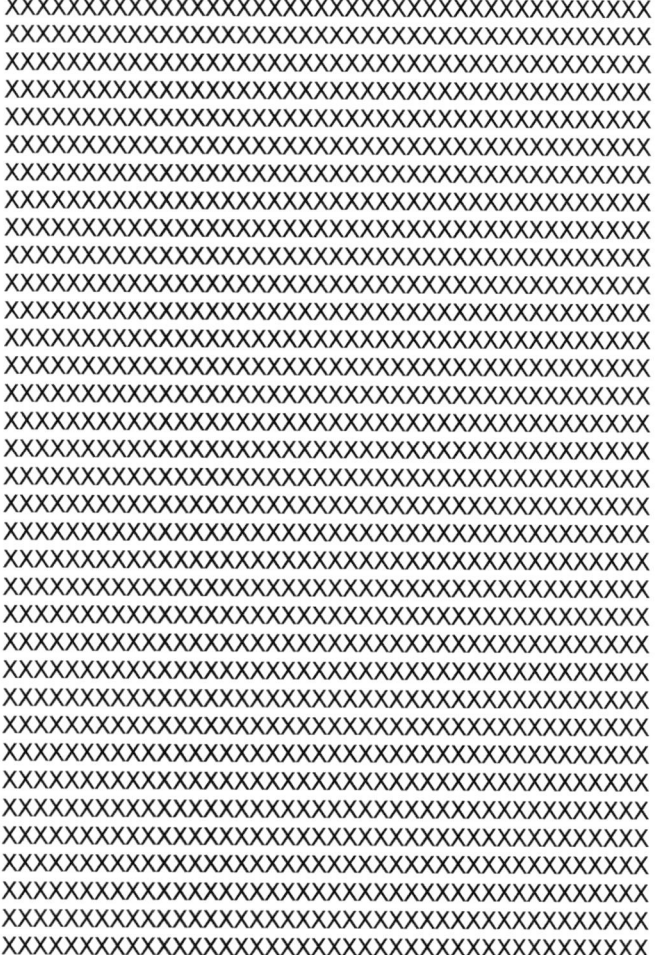

Gute Nacht John Wayne
oder auch:
Gute Nacht John Boy

Himmlisches Blau. Wunderbare Quellwolken.

Es klingelt ein himmlisch leichtes Glöckchen.

„Petrus, wie oft habe ich dir schon mitgeteilt, dass du mich nur bei wirklich *wichtigen* Angelegenheiten stören sollst?!"
„Hmhm - Chef. Es ist wichtig."
„Du kennst also den Unterschied von wichtig und nichtig? Bist du dir tatsächlich sicher oder glaubst du nur, diesen zu kennen? Hatten wir uns während der unendlich langen Zeit nicht darauf geeinigt, dass im Sinne der Freiheit alles geschehen mag, was will und wir uns aus diesem Grunde *nicht* einmischen?!"
„Bis zu einem gewissen Grad - ja. Es wurden allerdings einige Ausnahmen formuliert, die ich gleich hier zitieren möchte ....."
„Oh bitte, verschone mich mit Paragraphen! Nun, nachdem du mich einmal geweckt hast, kannst du auch gleich berichten, was dich zu mir geführt hat."
„Wahlen."
„Wahlen?"
„Jawohl. Wahlen."
„Na und?"
„Laut Paragraph ..."
„*Petrus!*"
„Schon gut. Ich werde nicht mehr von Paragraphen sprechen."
„Na dann - was hat dich veranlasst, mich aus himmlischen Träumen zu wecken?"
„Die erwähnten Wahlen."
„PETRUS!"
„Ich komme ja gleich zur Sache."
Schweigen
„Ich bitte darum."

„Und Ihr werde mich bestimmt nicht schelten?"
Die Antwort ist ein langanhaltendes Schweigen und trüber Blick auf Petrus.
„Nun denn", fährt Petrus fort. „Hier die Ergebnisse der letzten Wahlen auf der Erde: Der rechte Holländer hat die Präsidentschaftswahlen in den Niederlanden gewonnen."
„Kenn´ ich nicht - na und?"
„Er hat daraufhin Großbritannien beziehungsweise mittlerweile Little Britannien den Krieg erklärt."
„Das kleine Holland der mächtigen Insel?"
„*Little Britannien* sehr wohl bemerkt. Mehr ist von der Insel nach jahrelangem, isolationistischem Kurs nicht übrig geblieben. Alle Bewohner mit Köpfchen haben die Insel schon lange verlassen."
„Aber weshalb hat Holland Little Britannien denn überhaupt den Krieg erklärt?"
„Dieser Mitmenschen verachtende Drecksack musste von inneren Schwierigkeiten als Folge seiner gedankenlosen Politik ablenken. Und da bot sich ein für die Niederlande gefahrloses Unternehmen, aus wirtschaftlichen Gründen, gegen die geschwächte Insel, geradezu an."
Der Chef schüttelt nur erstaunt mit dem Kopf.
„Petrus! Bitte befleißige dich einer adäquaten Ausdrucksweise! Und, kommt noch etwas?"
„In Frankreich ist eine Frau zur Präsidentin gewählt worden, Chef."
„Das ist doch mal eine erfreuliche Nachricht, Petrus."
„Wie man's nimmt. Die Frau heißt Le Pen."
„Na und?"
„Chef - sie hält Reden, dass uns hier oben die Ohren wund werden. Ganz schrecklich und wirklich unfreundlich gegen ihre Mitseelen." Petrus hatte zur gewünschten, adäquaten Ausdrucksweise zurückgefunden.
„Und, hält sie Frieden mit dem östlich von Frankreich gelegenen Nachbarland?"
„Die verstehen sich prächtig", antwortet Petrus.
„War mit dem östlichen Flecken Land nicht mal was, was uns sehr viele Gläubige gekostet hat?", grübelte der Chef, verloren in den Myriaden von Ereignissen.

„Millionen verstorbene Erdlinge. Und die übrigen haben als Folge dieser schrecklichen Jahre den Glauben an uns verloren."

„Aha."

„Ja, Chef. Sie haben einfach nicht verstanden, weshalb kein Eingriff von Oben erfolgte, wo es sich um das schrecklichste aller Ereignisse in der Alten Welt handelte. Das hat sehr sehr viele Anhänger zum verzweifeln und später dem Mammon verfallen lassen."

„Hätten wir denn da etwas tun können?"

„Ja, Chef. Nur eine der vielen Kugeln etwas weiter nach rechts lenken und der Teufel wäre zurück in die Hölle gefahren. So aber hat er vom Glück befördert seinen, wenn ich das bemerken darf, von Euch Höchstselbst verfluchten Weg unbehelligt fortgesetzt. Und zwar bis zum bitteren Ende. Niemand hat ihn mehr aufhalten können."

„Das klingt mir ganz nach einem Vorwurf, Petrus. Meinst du etwa, wir hätten damals auf das eherne Gesetz der nicht-Einmischung verzichten dürfen?"

„Das zu diskutieren, Chef, ist schlichtweg nutzlos. Es ist geschehen. Es sei denn, Ihr lasst es ungeschehen werden!" Petrus Augen weiteten sich in Erwartung dieser wahrhaft überirdischen Möglichkeit.

„Petrus, muss ich mich denn ständig wiederholen? Was soll das für ein Schöpfer sein, der immer dann alles von vorne laufen lässt, falls ihm oder seiner Schöpfung etwas nicht zu Pass ist? Darüber müssen wir wahrlich nicht abermals diskutieren. Wir haben schon eine Ewigkeit damit verbracht. Also lassen wir es jetzt dabei und ich begebe mich wieder zur Ruhe."

„Es geht noch weiter, Chef! In Russland haben keine Wahlen stattgefunden."

„Dann kann dort ja nichts von Tragweite geschehen sein. Was verschwendest du meine Zeit damit?"

„Das sehe ich anders, Chef. Putin der Zweite hat die Wahlen abgesagt und sich zum Zaren ausrufen lassen."

„Zum Zaren?", kommt die von Erstaunen diktierte Entgegnung.

„Ja, zum Zaren", stellt Petrus sachlich fest.

„Dieser Rückschritt ist bemerkenswert. Was versprechen sich die Russen davon? Aber na ja - was immer die Hoffnung wach hält, soll da kommen. Gibt es noch etwas?"

„Ja, Chef."

„Ich bin ganz Ohr", wird Petrus mit Ungeduld zum weiteren Vortrag aufgefordert.

„In den Vereinigten Staaten von Amerika ist jemand mit dem Namen Donald ..."

„Eine Ente? Etwa die Ente von Wald Disney?"

„Nein, Chef. Leider nicht. Jemand Namens Donald Trump zum Präsident gewählt worden."

„Hat das etwa weittragende Folgen?"

„Er hat sogleich eine Mauer hochgezogen und den gesamten Süden seines Landes damit abgegrenzt."

„Wie die in Berlin ehemals?"

„Noch weitaus mächtiger. Eher vergleichbar mit der Chinesischen Mauer."

„Welche Absichten verfolgt er damit?"

„Er will damit verhindern, dass Ausländer die Grenze illegal passieren."

„Ist diese große Insel von uns nicht ehemals als Ausreisemöglichkeit für alle Verfolgten auserkoren worden?"

„Von uns schon", antwortet Petrus.

„Aber *sie* haben nicht darauf gehört. Verstehe ich das richtig?"

„Richtig, Chef. Jetzt werden sogar wieder Einfuhrzölle eingeführt."

„Davon verstehe ich nichts, mein lieber Petrus. Das kannst du gerne mit unserem obersten Wirtschaftsexperten diskutieren."

„Ihr meint mit Ludwig Ehrhard?"

„Wen auch immer ihr dafür aussucht. Ist das nun alles?"

„Als Reaktion der russischen Erhebung Putins des Zweiten zum Zaren, versucht Japan, sein Kaiserreich zu reanimieren, was zu sofortigen Spannungen auf dem asiatischen Kontinent geführt hat. China formuliert offizielle Protestnoten. Es werden mit großer Sorge Massenversammlungen an dem Grab des lange verstorbenen Mao Tse-tungs beobachtet."

„Und ich dachte, es ging lediglich um Wahlen."

„Nun ja, Chef, um Wahlen und deren Folgen. Oder um nicht-Wahlen und den daraus resultierenden Folgen."

„Auch wenn ich mich jedes einzelnen Punktes gerne annehmen möchte, so bleibt das vor langer Zeit aufgestellte *Gesetz*, dass eine nicht-Einmischung unumgänglich ist, als oberste Priorität unumstößlich. Wie anders kann ich die Freiheit des Einzelnen …"

„Und die Verantwortung nicht zu vergessen", fällt ihm Petrus ins Wort.

„ … die Freiheit und Verantwortlichkeit jedes Einzelnen sonst gewährleisten? Ich stelle mir gerade vor, was geschieht, falls ich all die notwendigen Korrekturen durchsetzen wollte."

„Da drastische Methoden nötig wären, sind die Folgen nicht darstellbar."

„Richtig, Petrus. Wie sollte ich eine Entscheidung der Erdlinge korrigieren, ohne sie vor den Kopf zu stoßen oder unrettbar zu verwirren?!? Ich bin tatsächlich etwas ratlos in diesem Punkt."

„Ja", seufzt Petrus, „es ist wirklich ein Dilemma."

„Ein absurdes Drama", bedauert der Chef.

Schweigen.

„Weiß du was, Petrus? Ich habe genug von diesem Erden Planeten. Lass sie machen, was sie wollen. Egal, wohin das führt. Wir lassen ab von ihnen und wenden uns anderen Projekten zu. Im Ceta Nebel etwa existiert ein vieler-sprechender Planet."

„Richtig, Chef. Dort ist die Schöpfung praktisch gerade erst aus der Wiege geschlüpft und wir können noch mit den besten Absichten unbemerkt eingreifen", freut sich Petrus.

„Richtig, mein Freund. Lass uns schauen, wie die Entwicklung dort voranschreitet."

Ein Riss in den Wolken zeigt den Planeten im Nebel des Ceta. Eine herrliche Landschaft öffnet sich. Exotische Tiere. Unglaublicher Pflanzenwuchs. Mildes Klima.
Die Beiden schauen sich zufrieden lächelnd an.
An einer idyllischen Wasserstelle sitzt eine Gruppe prä-humanoider Figuren ruhig beisammen und versucht sich an den köstlichen Früchten, trinken vom kristallklaren Wasser und

geben zufriedene, wenn auch unverständliche, Laute von sich.

Die beiden Beobachter seufzen zufrieden und lehnen sich entspannt zurück.

Unerwartet plötzlich jagt ein den prä-humonuiden ähnliches Wesen auf vier Beinen auf den Wasser Trinkenden zu, brüllt infernalisch, hebt einen Stein und schlägt diesem Wesen den Schädel ein. Die friedliche Gruppe platzt in alle Richtungen auseinander und verschwindet.

Die beiden Beobachter richten sich mit weit aufgerissenen Augen vor diesem Bild auf. Schauen, wie der vierbeinige prä-Humanoid grunzend Wasser aus seiner hohlen Hand saugt und den Niedergestreckten immer wieder wild anbrüllt, obwohl dieser keiner Regung mehr fähig ist, weil getötet.

„Du, Petrus, kann es sein, dass wir *grundsätzlich* etwas falsch machen?"

Himmlisches Beamtentum

Plötzlich und schmerzlos hatte es den Josef erwischt. *Es* kam schlichtweg zu unerwartet über ihn, um auch nur einen Gedanken der Sorge wegen der Zurückgebliebenen, noch Angst vor dem unbegreiflich Anderen zu entwickeln. So schied Josef ohne Angst oder gar Panik aus dem Leben, vergleichbar dem kindlichen Rutsch eine kurze Bahn hinab, zwar in einem Moment der Aufregung, aber auch mit einem Gefühl unbegreiflicher Befreiung.

Da stand er nun, sah an sich hinab und fragte sich, wo er sei und was er zu tun habe. Jedenfalls bemerkte er keinen Blaumann, keinen Zollstock und keinen Schraubenzieher in seinen Taschen. Auch vermisste er nicht jenes ihn ständig begleitende Gefühl der Verspätung.

„Gott zum Gruße!"
Josef zuckte zusammen, so sehr hatte ihn die Stimme aus dem Nichts erschreckt. „Ähhh - guten Tag."
„Hier bin ich. Du brauchst dich nicht zu schrecken."
Josef drehte sich in Richtung der Stimme. Was er sah, war eine weit entfernte Silhouette, offensichtlich sehr groß.
„Hab keine Angst!", wiederholte die Stimme beruhigend.
„I´versuch's."
„Ich weiß, es ist nicht leicht die gegenwärtige ...., nennen wir es hier ruhig *Situation*, zu erfassen. Aber ich kann dir versichern: Es geschieht dir nichts Schlimmes."
„Aha."
„Es werden nur einige wenige Fragen zu beantworten sein."
„Wusst´i's doch: Da is'n Haken."
„So würde ich es nicht nennen."
„Wie würdet's denn meine Situation rufen?"
„Vielleicht als Chance für einen letzten Blick, als eine Art *Nachsicht*."

„Nachsicht? Habe i´irgendetwas verbroch'n, daß i´um Nachsicht bitt'n muss?"

„Ich hoffe nicht. Nachsicht ist offensichtlich missverständlich. Nennen wir es also vielmehr eine Übersicht über die Vergangenheit."

„*Die* Vergangenheit?"

„Deine Vergangenheit. Was du so getan und gelassen hast. Worauf du stolz und worauf du weniger stolz bist. Würdest du etwas anders machen wollen? Oder hast du etwas versäumt zu tun? Im Großen und Ganzen: Bist du dir deines Lebens gewiss?"

„Ja, moi. Wo soll einer da anfang'n? Klar hätt' i´ den Xaver in der siebt'n Klass´gern vermöbelt. Aber feig wie i´ war, hab i´ auf friedlich gemacht. Dem Spott bin i´ trotzdem net entgangen."

„Daran erinnerst du dich als Erstes, wenn dir eine solch umfassend-ernste Frage gestellt wird?"

„Joa."

„Das kann ja lange dauern."

„Was meinst'n mit *das*?"

„Dieses Gespräch."

„Wir könnens´ auch kurz machen und du soagst, wast´ wirklich willst."

„Ich will, dass du dir über deine gelebte Zeit klar wirst."

„Bin i'."

„Gut. Dann berichte darüber."

„I´ woas net, was dich das angehen sollt'."

Die ohnmächtige Figur wuchs noch ein ganzes Stück. Wahrscheinlich kommt sie näher, dachte Jupp.

„Gut. Du bist dir über die Tragweite dieses Moments noch nicht im Klaren. Kommt alles auch etwas plötzlich. Geben wir dir noch etwas Zeit."

„Zeit? Wofür?"

„Zum Nachdenken."

„Brauch´ i´ net."

„Dann beantworte meine Frage."

„Welche Frage?"

„Was es Wichtiges und Bedeutendes in deinem Leben gab."

„Wofür willst'n das wissen? Hab i´bisher noch keinem verzell'n müssen. Wüßt´auch net', wofür."

Die Figur wuchs erneut.

‚Eiwei', dachte Jupp, ‚Der wird gleich riesig sein. Und falls der bös wird, könnt's wirklich Probleme geben. Weitaus größere als ehemals, mit dem Xaver, in der siebten Klasse.'

„Wie soll ich es dir sagen: Es ist schon von Bedeutung, was du hier und jetzt vorträgst oder weglässt. Am Ende wird immer zusammengerechnet. Das wird dir doch nicht neu sein."
„Net´ganz neu. Aber doch überraschend."
„Also. Leg los."
„Ganz frei?"
„Wie sonst? Klar und ganz ohne Beschränkung."
„Das hab´i´anders vermerkt, als i´ vorhin vom Xaver hab´erzähln wolln."

Grummeln auf der anderen Seite. Die Figur wächst noch ein Stück. Jupp ist schon beeindruckt, wie der das so da macht: `Würd i´ schon gern wissen. Wahrscheinlich irgendwas mit Licht und Spiegeln.´
Und laut weiter: „Später dann hab´i´die Irma habn´ wolln´. War ne fesche Maid. Als i´ihr ein Busserl auf'n Wangen gedrückt hab', krieg i´ gleich ´n Watschn. Schlimmer woan die vom Vatern, zu Haus dann. I´ dacht bei mir: Mit den Marderl'n darf i´nix anfang'n. Immer gleich Ärger. Auch zu Haus gabs viel Tratsch'n. Weil i´ faul war, wie mein Muttern und Vatern mir gsoagt hoam. I´ bin da net so sicher. Hab mich um die Blumen gekümmert. Das sie blühen. Und die Bäume, das sie wachs'n. Und manchs Getier hab i´ g'füttert. Vertrautes und scheues. Natürlich ne't immer mit Fress'n vom eig'nen Hof. Deshalb hatt's abends dann wieder eine Watsch'n gegeben. War mir aber wurscht. Die Viecher war'n satt und freundlich zu mir. Viel g'spielt hab´ i´ mit denen."
„Gut gut. Können wir die Kindheit vielleicht überspringen und auf die folgenden Geschichten kommen?"
„Kindheit? Was moanst mit Kindheit?"

„Na, das Alter."

„Wann fängst'n an und wann hörts'n auf mit der Kindheit? Weißt du doas? Mi´ hoat die Frag nämlich immer sehr prässiert. Oaber niemand hat's b'anworten könn'n."

„Über genaue Jahreszahlen der menschlichen Entwicklung liegen mir keine Informationen vor. Kindheit beginnt wohl mit der Geburt. Und endet vielleicht mit der Grundschulzeit."

„Ah, die Schul'n sin's also, die bestimm'n?"

„Nein. Nicht ganz. Aber mir scheint diese Einteilung einigermaßen sinnvoll. Geburt. Lernen. Dann ab in das Leben."

„Aha", tut sich Jupp wichtig mit dem von ihm gewählten Ton.

„Lassen wir das. Kommen wir lieber zum nächsten Punkt."

„Hab'n wir hier ne't viel Zeit? Liegt´s daran, das ´de so drängelst?", fragte Jupp.

„Eigentlich haben wir alle Zeit zur Verfügung, wenn ich, aufrichtig gesprochen, auch nicht wirklich weiß, wofür sie an diesem Ort verwendet wird. Wir aber sind nicht einen Schritt weiter."

„Du woll´st von mir, dass i´ bericht´. Nun bist´nicht zufrieden und motzelst rum. Als könnt´ i´ ahnen, was du hör´n willst!"

„Ich will nichts Bestimmtes hören. Du sollst Bericht erstatten, um dir selber klar zu werden, wie du dein Leben verbracht hast. Und womit."

„Ist's vorbei mit'm Leben?"

„So kann man es ausdrücken."

„Was soll's dann, jetzt noch drüber zu lamentieren?!" Jupp war sich nicht sicher, ob *der da* nicht nur das Resultat von zu viel Maß Mönchshof sei. Dabei kann sich Jupp nicht erinnern, gestern in der Gaststub von der Marie gesessen und gezecht zu haben.

„Es geschieht eher selten und ist kein von mir gewünschtes Mittel. Aber wenn es nicht anders gehen soll, so muss ich hier ausdrücklich darauf hinweisen, dass es Folgen haben kann, was wir hier tun oder eben auch nicht tun. Auf jeden Fall gibt es keinen Grund, sich stur zu stellen. Das wird in keiner Endabrechnung einen positiven Eindruck hinterlassen. Das dürfte dir klar sein."

„Also willst´doch was von mir, wovon i´ nix woas", poltert Jupp, die Fassung verlierend, los.

„Ich fordere hier gar nichts. Dafür sind meine Möglichkeiten zu begrenzt. Allerdings sollte dir klar geworden sein, dass *diese Situation* nichts Alltägliches hat. Mehr kann und brauche ich nicht sagen. Mein Auftrag erschöpft sich in der Bewusstmachung über das Leben aller Neuankömmlinge, deren Handlungen, Taten, Möglichkeiten, deren Versäumnisse und über das weite Feld der Möglichkeiten und den Nutzen, das ein Leben mich sich bringt. Vielmehr gebracht hat."

„Mit welchen Folgen, bitte?"

„Ich war immer nur an diesem Ort, kenne keinen anderen Platz in der hier gültigen Hierarchie. Allerdings sollten, wenn vielleicht auch nur rudimentäre, Kenntnisse *dieser Geschichte* auf Erden bekannt sein. Gerade während der Schulzeit wurde darüber berichtet."

„Ah, i´ doacht´s mi´ scho. Es geht um Straf'n."

„Schule hat doch nichts mit Strafe zu tun."

„Für mi´ schoan. Immer nur in´d Eck'n geschickt werd'n. Immer nur an'n Ohren gezogen, bis sie so loang word'n sind, dass i´ im Fernseh´ den Spock hät´ doubeln könn´."

„Gelernt wirst auch was hab'n." Verdutzt bemerkte er, dass er sich des ihm unbekannten Dialektes bediente.

„Moag sein, das i´ was gelernt hoab. Heut hab i's auf jeden Fall vergess'n. Is´so lang her und so unwichtig gewes´n."

„Was kam nach der Schule?"

„Die Arbeit."

„Welche Arbeit? Hat sie dir Freude bereitet? Bist du hinaus in die Welt? Hast du eine Familie gegründet?"

„I´ hab´ halt geschafft. Was halt so an Arbeit anstand. Zu Haus. In der Werkstatt."

„Warst du zufrieden?"

„Mir ham die Tiere gefehlt."

„Hättest doch Bauer werden können."

„Hat mein Vatter gesagt, dass es nix mehr einbring'n würd´."

„Oder Förster."

„Wollt net so gern mit ´nem Gewehr rumlaufen."

„Meinetwegen Tierpfleger."

„Was bitte?"

„Tierpfleger."

„In ´ner Handlung?"

„Nein, vielleicht in einem Zoo. Oder ... "

In diesem Moment wurde ihm klar, dass er kein Berufsberater war. „Ist auch ganz gleich. Du hast gearbeitet. Gut so. Was ist mit einer Familie, mit Freunden?"

„Hab´wirklich net viel Freund´gehabt. Weiß eigentlich net, warum. Vielleicht bin i´ zu g'sondert."

„Jeder ist doch etwas Besonderes."

„Mi hat jedenfalls kein Mäder´l angesproch´n. Und i´ hab nach´m Erlebnis mit der Irma net so recht woll'n."

„Und wie hast du das mit deinen Bedürfnissen gemacht?"

„Wie meinst'n das?", fragte Jupp misstrauisch.

„Na, mit deinen männlichen Bedürfnissen. Was hast du wegen denen angestellt?"

„Das willst wohl gern wiss´n, woas?! Nee, das soag i´ der net. Geht di´ oach nix oan. Is mei´ Sach."

„Gut. Das soll hier auch nicht von großer Bedeutung sein. Es sind schon viele vor dir in ein Bordell gegangen."

„Du willst wohl eine einfang'n!", drohte Jupp mit ausholender Geste.

Richtiggehend erschrocken zieht er sich etwas zurück. Er konnte sich die Geste nur so erklären, dass Jupp entweder nicht darüber reden wollte oder niemals einen Besuch im Bordell in Erwägung gezogen hatte. War das keine wichtige Komponente in der Gesamtrechnung? Musste er hier tatsächlich nachforschen? Nach wie vor stand Jupp mit ausholendem Arm in der Ewigkeit und blitzte ihn an. Das war ein unerwartetes Bild für die Götter. Und er musste lächeln.

„Nichts für ungut. Auf gar keinen Fall wollte ich dir nahetreten. Nur ist es doch so, dass hier ein endgültiges Gespräch stattfindet. Falsche Scham ist völlig unangebracht. Außerdem sinnlos. Mit einem einzigen Blick können wir erfassen, was die Wirklichkeit bedeutete."

„Was fragst'n dann so bohrend? Schau nach und gut ist's."

Das war verblüffend einfach und nicht zu widerlegen. Er versuchte es erneut: „Hier geht es um die eigene Einsicht. Es ist beabsichtigt, jedem Lebewesen die Erkenntnis darüber zu öffnen, was Leben bedeutet."

„Ist's hier nicht 'was spät dafür?", fragte Jupp einer Einsicht folgend.

„Nein. Es ist niemals zu spät."

„Soll i' mi' etwa die restlich'Zeit d'rüber grämen, was verpasst oder vertan wurd'? Welch'n Sinn hat das denn? Weit vorher wär'die Frag' besser aufgehob'n gewes'n."

„Würde das nicht bedeuten, dass wir euch eure Freiheit, zu tun und zu lassen was *ihr* wollt, einfach nehmen würden? Dieses Konzept hat von uns niemand verwirklichen wollen."

„Aber nachkart'n, das woll'nst!"

„Nein. Es geht um Verantwortlichkeit. Jeder ist für sich selbst verantwortlich. Kein Mensch und kein überirdisches Wesen kann auch nur einem Menschen diese Last von den Schultern nehmen. Hier findet kein Nachkarten statt. Hier soll ein Resümee gezogen werden. Mit welchen Folgen, das hängt vom Nutzen des gelebten Lebens ab. Und von den Erwartungen jedes Einzelnen."

„I' hoab kein' Erwartung goahabt. I'hab einfach gelebt. Manchmal spaßig, manchmal ernst."

„Hört sich an, wie einfach so in den Tag gelebt. Ohne Pläne, Wünsche, Ziele, Absichten."

„Moag sei'."

„Wir waren am Punkt: Arbeit. Welche Arbeit hast du gemacht? Hat sie dich erfüllt? War sie dir oder anderen wichtig?"

„Weiß i' net. Is mir auch wurscht. Anfass'n musst i'halt, was zu tun war. Ein Denken hab'i'nie g'schafft."

„Und die Entlohnung? Oder Belohnung? Hast du dich berufen gefühlt? Nun stell dich doch nicht so störrisch. Erzähl schon!"

„Mist hab i' von einer Seit auf die andre befördert. Meist den Mist andrer. Oder was sie hab'n kaputt gehn' lassen, hoab i' wieder herg'stellt. Dabei hoab i' nie aufs Geld geschaut. S'war ja auch immer genug zum Leben doa. Hoab' 'ne Wohnung, genug zu ess'n, 'nen Karr'n. N'paar Hos'n und Hemd'n. Gut's Bett. Auch'n Fernsehapparat."

„Und damit warst du zufrieden?"

„I´ kann Mi net dran erinnern, was andres gewünscht zu hab'n."

‚Mein Gott', dachte er, ‚dieser Seele kann doch nur die Erlaubnis zum Eintritt erteilt werden.'

War dies nicht bereits zu dessen Lebzeiten unbestritten? Weshalb dann dieses Gespräch? Hatte er vielleicht etwas missverstanden? Die falsche Seele befragt? Verunsichert schaute er auf die wolkenverhangene Liste.

„Du bist der Kärtner Josef. Jupp gerufen. Ist doch richtig?"

„Joa. Der bin i´. Fragst jetzt nach, wo alles gelauf'n is? Auch ein bisser'l spät. Meinst net?"

„Bislang ist noch gar nichts gelaufen. Wir befinden uns nach wie vor in der Findungsphase."

„Du musst mi´ finden?"

„Nein. Du musst erkennen, was hier geschehen soll."

„Wenn i's doch net kann, helf´mir halt."

Er ging wieder etwas auf Abstand, tatsächlich eine Spur weit verunsichert.

„Schau, jedes Lebewesen erreicht diesen Punkt. Wirklich jedes. Und dann wird hier darüber nachgedacht oder nachgeforscht, was dieses eine Leben bedeutet hat. Für andere, wie für es selbst. Und danach schaut man, wie es weiter geht."

„Gibts doa tatsächlich so viel Möglichkeit'n?"

„Es wird schon differenziert. Und natürlich wird für vieles nach einer Erklärung gesucht. Weshalb man zum Beispiel jemanden verlassen hat. Oder eben nicht verlassen hat. Ob man tätig war oder nur behäbig herumgelungert hat. Es gibt ein bestimmtes Maß an Zeit. War man sich dessen bewusst? Hat man, in seinem ganz persönlichen Rahmen, getan, was getan werden konnte? Oder hat man vielleicht gar nicht erkannt, dass es etwas zu tun gab? Das gilt es herauszufinden. Und noch vieles mehr. Eben auf jede einzelne Erscheinung, die hier vorbeizieht, bezogen."

„Doas is´ mir zu hoach. Was sollt´ i´ denn tuan? Die Irma moag mi´ net. Die Arbeit woar mir schnuppe. Der Fußball woar nix mehr, seit der Beckenbau´r abg´treten ist. Leut´ sind koam und goang. I´ hob mit´den Tier´n schnabuliert. Das war ´n Gaudi. Ob Vögel, Hund, Katz, Zieg'n oder Kuah'n.“

„Hirt hättest du werden soll´n.“

„Hab kein Tier ´net kaufen könn´.“

„Aber du hast doch in deinem Beruf Geld verdient und dabei etwas beiseiteschaffen können?“

„I´ hob´ nix geschafft, was mir wirklich bare Münze eingebracht hätt´.“

„So so. Du hast also nichts Erwähnenswertes während deines Lebens schaffen können?“

„Wieso fragst'n? Sind also eh´ nur Yuppies im Himmel?“

Weitere Veröffentlichungen des Autors:

Eine Wiener Kriminalgeschichte

als Hardcover ISBN: 9783744890205
und als Kindle eBook

Rätselhaft-abscheulichen Morden hat der Polizeyhauptmeister Anton in den Jahren 1814/15 nachzugehen. Sein Chef Hager hat derweil ganz andere Sorgen, soll er doch für die Sicherheit des bis dato größten Kongresses Europas sorgen.

Andere machen sich ebenfalls Sorgen, scheint sich die Opferserie doch bedenklich nahe an ihrem Freundeskreis zu bewegen.

Niemand erkennt das Motiv der Untaten. Diese Unsicherheit schleicht sich unbemerkt in ihr tägliches Leben und legt einen dunklen Schatten darüber. Wenn selbst ein Mann Gottes von einem Dämon spricht, steht der sich ausbreitenden Angst mit all ihren Folgen wenig entgegen.

Werde Asche Mutter

als Taschenbuch: ISBN: 9783848230150
und als Kindle eBook

Diese Geschichte einer Kindheit und Jugend führt in eine lang zurückliegende Vergangenheit. Sie folgt der Frage, welche Szenarien eine persönliche Prägung verursachen. In der Erzählung sind es situationsbedingt recht anschauliche. Es können genauso gut recht farblose sein. Aber immer ist es die entscheidende Frage, welchen Umgang wir im späteren Leben mit ihnen pflegen. Spielt uns die Erinnerung vielleicht nur einen

bösen Streich? Oder suchen wir nach Entschuldigung und Rechtfertigung für unsere Handlungen?
Wonach suchen wir überhaupt? Und finden wir in unserer Vergangenheit wirklich das, was wir suchen?

Evolution - Kurzbehandlungen möglicher Zukunftsvisionen

als Taschenbuch ISBN: 9783746048895
und als Kindle eBook

Die folgenden kurzen Geschichten rund um die menschliche Evolution mögen sperrig sein, allerdings nicht aus Zufall. Vielmehr erfüllen sie damit eine Absicht, die Leserschaft durchzuschütteln, damit sich die so aufgescheuchten Gedanken eventuell neu zusammensetzen, sobald sie wieder zur Ruhe kommen. Vergleichbar den Flocken in einer Schneekugel. Wer den ausgelegten Krumen folgen will, wird belohnt werden. Das ist ein Versprechen!

Wiener Liaison

als Hardcover: 9783746014913
Kindle eBook

Die folgende Geschichte spielt während der nachnapoleo-
nischen Zeit in den Jahren 1814/1815. Eine Prise Politik, vor
allem aber die Persönlichkeiten und ihr fiktives Verhalten zu
dieser Zeit stehen im Mittelpunkt.

Da erscheint der Fürst Clemens von Metternich, Vorsitzender
des Wiener-Congresses und Staatsminister der
habsburgischen Majestät, geschickter und willensstarker
Politiker, dabei immerzu auf der Suche nach den Freuden und
der Selbstvergewisserung des verliebt-sein.

Auf der anderen Seite Wilhelmine von Sagan. Eine kluge,
unabhängige Fürstin, interessiert an den öffentlichen
Angelegenheiten. Nicht nur finanziell steht sie „ihren Mann".
Auch in Sachen des Gefühls und der Beziehung zum
männlichen Geschlecht weiß sie, was sie will. Vor allem, was
sie nicht will.

Und doch schafft es Metternich, in der Zeit des gefühlsmäßigen
Aufruhrs während der einhundert tägigen Rückkehr Napoleon
Bonapartes, die weibliche Festung zu stürmen. Erst der
Schrecken, dann der befriedigende Sieg der Alliierten bei
Waterloo lässt die Fürstin in den Armen des Charmeurs
dahinschmelzen. Er hat sich aber auch ins Zeug gelegt!

In Nebensträngen finden andere Protagonisten zu ihrem Glück.
Etwa der Bote Metternichs und die Kammerzofe der Sagan,
doch nicht, ohne vorher abenteuerliche Wege beschritten zu
haben.